OS MISTÉRIOS SAGRADOS DO AMOR

Um romance no Egito antigo

MÔNICA DABUS
PELO ESPÍRITO LIZ

OS MISTÉRIOS SAGRADOS DO AMOR

Um romance no Egito antigo

CEAC
EDITORA

Ficha Técnica

Coordenação Editorial
Renato Leandro de Oliveira

Capa
César França de Oliveira

Diagramação
Luiz Antônio Gonçalves

Revisão de Língua Portuguesa
Tânia Lins
Edson de Oliveira

Revisão Técnica
Carlos Eduardo Luz

Dados Internacionais de Catalogação na Publicação– CIP

D111m Dabus, Mônica.

Os mistérios sagrados do amor: um romance no Egito Antigo / Mônica Dabus, pelo espírito de Liz -- Bauru, SP: CEAC, 2018.

304 p.; 14x 21 cm

1. Romance espírita 2. Dinastias egípcias – Antigo Império 3.Civilização egípcia 4. Faraós I. Titulo.

CDD 133.93
CDU 133.7

1ª Edição - maio de 2018
3.000 exemplares

Edição e Distribuição

CEAC
EDITORA

Rua XV de Novembro, 8-55
Fone: (14) 3227 0618
CEP 17015-041 - Bauru SP
www.editoraceac.com.br
www.radioceac.com.br
www.tvceac.com.br
www.ceac.org.br

Nomes dos personagens

Reencarnação antecedente

Kyia
Latuf
Osahar
Safiya
Neith
Nassor
Núbia
Maya

II dinastia – Segundo faraó

Raneb (Faraó-pai)
Camila (rainha-mãe)
Abel (filho primogênito do faraó)
Ninetjer (filho mais novo do faraó)
Isadora (esposa de Ninetjer)
Ísis (primeira filha de Ninetjer)
Weneg (segundo filho de Ninetjer)
Núbia (espírito obsessor desencarnado)
Nathifa (esposa secundária de Ninetjer)

Um pouco de história...

Desenvolvida às margens do rio Nilo, a civilização egípcia foi uma das mais importantes da Antiguidade.

Sem esse majestoso rio, o Egito seria praticamente um deserto. O Nilo nutria o Egito, regia o ritmo das estações, da alimentação e da circulação de mercadorias. Na época do solstício de verão as águas abundantes aproximavam-se, vindas do Sul, e chegavam à embocadura um mês depois.

Seguia-se a estação das sementeiras e das plantações, e depois o tempo das colheitas. Se as cheias eram propícias, produzia-se trigo em abundância e armazenava-se o excedente para exportação. Se houvesse excesso ou insuficiência de água durante vários anos seguidos, certamente, isso resultaria em fome.

Os egípcios chamavam sua terra natal de Kemet, que significava terra negra em alusão à fertilidade das terras escuras situadas às margens do rio Nilo. Além de assegurar a sobrevivência das pessoas, dos animais e das plantas, as águas do Nilo eram cortadas por barcos que garantiam a ligação permanente entre as terras do Sul e as regiões pantanosas do delta, ao norte.

As cheias, por si sós, não garantiam uma agricultura abastecida e diferenciada. Foram os camponeses, que compunham a maioria da população, e em especial os escravos, que geralmente eram estrangeiros prisioneiros de guerras e constituíam a camada social mais explorada os que, por meio de muito esforço, muita criatividade e trabalho coletivo, aprenderam a transformar a natureza em benefício da sociedade.

Surgiu, então, a necessidade de um comércio regular para garantir o abastecimento de matérias-primas essenciais, e os habitantes criaram meios de satisfazer suas necessidades de importação. Além do recrutamento de soldados para proteger as caravanas e de escribas para manter os registros das transações.

Por volta de 3000 a.C., o cenário que se via no Egito não era mais de agricultores simples, todavia, o de um Estado que reunia várias profissões e classes. Quando ocorreram as primeiras alianças políticas, surgiram o Império do Norte, na região do Delta, e o Império do Sul, entre Mênfis (Cairo) e a primeira catarata do Nilo. Aproximadamente em 2900 a.C., um governante do Alto Egito, conhecido como Narmer ou Menés, conquistou o delta do Nilo e o Baixo Egito. Este rei (I dinastia) unificou o Alto Egito (do Assuã ao Cairo) e o Baixo Egito (delta do Nilo).

A biografia do Egito está organizada de acordo com o reinado dos faraós, em função das dinastias e segundo os impérios. Nos três períodos em que se costuma dividir a história — o Antigo Império, o Médio Império e o Novo Império — o Egito conheceu um significativo desenvolvimento.

A nossa história desenrola-se na II dinastia, que pertence ao período do Antigo Império. Este período durou, aproximadamente, de 2900 a 2270 a.C.,[1] e abrangeu da I à VI dinastia.

Entre todos os aspectos, porém, talvez a religião seja o mais relevante na civilização egípcia.

Os egípcios acreditavam na reencarnação e mantinham o intercâmbio com os espíritos desencarnados. Havia uma religião secreta professada pelos sacerdotes, que também era uma ciência, incluindo a matemática, a física, a química, a astronomia, a medicina e a meteorologia. Conheciam o magnetismo, o sonambulismo, curavam pelo sono induzido e praticavam o que chamavam de magia.

Uma de suas principais características era a preocupação insistente e constante com a morte. Acreditavam, equivocadamente, que a alma do homem podia regressar ao corpo de um ser irracional, (metempsicose), por determinação punitiva dos deuses. Inventou-se, desse modo, uma série de rituais e cerimônias para solenizar o regresso dos espíritos à pátria espiritual.

Para eles, o Além encerrava os mesmos prazeres desfrutados na Terra. Para ascender a esse mundo, os egípcios acreditavam que necessitavam de absolutamente tudo o que acompanhava a existência dos vivos, desde móveis, barcas, até os objetos de uso cotidiano.

Por meio das pirâmides-túmulo, da mumificação para preservar os mortos e da arte funerária mostravam a aspiração pela eternidade e a ânsia de superar a morte. As grandes pirâmides, porém, somente foram construídas anos mais tarde.

A continuidade da vida após a morte sempre se fez perceber.

A humanidade se debate há milênios, tentando compreender o passado por meio do estudo de outros povos e de outras civilizações.

Neste cenário, iremos encontrar os faraós, seus deuses, sua magia, seus mistérios sagrados e os nossos personagens envolvidos nas tramas da vida, impulsionados pela engrenagem divina para a bendita oportunidade de refazerem conceitos, de aprimorarem sentimentos e de participarem da inevitável marcha ascensional rumo à conquista da felicidade plena, que está ao alcance de cada um, por meio das sucessivas reencarnações.

É imprescindível reafirmar que a Providência trata a todos com imparcialidade, dissemina o amor e a justiça divina, igualmente, aos seres do Universo, evidencia que a escalada evolutiva incidirá, mais cedo ou mais tarde, e ninguém resistirá, pois, a semente da felicidade existe em cada um de nós, projetando-nos a buscá-la por meio do inflexível fatalismo que nos levará à perfeição.

---

[1]A cronologia referente ao Antigo Egito está em constante modificação devido às novas descobertas arqueológicas que ocorrem com o auxílio da tecnologia. Em alguns períodos, suas datas são aproximadas, e pesquisadores de diversas áreas e vários países têm dificuldade para determinar com precisão a data de determinados eventos.

Prólogo

Na espiritualidade, em um local consagrado à instrução, luzes de diversas cores produziam tonalidades singulares e envolventes.

Benfeitores espirituais concluíam um trabalho, direcionando os ideais e aprimorando as mais íntimas disposições de um núcleo que deveria adotar, a partir de então, o amor como sua estrela guia.

As saudações cordiais foram ligeiras.

Sucedendo a prece espontânea, alguns benfeitores esclareciam os presentes sobre a programação a ser cumprida.

Duas figuras respeitáveis destacavam-se pela vestimenta.

Uma, ao centro, apresentava-se com a indumentária de um faraó. Outra, à esquerda, com longas vestes alvas, sobressaía o rosto oval e suave, lábios finos e delicados; aos pés, sandálias com fivelas largas; mãos pequenas. Após uma comovente prece, ela proferiu:

— Meus irmãos, os desígnios da Providência Divina são insondáveis! Neste momento, reacendem oportunidades à nobre marcha em direção ao amor e à verdade. Em última existência terrena, esse núcleo viveu dias de vaidade ilimitada, de ilusões e de fantasias, onde imperavam as posses, o ciúme e a prepotência de que tudo podia ser comercializado, gerando sofrimentos, desânimo e decepções.

"Muitos agiram afligidos pela ira, utilizando-se das armas da calúnia e do crime.

"Serão agora beneficiados com um roteiro propenso a retratações.

"Fatos marcantes foram demonstrados, alusivos aos dramas de cada um. Os débitos e créditos, as diferenças do passado permanecerão relativamente apagados, preservando, sobretudo, a consciência do amor universal da Providência, que tudo esclarece e nivela.

"O perdão, por vezes, é quase instantâneo, porém, não raro, pode demorar anos, séculos, reencarnações. O perdão beneficia, especialmente, aqueles que perdoam, por propiciar a paz de espírito, o equilíbrio emocional e a lucidez mental. Perdoar, porém, geralmente envolve programações reparadoras: arrependimento, expiação e reparação."

Neste instante, fez-se silêncio.

As atenções se voltaram a uma grande tela que se abriu e nela projetou-se imediatamente um cenário. Nele, o véu da noite já se derramava e a lua se fazia presente.

Um facho de luz incidia sobre uma escadaria, penetrando num átrio rodeado de altas colunas, onde reinavam a paz e um encanto misterioso, criado por sombras profundas.

Avançava-se. Um maravilhoso espetáculo fez surgir um templo, nas paredes predominavam motivos que tinham o disco solar.

Ao fundo, uma pequena escada que levava a uma espécie de altar.

Ao centro, três estátuas: a central, assentada sobre um pedestal, Hórus; a da direita, Ísis; e a da esquerda, Osíris.

Tratava-se da tríade egípcia. Espalhados em outros pontos, achavam-se os demais deuses secundários.

Novo encanto: inusitada explosão de entusiasmo, intensa claridade chamava a atenção dos presentes, passando a incidir sobre uma porta que se abrira lentamente.

O êxtase se apoderou de todos.

O quadro fascinante, cheio de magia, parecia ser real.

Uma figura diáfana apresentava um pergaminho amarelado, desenrolado por mãos invisíveis, deixando ver escrito, em destaque: **Kemet** (Egito) — **II Dinastia.**

Naquela fração de tempo, as imagens rapidamente destacaram um amontoado de deuses, palácios, templos, sacerdotes e rituais, em completo deslumbramento.

Logo a seguir, as imagens se fecharam.

A serenidade caracterizava o olhar da benfeitora, que se apresentava com vestimentas de sacerdotisa, ela proferiu:

— O palco de atuação será Kemet. Muitos se arrastam pela trajetória do tempo, adotando o mesmo padrão de disputas pelo domínio e pela posse, aprisionados pelas algemas cruéis do orgulho, da vaidade, da volúpia, das riquezas imediatistas e transitórias.

"Espíritos nobres os conclamam à oração e à vigilância, para que não venham a declinar. Felizes aqueles que já auferiram nobres condições pelo esforço próprio, que mantêm, por seus méritos, uma ligação com as forças da natureza, reveladoras das leis sublimes do Criador.

"Um espírito nobre será enviado às lides terrenas, sua presença será o ponto de equilíbrio, apoio e amparo ao núcleo.

"Juntos, terão a chance de obter respostas sobre os enigmas da vida e da morte, o conhecimento da sobrevivência da alma e das reencarnações, por meio das quais se efetua o progresso espiritual do planeta. Esse enviado viverá num templo, ofertando essa contribuição valiosíssima por meio do conhecimento sobre os princípios cósmicos e a ação dos fluidos sobre a matéria. Pela ciência, experiência e sensibilidade adquiridas, ele deverá ser respeitado por muitos, temido por outros, e invejado por alguns. Com a sua conduta austera e respeitosa, poderá construir uma atmosfera de reverência à sua volta.

"As relações entre o mundo material e espiritual serão desenvolvidas e praticadas no silêncio dos templos sagrados, sob o mais profundo e rigoroso sigilo.

"Estejam alerta! Forças poderosas espreitam Kemet.

"Muitas armadilhas os esperam, situações complexas e embaraçosas estarão à frente. Endurecidos irmãos desencarnados, sem lucidez e perseverantes no mal, prosseguirão atuantes, buscando a manutenção de seus interesses mesquinhos e de suas sensações inferiores. Há ainda os que transitam pela trilha da ignorância, imantando as criaturas invigilantes como se fossem hospedeiros perversos, sugando-lhes as forças e lhes perturbando, física e mentalmente, a partir da imperfeição moral.

"Em todos os momentos, haverá o amparo e a inspiração para a melhor diretriz. Estaremos vigilantes e presentes.

"Não temos a intenção de deliberar os problemas que lhes cabem solucionar. O amor divino, porém, permite o intercâmbio entre as dimensões para que se renovem as ideias, as energias e o bom ânimo, certos de que jamais estarão sozinhos."

A benfeitora espiritual fez uma breve pausa e prosseguiu:

— As vozes dos invisíveis ecoarão de todos os lados, alertando-os para a realidade maior, que transcende os aspectos banais, inferiores e desequilibrados. E lembrem-se: a luz e a verdade viajam daqui para a Terra e não de lá para cá...

Pétalas com um perfume inebriante derramavam-se do alto, saudando-os.

E, fraternalmente, concluiu:

— O caminho em direção a Deus será longo. Cuidem do espírito primeiramente, e todas as outras coisas lhes virão por acréscimo. Avancemos, certos de que acima da ignorância está o progresso, antes do poder aparente das sombras estão os enviados do Pai, incentivando a bondade e sustentando todos. Que Deus os abençoe!

Silenciou.

A emissária solicitou as bênçãos do Senhor, provavelmente avisada de que o tempo estava esgotado, saudando-os cordialmente.

Emocionadas, as almas afins despediram-se, dispondo-se aos preparativos prévios à reencarnação.

Nesse ambiente, principia-se a nossa história.

Sumário

CAPÍTULO 1

Anos sucederam-se...

A corte situava-se em Mênfis, cidade que Raneb, o faraó, tanto apreciava. O seu poder estendia-se a todos os setores da sociedade, e em torno dele gravitavam servidores de variados níveis. Os camponeses eram recrutados para servir como mineiros ou trabalhadores nas construções.

O comércio exterior era monopólio do Estado e conduzido de acordo com as necessidades do reino. O faraó superintendia um exército de funcionários que recolhia impostos, administrava projetos de construção, fiscalizava obras de irrigação, fazia levantamentos topográficos das terras, registrava, dirigia o comércio externo e supervisionava os armazéns governamentais, onde o cereal era guardado para garantir o período de má colheita.

Essa corte de sustentação compunha-se de pessoas e famílias influentes, além de generais, ministros, conselheiros, artífices, arquitetos, escribas, médicos, sacerdotes, administradores, astrônomos e até escravos, garantindo o apoio e a colaboração com o governo, dando respaldo às suas iniciativas.

As vidas ali instaladas entrelaçavam-se. Independentemente dos laços consanguíneos, teriam de aprender a harmonizar-se na linha do aprimoramento coletivo.

Era a lei da vida permitindo que as severidades do caminho, gradualmente, fossem se desnudando da forte tendência amealhada no curso de suas experiências, com o objetivo de se desfazerem da prepotência e do orgulho. Tudo detalhado pelas leis sábias e justas, planejado dentro de mecanismos sutis que visam a atender à dinâmica da evolução.

***

Entardecia.

Enquanto a inundação engolia cada canto do Egito, Mênfis permanecia seca. Suave claridade do sol, agora quase adormecido, banhava a paisagem. Pessoas ainda perambulavam pelas ruas da maior cidade do país, centro econômico do reino, localizada quase na divisa entre o Alto e o Baixo Egito.

À margem do rio, não tão longe, entre os campos férteis viam-se árvores e palmeiras suntuosas, ladeiras formadas por rochedos, bem como as areias que davam acesso ao deserto.

Não obstante as catastróficas enchentes em outras regiões do Egito, o abençoado curso d'água do Nilo permanecia no centro de tudo. Havia um calendário anual para prever os períodos de enchente do Nilo, de que dependia a própria existência da terra.

Sem esse influente rio, percorrendo desde a África central até o mar Mediterrâneo, o Egito seria praticamente um deserto.

Na época de suas cheias, o Nilo depositava uma camada de terra preta fértil que, cultivada, proporcionava alimentação abundante. Ao aprender a controlar o rio, o que exigia esforço cooperativo e engenhosidade, e ainda conhecimentos de engenharia e de administração, os egípcios se colocaram a caminho da civilização.

Com a consolidação das cidades-estado egípcias por meio das conquistas, o rio, que há muito representava a sobrevivência básica, assumiu o papel dinâmico de uma expansão territorial e econômica sem precedentes. Uma rede de portos e canais foi construída para aproximar as regiões distantes. Barcas enormes tornaram-se o transporte da época e os canais formavam o equivalente a um sistema rodoviário interestadual.

O rio corria do Sul ao Norte.

O progresso naturalmente ia fluindo às margens do Nilo que se estendia por cerca de mais de mil quilômetros, navegável em toda sua extensão na terra egípcia, que era extremamente dependente do rio tanto para manter as atividades agrícolas e a pecuária como para o transporte de mercadorias e comunicação entre as diversas cidades. Tão apropriada era a navegação entre as várias regiões banhadas pelo Nilo que os egípcios não se empenhavam em construir estradas.

As ruas quentes eram percorridas por transeuntes de diversas raças e cores, que iam e vinham vestidos de linho fino para combater o calor escaldante. Os homens adotavam saia curta, as mulheres, vestes longas e justas, algumas com um corpete curto colorido; os escravos usavam branco e as classes mais baixas, com pouca roupa. As mulheres circulavam livremente, realizando seus afazeres. Viam-se as habitações de tijolos feitos com o próprio lodo do benéfico Nilo, secos ao sol escaldante e pintados à cal, o que tornava claro o exterior das construções; as vigas dos telhados se assentavam sobre colunas decoradas e de cores vibrantes.

À feira livre, caravanas de países vizinhos apreciavam cabritos, carneiros, burricos, bois, fazedoras de leque e de sandálias, vendedores de perfumes, de objetos de adorno, pentes, cremes, homens sentados no chão fazendo adivinhações na areia, ruas específicas para ourives, outras, para especiarias, joalheiros e mercadorias de toda espécie.

Em Mênfis, os deuses haviam sido favoráveis! Tudo fluía bem!

Flores de lótus cultivadas em meio a sagrados rituais emergiam das águas. A "inundação" havia sido normal, a terra produzira bons frutos, a população estava se alimentando bem, as festas, com cerimônias religiosas, eram organizadas para celebrar a benfazeja cheia, com danças e canções alegres.

Ao porto, em constante atividade, chegava diariamente grande número de barcos de mercadorias procedentes do Sul e do Norte. Os chefes de equipe orientavam os membros das expedições, que trabalhavam a ritmo acelerado, transportando caixas contendo utensílios e provisões.

As idas e vindas eram organizadas com precisão pelas autoridades administrativas encarregadas do tráfego fluvial, e os carregamentos eram controlados por um exército de escribas.

Nesse dia, antes de o silêncio invadir gradualmente as ruas da cidade barulhenta e animada, um mensageiro real anunciou que Sua Majestade, o faraó Raneb, governante do Alto e do Baixo Egito, gratificaria cada trabalhador com uma porção de carne assada, boa quantidade de pão e legumes por dia, além de mel, figos, vinhos e sacos de cereais, reacendendo o ânimo dos trabalhadores, que davam o melhor de si.

Após a proclamação das gratificações do governante absoluto, os trabalhadores comemoravam efusivamente.

O faraó preservava o sistema de irrigação, mantinha a justiça na Terra e manifestava a vontade do céu. Era ao mesmo tempo um deus e um homem, a encarnação terrena do deus Hórus.

A suposta origem divina legitimava o poder do monarca e, por isso, era obedecido cegamente nos mínimos desejos e comandos.

Quem se opusesse, estaria cometendo sacrilégio porque agiria contra os próprios deuses. Responsável por manter a unificação do país e pela sua proteção, o Senhor das Duas Terras era também encarregado de assegurar a ordem universal.

Os egípcios criaram um código ético que, segundo o que acreditavam, fora sancionado pelos deuses, expresso como a justiça e a verdade personificadas pela deusa Maat, cujo símbolo era uma pluma de avestruz. Consideravam Maat a verdadeira ordem da natureza, que o faraó teria a obrigação de manter; acreditavam que sua preservação deveria ser o objetivo da atividade humana, a norma orientadora do Estado e o padrão pelo qual os homens dirigiam suas vidas.

Opor-se ao faraó era violar a ordem de Maat e trazer desordem à sociedade.

Havia um porém. Se qualquer coisa abalasse a ordem, por exemplo, se o faraó morresse, ainda que de morte natural, então o Maat estaria em risco.

***

O céu resplandecia em tonalidades escuras.

Era noite, um crepúsculo claro e brilhante.

As estrelas cintilavam, pareciam se derramar no firmamento e a lua assemelhava-se a uma grande esfera de prata, transmitindo toda a grandeza do Criador.

O ruído e as agitações que, desde o amanhecer encheram a cidade, se extinguiram naturalmente; a calma e o silêncio invadiram, aos poucos, as ruas de Mênfis.

Nos lagos cobertos de lótus respirava-se o perfume das flores.

No mercado principal, onde mercadores expunham suas mercadorias e as trocavam pelo que necessitassem, já não se via ninguém.

A população adormecia para o descanso diário, preparando-se, ansiosamente, às atividades que reiniciariam no dia seguinte.

A lua clareava suavemente as construções originais, principalmente o templo de Ptah, o poderoso deus de Mênfis.

Capítulo 2

Os raios do sol nascente resplandeciam.

O povo aguardava os acontecimentos.

Chegara o grande dia de um dos maiores festejos do ano.

O deus Sol movimentava-se no céu azul e límpido, prenunciando mais um dia claro e repleto de atividades.

Raneb, o faraó, encarnação da riqueza, do poder e da beleza participava da procissão em homenagem aos deuses.

Ele trajava um saio curto, revestido de belos adereços, tinha um porte robusto, estatura mediana, face larga nas têmporas, barbicha, pele morena, olhar penetrante, mantinha-se demasiado ocupado em governar o país, cada dia mais florescente. Era a coragem em pessoa e a lealdade encarnada, amava o Egito, seu povo e sabia também ser amado. Aguardava o momento dos filhos tornarem-se mais velhos para testá-los se seriam dignos da missão. Ao preparar um filho para assumir o trono, além dos conhecimentos de natureza militar, era necessário conhecer aspectos espirituais e religiosos da vida. Os dois filhos, Abel, o primogênito, e Ninetjer, o mais novo, o seguiam, postando-se logo atrás.

Havia alguns anos, Abel fora associado ao trono.

Jovem, belo, sedutor, carismático, feições salientes, trazia imensa satisfação íntima pelo destino lhe ter proporcionado a posição de filho primogênito do soberano e sucessor imediato do trono.

Desde pequeno, desenvolvera a capacidade de olhar de forma ameaçadora para aquele que não se submetesse à sua vontade.

Sem dúvida, mostrara-se um menino abominável na infância.

À sua natureza perversa somava-se a astúcia imprópria para um jovem de sua idade, constantemente cercado de muitas mulheres e enfeixado em romances escandalosos, sempre afeito às condutas dúbias.

Sentia-se vibrar de entusiasmo ao enfrentar um adversário no campo de luta. Era um incontestável cavaleiro.

Caráter enrijecido, hábitos doentios e comportamento extravagante, não conseguia ajustar-se ao apoio dos benfeitores espirituais.

Por afinidade, mantinha-se mais ligado aos seus espíritos obsessores, a estimularem seus desvios e a conturbação do ambiente em que vivia.

Abel, sobretudo, esperava pelo momento em que o deus Osíris "chamaria" seu pai para seguir ao Amenti — o mundo dos mortos — para então, sentar-se no trono.

Prevalecendo-se de toda essa conjuntura, obsessores desencarnados o envolviam sem trégua. Insuflavam nele a discórdia, a disposição para disputas guerreiras. Faziam brotar em sua mente pensamentos desajustados, com objetivos perversos e destrutivos.

Incapaz de perceber as forças benéficas que também o circundavam, afinava-se tenazmente aos baixos teores vibratórios formados pela cristalização no erro, na ignorância e no ócio reprovável, obedecendo às forças de atração.

Seria necessária uma renovação mental para o bem e afeiçoar-se à intercessão dos benfeitores espirituais, que nunca faltam na trilha redentora do amparo hábil, para transformar seu padrão vibratório e elevar seus sentimentos e pensamentos.

Ninetjer, o filho caçula, aprumado, porte de atleta, magnífica cabeleira, barbicha alongada, olhos pequenos e vivos, lábios carnudos, rosto autoritário, aguardava o dia em que seria chamado para exercer alguma função, provavelmente um posto honorífico.

Exímio cavaleiro, era um bom lanceiro, possuía bom golpe de vista e pulso firme para o combate. Em uma época em que guerreiros marchavam ávidos por sangue e sedentos por despojos de guerra, pilhagens e escravização de irmãos, o jovem era assaz arrojado, não obstante, leal ao adversário. Apesar do espírito guerreiro e personalismo acentuado, já possuía um coração com impulsos melhores. A espiritualidade tinha por meta que ele modificasse sua maneira de ver e sentir as realidades da alma e se desvinculasse de todo e qualquer elo que fosse de interesse material e mundano.

Finalmente, a infância dos dois irmãos chegara ao fim.

Um deles seria o possível herdeiro da coroa dupla, designado como o sucessor do faraó pertencente a II dinastia egípcia. Se um seria o legatário do trono, o outro, provavelmente, na melhor das hipóteses, consistiria num bom general ou ainda um animado cortesão. O faraó nomearia um de seus filhos como seu sucessor, a lei não o obrigava a designar o filho mais velho, todavia, era o costume.

Os dois rapazes eram vaidosos, orgulhosos e nutriam o desejo pela sucessão do trono de Raneb. Além disso, um indefinível ressentimento entre eles, constantemente metidos em desavenças.

Aversão recíproca! Ambos a abrigarem conflitos, cultivando natural beligerância. Inconscientemente, eles guardavam a animosidade do passado, situação que o tempo e a convivência contribuiriam para que fosse superada, principalmente se recebessem educação adequada. Era para se reconciliarem que estavam juntos, com o abençoado esquecimento do passado, sem o qual seriam impossíveis experiências dessa natureza.

O faraó não se ocupava da educação dos filhos.

Hathor, homem magro, distinto, sábio professor, fora incumbido de ensiná-los a se tornarem homens de qualidade, estimular-lhes a inteligência, abrir-lhes o espírito às ciências conhecidas e exercidas, até que pudessem atingir a idade ideal para serem testados se poderiam governar. Educara igualmente os filhos dos dignitários, dedicando anos e anos de sua vida. Abel havia se revelado um legítimo preguiçoso, nada na atitude dele o levava a pensar que temesse qualquer ameaça, a quem nem os golpes de vara mais enérgicos foram capazes de amolecer.

Não era a primeira vez que Hathor enfrentara crianças rebeldes, todavia, definitivamente, não se lembrava de ter tido aluno pior. Um caso único, sem dúvida!

Todos os cuidados e inclusive as ambições de Raneb, até então, se voltavam para a figura de Abel, que por sua vez não tentava manter uma relação amistosa com Ninetjer.

Afetuosos e ríspidos laços de amor e ódio, afinidade e repulsa, encadeavam um ao outro. Tudo meticulosamente planejado na espiritualidade para o aperfeiçoamento deles.

Certo é que, de um jeito ou de outro, um ou outro regeria o destino do Egito.

***

Diante do grande rei, todos se prostravam subservientes, com as exortações próprias de adoração a uma verdadeira divindade encarnada.

Sacerdotisas caminhavam entoando canções e balançando recipientes que continham incenso previamente abençoado pelos sacerdotes.

O perfume vaporoso se espalhava.

Touros desfilavam, as pessoas agrupavam-se ao redor deles e das sacerdotisas. Haveria o sacrifício de um animal sagrado.

Penetraram no templo, escapando do abrasador calor.

Pelos corredores pouco iluminados, o sacerdote guiou o faraó até o santuário interno, reuniram-se em sigilo para estudar a situação e deliberar.

Era chegada a hora.

Raneb, o faraó, imporia múltiplas provas aos filhos, num clima tenso e de muitos atritos na sucessão do poder e de suas ânsias. Deveria testar a capacidade do possível herdeiro da coroa.

— Que Hórus os protejam! — aclamou o faraó do alto de sua cadeira sustentada por carregadores; logo depois, desceu ao solo, com o auxílio de seu cajado.

Raneb saudava a partida para uma caçada da qual não participaria, e evocara a proteção dos deuses aos participantes, dentre eles, seus dois filhos.

Zaid, altaneiro, no apogeu de seus 30 anos, atraente e forte, guerreiro respeitado, à frente de muitos soldados, granjeara a confiança do faraó a ponto de chefiar o exército de sua guarda pessoal e algumas "missões honrosas" para o país, dentre elas, as caçadas covardes e indignas, verdadeiros atentados a estrangeiros que eram capturados e tornavam-se escravos para enriquecer o Império.

Nesse dia, porém, a caçada não seria de seres humanos, mas seriam abatidos animais.

Após as formalidades habituais, Zaid se dispõe a falar:

— Salve, ó grande deus, protetor da vida! Somos vossos servos e, como fiéis devotos, nos prostramos diante de vossa real autoridade a fim de servir-vos.

Um criado da escolta real agachou-se para ajustar a correia da sandália aos pés do faraó.

— Levantem-se e prossigam os importantes afazeres. Prestem cultos aos deuses, invocando-lhes a proteção e as dádivas — prosseguiu o faraó.

— Assim será, ó Divino. Assim será!

E prostrando-se novamente, Zaid beijou-lhes os pés e, dobrado rente ao solo, esperou que o grande rei se retirasse, para que prosseguissem à partida.

Como filho do deus Sol, Raneb deslumbrava seus súditos em brilhantes trajes. Envergando uma túnica de alvo linho, coberta de pedrarias rutilantes, carregava no peito a significativa pedra de grande rei; brincos, pulseiras e a coroa real completavam a imponente aparência daquele que era um deus vivo aos olhos de todos. E retirou-se.

Finalmente, dar-se-ia o início das provas.

Os filhos seriam avaliados, partiriam com Zaid e com o grupo escalado para a caça. Cães bem treinados, laços para captura, arcos e flechas para matar as presas, provisões, jarros com água, vestimentas, tudo fora devidamente providenciado.

Preparados, a pequena caravana partiu.

***

A terra era de aspecto vermelho.

Em determinada localização, os convocados para a caçada dividiram-se em pares, estabelecidos previamente.

Abel delineara um obscuro plano de ação para abater seu irmão.

Ambicionava ver seu nome ser incluído no panteão da fama e registrado por atos heroicos e de bravura. A ânsia pelo poder corrompia a si próprio e aos que o cercavam. Era astuto, sabia jogar com os próprios interesses. Seus pensamentos intensificados por perniciosas forças entrelaçavam-se em estranhos propósitos.

O plano fora bem idealizado.

Irmãos mal-intencionados do invisível exteriorizavam propósitos nocivos. Mentes inquietas, imaturas, invigilantes, desequilibradas despertavam os instintos, açulavam as emoções inferiores, deixando os seres entregues às sensações primitivas.

A algazarra do núcleo ignorante era de enlouquecer.

A atmosfera era assaz pesada.

Núbia, entidade desencarnada enegrecida, líder de uma falange, agarrava-se a Abel, sua presa principal, como se a vigiá-lo.

Abel, por sua vez, sem apresentar uma sintonia saudável encontrava-se preso a acontecimentos de sua anterior experiência reencarnatória, em que foram prejudicados os atuais obsessores.

Núbia circundava-o, descompassadamente, paralisando seu raciocínio de forma meticulosa e cruel, conduzia-o como se fosse um cego, levando-o a situações perigosas, envolvendo-o em fluidos sombrios, à maneira de hipnotizadora:

— Abel! Venerável Abel! Recorde-se de seu antigo nome: Latuf! Oh, grande Latuf! Agora, ouça-me: confie em mim! Sou sua parceira! Vou ajudá-lo!

Em cerco previamente organizado, ela prosseguiu:

— Osahar! Osahar! Lembra-se desse nome, Abel? Vou ajudá-lo a recordar-se. Osahar foi um grande adversário do passado! Inescrupuloso! Traidor! Hoje ele está escondido na pele de seu irmão Ninetjer. É seu dever massacrá-lo, destruí-lo! Você será o grande faraó!

Observando sua presa, Núbia enfatizou:

— Não se contamine com sentimentos de compaixão, nem se deixe levar pelas orientações familiares. Vigie suas emoções, meu caro! Ninetjer pretende tomar-lhe o lugar, que é seu por direito. Garanto-lhe que, num passado remoto, ele o atraiçoou e foi o vitorioso. Você? Ah, você foi o grande derrotado! Agora, preste bem atenção: ser o vitorioso dependerá de seguir as minhas instruções. Não permita que ele o vença novamente!

Olhando o panorama terreno pela acuidade espiritual, a ideia predominante de Núbia era promover a desventura de Abel.

Figura disforme e ardilosa, de mente infantil, considerava-se convicta e justa em suas ações. Dominada pelo orgulho, não admitia ser contestada ou contrariada. Em meio ao torvelinho de conflitos e ações do passado em que ela se debatia, o processo obsessivo ganhava curso, pois Abel não reagia; jamais se elevou por meio da prece.

Ela o assediava, envolvendo-o com intenções cruéis. Pensamentos e ideias estranhas começaram a brotar na mente de Abel como imagens, que ele atribuía a si próprio, numa espécie de hipnose. Desconfiança, receio, raiva e ciúme revestiam agora suas ideias e repetiam-se obsessivamente.

Vale ressaltar que esse não é um quadro irreversível, pois a vida proporciona a cada um a drenagem e a cicatrização de todas as feridas.

O processo regenerador através do amor e do tempo é o instrumento da Providência Divina para tecer seres renovadores.

Não obstante, Abel sentia-se confuso e com os pensamentos perturbados quando três espíritos desencarnados, de apavorante aspecto fisionômico, inclinavam-se dominantes sobre ele, submetendo-o a uma complexa operação magnética.

Longe de entender os objetivos benéficos da realidade espiritual que nos governa o destino, longe de acreditar na mudança da vida, do modo de ser, Núbia não cansava de testar as disposições de Abel. À sua frente, com uma das mãos tocando sua fronte, como que recapitulando certas ideias, enfatizou:

— Vamos! Concentre-se, Abel! Não desperdice tempo! Siga sem compaixão! Verifique se cada um está a postos para a execução das tarefas que você sabiamente deliberou.

Abel maquinalmente verificou...

Os subalternos estavam a postos, exatamente como fora combinado!

O grupo avançava. A excursão prosseguia a contento.

A certa altura, Ninetjer foi orientado a seguir um instrutor que conhecia bem a região.

Abel seguiu com outro grupo.

Ao aproximar-se do deserto, via-se uma fauna variada de búfalos, leopardos, gazelas, hienas, veados, avestruzes, lebres, raposas.

Ninetjer e o acompanhante chegaram a um ponto onde o solo se apresentava bastante irregular.

— Príncipe Ninetjer, agora iremos a pé até a gruta onde os animais costumam refugiar-se.

— De minha parte, não há problema!

A partir daquele trecho, não se via nenhum animal vivo, nem mesmo cobras ou escorpiões, provavelmente enfiavam-se na areia ou em rochas para protegerem-se do sol escaldante, esperando a brisa da noite para ressurgirem.

Os dois caminhavam.

Ao cair da noite, o companheiro de Ninetjer queixou-se.

— Estou com muita dor nas costas, preciso descansar. A dor não permitirá que eu durma. Durma você, nobre príncipe, que eu o chamo, para o revezamento.

Ninetjer, extremamente cansado, adormeceu sem perceber que o caçador que o guiava agia em sentido contrário aos propósitos do bem, em posição de absoluta insensatez, sem ao menos suspeitar que a sombra do ciúme, da inveja e da cobiça rondava-lhe a vida, prometendo destruí-lo.

As horas escoaram céleres.

Era madrugada, Ninetjer acordou assustado.

Estava só! O companheiro não o havia chamado, e de forma calculada desaparecera.

No primeiro momento, Ninetjer não entendeu o que poderia ter acontecido. Desesperou-se. Tinha fome, não havia qualquer espécie de comida, água ou arma. Sabia que se encontrava a muitas horas do local onde os caçadores haviam se dispersado.

Apreensivo, tentava compreender o episódio. Estava completamente perdido no deserto. O jovem, atemorizado, lamentou-se e chorou. A noite pareceu interminável. Entregou-se a pensamentos agitados. Sentia quase ódio pelo caçador que o havia traído. Não deixaria de relatar todos os detalhes ao seu pai, entretanto, no momento, era preciso salvar a própria vida. Com uma sensação estranha, recordou-se da animosidade com o irmão. A convivência de longos anos transcorridos parecia uma longa experiência de lutas e sofrimentos, em que havia perecido a harmonia. Outrora ele detestou Abel; mas agora ele só lhe inspirava indiferença.

Se no primeiro momento deixou-se levar pelos sentimentos contraproducentes, agora já se esforçava para afastá-los.

Quando finalmente o sol começou a descer no horizonte, animou-se e pôs-se a caminho. Meditava. Suplicava aos deuses por meio de uma prece muda que, agora, ele extravasava em lágrimas.

— Deuses! Rogo-lhes clemência! Devo seguir! Eu tenho de superar o medo! Mas como? E para onde? Por que o companheiro de caçada me abandonou? Como sobreviver a esta marcha sem água, arma ou alimento? Impossível! Morte certa! Seria uma cilada? A quem o outro estaria obedecendo? Quem seria o mandante que teria premeditado um assassinato que passaria por um acidente de caça? Não era possível! Seria uma conspiração?

Inexperiente, todavia dotado de inteligência, perspicácia e boa memória, aos poucos se deixava influenciar positivamente, tentando lembrar-se do caminho percorrido, quando uma entidade espiritual amiga aproximou-se:

— Ninetjer, meu filho, mantenha-se firme e otimista, com disposição de vencer os obstáculos. Não desanime nem se deixe levar pelas irradiações enfermiças que tentam se aproximar. Sentirá a intercessão da misericórdia divina em seu benefício, trazendo amplas oportunidades de harmonização, fraternizando consigo e com seus adversários. O ódio, associado aos interesses pessoais, é um elemento altamente perigoso. Paciência! Coragem! Você conseguirá superar os desafios. Bom ânimo! Ouça seu coração! Siga!

E o jovem prosseguiu.

As companhias espirituais amigas velavam-lhe os passos, tentavam conduzi-lo. O jovem príncipe tinha dentro de si uma força fascinante que nem ele próprio conhecia. Intuído, avançava ao ponto de partida. Lábios secos, forte dor de cabeça o atordoava. Desarmado, fatigado, caminhava determinado.

Os caçadores comemoravam, haviam chegado ao ponto de encontro. Abel celebrava efusivamente. Quando se deram conta, sucedeu forte preocupação: Ninetjer e seu acompanhante não haviam retornado. O escriba responsável pela expedição procurava por informações para registrar em sua tabuinha.

Zaid, o chefe da guarda, estava aflito. Em caso de algum incidente, a responsabilidade seria dele.

Aguardou algumas horas, em vão. Precisava tomar alguma medida. Por onde iniciar a busca? E por que logo o filho mais novo de Sua Majestade? — indagava-se aturdido.

Os caçadores haviam capturado gazelas, hienas e lebres.

Alguns animais seriam entregues a domadores; outros, depois de serem oferecidos aos deuses, alimentariam os homens.

Espíritos desencarnados se engalfinhavam numa sanha incontrolável de ódio; continuavam implacáveis.

Além de Núbia e seus asseclas, havia uma movimentação de outros irmãos desencarnados mal-intencionados, entrelaçados por vigorosos laços de ignorância e de maldade.

Enleados por forças de baixo padrão vibratório, impiedosamente traçavam diretrizes para comprometer uma possível harmonização entre Abel e Ninetjer, além de lançarem bases escuras a conspirações cujas ramificações tinham por meta atingir os complexos labirintos do poder, colocando em perigo até mesmo a instituição monárquica.

Gargalhadas do invisível ecoavam.

As mentes cristalizadas no ódio e na rebeldia continuavam experimentando Abel que, fisgado por elas, tentava a todo custo esconder sua satisfação. Ele conhecia as tendências naturais de Ninetjer, propenso à perseverança e à perspicácia, e por conhecê-lo bem, melhor seria se soubesse manejar o episódio das provas garantindo um resultado satisfatório para si.

Alma caída em vibrações desarmônicas recebera, desde a infância, educação e afeto materno para se melhorar, além do estudo edificante para galgar novos degraus. Recusava-se, porém, a tecer os fios do reajustamento próprio através do esforço, contrariando a excelência da Lei, não permitindo a sintonia benéfica.

Abel estava satisfeito, porquanto seus planos caminhavam maravilhosamente e já se sentia bem mais próximo de seu objetivo.

Seu plano tivera êxito!

Núbia preparara uma cilada bem urdida porque conhecia os pontos vulneráveis dos envolvidos. Abel caíra no engodo! Ela aplaudia efusivamente! Os dois, ambos justapostos, com a sintonia afinada em propósitos escusos sentiam-se fortalecidos.

Pobre Abel! Durante o sono, via-se perseguido.

Atormentado, não tinha ideia de que as atividades noturnas de cunho espiritual gozavam de um plano diretor trevoso.

Sem identificar os objetivos de vingança e jugos tirânicos, sem aproveitar a chance da vestimenta grosseira de carne, que a vida lhe concedera para melhorar-se, era o colaborador de sua própria decadência.

E assim, no afã dos interesses imediatos e, sobretudo, de produzir sofrimentos infindos, avançavam até se atolar em jogos perigosos, que poderiam soterrá-los impiedosamente, impondo-lhes longos estágios na área do sofrimento e das lágrimas.

Diante desse quadro, pode-se pensar que somos arrastados irreversivelmente por irmãos mal-intencionados, que encontram nas paixões humanas viciosas o campo ideal para atuarem; mas, se de um lado é fato que não devemos subestimar a inteligência e a competência deles, de outro, podemos fechar os ouvidos à voz oculta que nos fala no íntimo, induzindo-nos ao mal, através da prece, dos bons pensamentos e dos atos.

***

As horas corriam...

No momento, Abel avaliava.

Tudo caminhava bem, o plano fora bem delineado, o irmão havia se perdido; sem ajuda seria impossível que ele retornasse.

Plano perfeito! Uma caçada! Um mero acidente! Morte certa!

Por ora, os mais belos projetos de reajuste e ascensão de almas, provindos do mundo maior, pareciam se perder.

Não obstante, a espiritualidade maior agia com o propósito de que o complexo emaranhado de ações e reações, com as lembranças do passado apagadas, fosse o bastante para o núcleo atingir a vitória.

Cedo ou tarde, o tempo promoveria amplas oportunidades para que todas as almas envolvidas avançassem nas relações de fraternidade e amor.

Ninetjer definitivamente desaparecera!

Zaid deliberara: três caçadores ficariam com ele. Os demais foram designados a regressar pelo vale, onde provavelmente se deparariam com alguma legião de guardas do deserto e alertariam sobre o desaparecimento do jovem príncipe.

Abel acompanhou-os.

E os que ficaram, aguardavam aflitos.

A atividade continuou por horas, sem resultado.

Ninetjer parecia ter sido tragado pela terra.

As horas corriam, quase não havia esperança.

Zaid, nervoso, estava por desistir, quando bem ao longe surgiu um vulto, movendo-se lentamente, sob os raios do inclemente Sol.

Alguém avançava em direção a eles.

Era Ninetjer! São e salvo!

Hórus o salvara! Os deuses o favoreciam!

O rapaz escapara da sórdida cilada de seu próprio irmão.

CAPÍTULO 3

As águas do Nilo refletiam o dourado do sol poente.

A cidade festejava o regresso de Zaid e de seus homens.

Raneb ofereceu um banquete de finas iguarias em homenagem ao grupo. O povo assistiu à festança do pátio externo, recebeu vinho e trigo à vontade. Tocaram alaúdes alegremente, dançaram e aguardaram as sobras de comida do palácio, regozijando-se.

O faraó encontrava-se no interior do palácio decorado com figuras de animais pintados nas paredes de estuque. Em um nicho escavado, via-se uma estatueta de Maat. Representada usando na cabeça a pena que orienta o voo das aves, a deusa encarnava o ideal e a aspiração à harmonia e à retidão. Raneb acomodava-se em um dossel cercado por abanadores de leque, que tentavam suavizar o abafamento produzido pelo forte calor daquele dia. Após obter informações detalhadas sobre a excursão a qual submetera os filhos, ordenou que Abel se apresentasse na luxuosa sala do palácio.

O rapaz transpôs o limiar do ambiente com a alma opressa, o corpo a arder de ódio. Entidades inferiores o escoltavam, compartilhando sombras da impunidade. Núbia, a líder do grupo desencarnado, apresentava-se em forma quase animalesca, caracterizada por uma grande capa preta, dominando a mente infantil de Abel. Ela tramava sorrateiramente, permanecendo atenta aos mínimos detalhes. Abel aproximou-se do faraó, saudou-o inclinando a cabeça.

— Abel — pronunciou Raneb — você se sujeitaria a responder às minhas perguntas, segundo Maat?

— Sujeitar-se a Maat é fazer o que os deuses esperam de nós, Vossa Majestade.

— Pois bem! Interroguei Zaid e o escriba. Expedi uma ordem para investigar o ocorrido, infelizmente, infrutífera! Eles não dispõem de qualquer pista. Vamos, diga-me a verdade! Você tem algum conhecimento sobre o que aconteceu com seu irmão? Alguém tentou matá-lo!

Dois desencarnados de aparência fisionômica ameaçadora, perspicazes e dominadores, a serviço de Núbia, o escoltavam.

— Idolatrado faraó, seu julgamento é sempre infalível, porém, o que ocorreu foi um acidente. Eu não compreendo a razão de eu ser interpelado!

Núbia, implementando seu plano, tentava infiltrar-se nos pensamentos do faraó:

— Oh, Grande Faraó! — dizia ela —Abel é o verdadeiro culpado. Quis lançar o irmão ao Amenti. É um traidor da coroa! Não deve confiar nele. Um criminoso! Há de ser julgado!

Raneb, sem sintonizar-se, respirando em uma zona de vibrações mais elevadas e, sobretudo, conduzido por si mesmo, prosseguiu o interrogatório:

— Sabe algo sobre a cilada que armaram para Ninetjer?

— Como eu poderia saber... Oh! Grande Rei?

— Mandei apurar os fatos. O acompanhante que o abandonou premeditadamente, que poderia dar algum esclarecimento do que ocorreu, foi encontrado morto. Não há pistas! Não lhe parece uma estranha coincidência? O que tem a me dizer, segundo Maat, Abel?

— Ora, Majestade, desculpe-me a insolência. Mas acusar-me de tentar contra a vida de meu próprio irmão é curioso! Eu admito, somos diferentes um do outro... Se observar, tenho intentado esforços sobre-humanos para conviver com Ninetjer em harmonia. Impossível! Meu irmão é prepotente, arrogante, presunçoso! Considera-se o dono da verdade! A cada dia torna-se mais arredio ao convívio social. Quanto ao futuro, Ninetjer é incompetente e não tem a mínima chance de vir a reinar.

— É fato que os dois ambicionam a coroa! E você não tem a garantia de que será o meu sucessor. Abstendo-se os dois de mobilizarem a vontade para se harmonizar e unir-se em prol de Kemet, poderão ser joguetes das próprias circunstâncias que os envolvem. Não vejo o esforço de um lado e nem do outro, Abel.

— Ambos almejamos o trono, todavia, eu jamais usaria de meios ilícitos para ascender à coroa, Vossa Majestade.

Abel, ardiloso, seu olhar sempre esquivo, jazia absolutamente vinculado às entidades conscientes, que se apropriavam de suas forças, vampirizando-o em um processo veemente. Verificava-se o cerco tecnicamente organizado com propósitos apavorantes. O faraó, determinado, prosseguiu:

— Abel, mais cedo ou mais tarde a verdade virá à tona. Tem certeza de que não deseja confessar-me algo, segundo Maat?

— Se estiver suspeitando de mim, está cometendo um grave erro, Vossa Alteza.

— Rogo aos deuses que você não esteja envolvido em tão desprezível intento. Somos seres envolvidos em forças inferiores e superiores. Há criaturas que pensam, vivem e agem ardilosamente como se legitimamente conseguissem enganar a verdade. Infelizes! Réprobos de Maat que tomarão um grande susto quando perceberem, antes mesmo de suas almas deixarem os seus corpos materiais em busca do alívio do Amenti, que não conseguiram enganar nem a si próprios! Saiba: a verdade resultará em severa punição ao traidor, seja ele quem for.

— É o que espero, Vossa Majestade.

— Lembre-se, Abel, de que cada ser levará para o Amenti apenas as melhores ações que tenha praticado no mundo, segundo Maat. Somente a justiça e a bondade elevarão o ser. O condutor do Egito, quando não dispõe de princípios nobres no terreno do ideal e da justiça para se nutrir intimamente na tarefa a que se consagra, não poderá ser utilizado pelos planos superiores que impulsionam o progresso. Qualidades morais e virtudes são forças que devemos adquirir e cultivar, pois sem a posse delas é impraticável ascender ao trono. Por ora, vou ordenar que se intensifique a investigação. Creia! Os deuses me trarão a verdade!

— Conte comigo para apurar os fatos, pai e senhor de Kemet. Salve o faraó!

Abel sabia que o faraó não tolerava deslizes. Obstinado, não desistiria até encontrar o culpado. Seria inútil tentar abrandar o seu ímpeto. Porém, ele jamais desvendaria o acontecimento. Impossível! O *agente* de seu plano estava morto!

Sentimentos e ideias perturbadoras brotavam mais e mais em sua mente, favorecendo a ação dos inimigos espirituais que o acompanhavam. Não percebia que era um campo aberto à manipulação das sombras, e assimilava as ideias negativas.

Abel retirou-se, sorrindo.

Entidades, envergando soberbas vestimentas negras, igualmente sorriram em deplorável situação.

Núbia, escoltada por seus asseclas, enfatizou:

— Finalmente nosso plano começa a coroar-se de êxito!

Repentinamente, soltaram uma sinistra e macabra gargalhada, que ressoou por todo o ambiente.

Foram gritos plenos de satisfação e ódio!

Um deles apenas sorriu, e no íntimo interrogou-se: "Por que tanto ódio? ". Contudo, nem sequer ousou formular interrogações à "sua senhora". Acostumado a servir sem questionar, achava natural não entender as ideias de "sua dona". Seu papel era cumprir ordens e ele se orgulhava de servir fielmente a uma pessoa tão importante como ela!

Núbia, por sua vez, mantinha uma ideia fixa: desmoralizar Abel! E depois exterminá-lo!

O espetáculo apresentava-se bizarro.

A algazarra dos desencarnados ignorantes tornara-se ensurdecedora. Os estigmas da moléstia triunfavam em suas infelizes aparências. Comemoravam em uma atmosfera que se definia por cores densas e baixo teor vibratório. A ociosidade entre eles dominava.

Abel, constantemente cercado por restrito núcleo de bajuladores da corte, no momento, estava só.

Altas horas da noite, um informante arrastou-se sorrateiramente por entre os corredores sombrios do palácio, porquanto era povoado de guardas, espiões e servos que vigiavam meticulosamente tudo. Ao chegar aos aposentos de Abel, o serviçal bateu levemente na porta por repetidas vezes, era a senha combinada.

— Trago um aborrecimento, meu senhor e príncipe. Autoriza-me a entrar?

— Espero que justifique sua presença, porquanto sua simples vinda aqui já me compromete o suficiente.

— A nobre rainha Camila não se contentou. Convocou o chefe de segurança para redigir um relatório minucioso sobre o incidente da caçada.

— Inútil! Ela nada descobrirá! A prova do "incidente" está morta! Não há mais pista concreta! Quanto ao outro elemento, teve baixa da cavalaria e seguiu seu caminho com recursos suficientes para levar uma vida próspera e abastada. Jamais o veremos novamente! Não se preocupe.

— O seu coração é muito generoso, nobre príncipe, eu bem sei, pois igualmente, fui ricamente recompensado. O que ordena?

— A tentativa fracassou. Mas não desistirei. Tudo tem a hora certa; mais dia menos dia eu saberei me livrar de meu *irmãozinho* para sempre! Admito que Ninetjer possua uma sorte sobrenatural. Observe-o e mantenha-me informado. Seja meu aliado e não se arrependerá! Leve em consideração que no futuro eu reinarei e serei o único senhor de Kemet.

— Como queira, "Alteza".

Abel dispensou o informante que saiu a passos apressados.

Passadas algumas semanas, decorreram novas provas de força e destreza em jogos de luta e remo, em que Abel alcançara vantagem sobre Ninetjer.

Dar-se-ia outra avaliação.

Havia a promessa de que o sol da primavera estaria presente em toda a travessia. Uma flotilha partiu sem uma nuvem sequer no céu.

Raneb, Abel e Ninetjer estavam a bordo do barco real, que impelido por um vento forte, avançava a toda velocidade. A presença do faraó conferia um caráter excepcional à viagem, a corte fora informada às vésperas da partida, antes do ritual da noite. A experiência seria um bom teste. Um irmão teria que adaptar-se ao caráter do outro. Os dois esperavam duras provas. Pressentiam que não seria uma disputa fácil.

Havia muitas embarcações.

Eram centenas de trabalhadores a serviço.

Os dias escoaram rapidamente.

Foram mais de duas semanas de navegação, em meio à beleza do Nilo.

As embarcações percorriam trechos cujas margens eram circundadas por colinas, viam-se redemoinhos no rio que, vez ou outra, eram responsáveis por trágicos naufrágios. Os remos que os escravos movimentavam com precisão, a derramar todo o seu suor, agora eram vagarosos.

No topo dessas colinas, observavam-se raras cabanas de pescadores. A parte selvagem assemelhava-se a um imenso pântano povoado de milhares de aves, peixes e papiro. Viam-se pelicanos, flamingos, patos, garças, espécies variadas.

À proa de sua embarcação, o faraó observava a movimentação dos membros da expedição, homens rudes, trabalhando todos em um ritmo acelerado.

Bem mais alto, um bando de aves migratórias dirigia-se ao sul.

Finalmente, chegaram ao destino.

As embarcações encostaram.

Havia uma alta torre de madeira.

O faraó utilizou uma escada de cordas, desceu do barco real; Abel e Ninetjer o imitaram.

O objetivo era avaliar os filhos, ver como se portariam naquele mundo de obreiros, longe da infância principesca, da corte povoada de aduladores, intrigantes, ambiciosos. O sol implacável das pedreiras, longe do conforto e dos hábitos luxuosos, mostraria a real capacidade de resistência de cada um.

No dia seguinte, ao amanhecer, logo na chegada à pedreira, antes de iniciar os trabalhos, o faraó dirigiu-se a uma capela cavada na rocha. À entrada, uma estela com um texto de veneração ao sol nascente. Diante da pedra sagrada, o soberano estendeu as mãos celebrando o renascimento diário da luz, cujos raios começavam a iluminar o modesto santuário.

Ouvindo suas palavras, os presentes se ajoelharam.

Após o término do culto, deram-se início os trabalhos.

Os engenheiros e arquitetos dos templos dirigiam os afazeres; a administração propriamente dita pertencia aos escribas sagrados. Todas as corporações operárias, como escavadores, pedreiros, oleiros, carpinteiros eram organizadas com cerca de duas centenas de homens, e no comando de cada companhia estava um capitão de polícia, para cuidar da ordem. Os trabalhos mais pesados, como o carregamento das pedras para as construções, eram obrigação exclusiva dos escravos. Verdadeiro exército de mestres de canteiros, picadores de pedras e escultores trabalhava naquele vale. Os pedreiros extraíam os blocos de pedra, que eram separados por tamanho e talhados com habilidade. Embarcações faziam o transporte dos blocos até o templo ao qual estavam destinados.

Ninetjer abandonou seu traje de linho luxuoso e foi familiarizando-se com os hábitos dos canteiros de obras. Desejava a todo custo conquistar a confiança de seu pai.

Abel, visivelmente entediado e de mau humor, ainda cercado pelas entidades malfazejas que pretendiam prejudicá-lo, sentia-se profundamente irritado e com saudade do conforto da corte. Procurava mostrar-se benevolente com o irmão, todavia, buscando formas de humilhá-lo. Agia cruelmente com os escravos. Sua insatisfação fazia-se notar.

Anoitecera.

A lua oferecia um espetáculo no céu. Sua luz chegava de mansinho, espantando as trevas, fazendo reviver a esperança, trazendo forças para enfrentar as dificuldades. Deitado numa tenda, isolado, sob uma velha manta de lã, Abel contemplava a abóboda celeste. A habitual aflição voltou a marcar presença em seu coração e a mortificá-lo sem misericórdia.

Refletia sobre os últimos acontecimentos...

Quantas desventuras! Há algumas semanas, o episódio da maldita caçada! Seu plano ruíra! Esforços em vão! Não conseguira eliminar seu irmão! Depois, no regresso a Mênfis, as desconfianças de seu pai, e se não bastassem, as de sua mãe!

Em seguida, sofrera um acidente, machucara-se. Nada grave, porém, forçado a ficar na cama e condenado ao repouso e a severas restrições por alguns dias. E o pior! Ninetjer, além de se safar do atentado, regressara com os louros de herói! Nada obstante, a certeza de que não haveria de ser o "irmão medíocre" quem o impediria de realizar seus sonhos de ser o senhor absoluto do reino. O Egito seria pequeno para os dois! Isso era fato!

Na dimensão espiritual, representantes da vasta falange onde reinava a ignorância vibravam em uníssono.

Tudo corria a contento. Era como se a mente de Abel estivesse categoricamente sintonizada com a onda criadora lançada sobre ele, em um circuito intenso de forças, num círculo de ação e reação, um sobre o outro.

As horas correram, o cansaço venceu-o, Abel entrou na tenda e adormeceu.

Os sonhos, porém, foram agitados...

Viu-se numa paisagem alterada e estranha, habitada por seres desconhecidos... Uma suntuosa moradia em contraste com o cenário obscuro surgiu. A morada apresentava aspecto desagradável. Personalidades trajavam vestimentas surpreendentes. Capas pretas chamaram-lhe a atenção. Um anfitrião o recebeu. Tentou fugir. Solicitou ajuda. Ninguém o socorreu. Uma mulher de fisionomia desagradável aproximou-se. Abel, asfixiado, despertou aos gritos. Finalmente estava aliviado por reconhecer que fora um sonho somente, todavia, instalara-se a sensação ruim.

Levantou-se, coração opresso, deixou a tenda.

Uma chuva de estrelas chamou-lhe a atenção. Em todo o firmamento até onde seus olhos alcançavam, as estrelas resplandeciam, como se todos os deuses do Egito estivessem reunidos, compadecidos dos pecados que seus filhos cometiam em seus nomes.

Abel retornou à tenda. Deitou-se novamente com receio, elevou seu coração suplicando, a seu modo, que os deuses lhe concedessem um sono tranquilo. Imediatamente, apresentou-se uma entidade espiritual transbordando de amor e dirigindo-se aos irmãos desencarnados e desequilibrados que acompanhavam Abel como soldados a postos que vigiam um prisioneiro, pronunciou:

— Afastem-se! Quem dentre vocês é digno de julgar e condenar? Deixe-o em paz!

Os insensíveis seres perversos, hábeis hipnotizadores, que impunham a Abel terríveis tormentos psíquicos, tremeram e recuaram. Condenados pela própria consciência e incapazes de se impor perante o ser de luz deram uma trégua àquele que era cativo deles.

Suave brisa invadiu Abel, acalmando-o.

Seu mentor espiritual aproximou-se e fez uma prece que pareceu exercer sobre ele uma influência salutar há muito não sentida, embora ele nada percebesse. Disse-lhe, caridosamente:

— Desça ao fundo de sua consciência, meu filho. O que achou da excursão? São essas as companhias que deseja? É imperioso reconhecer que você habitará, no corpo ou fora dele, locais correspondendo à sua força de atração. As imperfeições morais dão vazão às ações das companhias maléficas, e o que lhe assegurará a paz de espírito é atrair as benfazejas companhias pela prática do bem. Sem dúvida, os "deuses bons" têm mais poder que os ignorantes, e a vontade deles bastaria para afastar esses últimos; eles, porém, assistem os que se esforçam para se melhorar.

Abel, momentaneamente, sentiu-se bem, como se reconhecesse de alguma forma aquela presença benéfica que lhe transmitia calma. O benfeitor prosseguiu:

— Filho, fui designado para assisti-lo, antes mesmo de seu reencarne, e afirmo-lhe que você se sentará no trono ou se projetará no abismo que construir. Não se prenda a fantasias inúteis, encarcerando-se aos fictícios prazeres, ao culto sistemático da revolta, do poder e do egoísmo, alimentando nocivas alianças, partilhando os resultados de ações condenáveis. Se optar pela trilha da harmonia e do perdão, as dificuldades não chegarão a surgir, contudo, se a perturbação e a crueldade prevalecerem, não será fácil desfazer-se dos obstáculos porque em tais circunstâncias é imperativo agir com imparcialidade, dando a cada um segundo o que lhe cabe. Liberte-se, Abel! Desperte, filho! Caia em si!

Abel, coração opresso, banhado em emoções inesquecíveis, acordou mais sereno, entretanto, sem conseguir mais conciliar o sono nem aquela noite, nem em muitas outras.

Era como se não quisesse se entregar ao sono, que não lhe fazia bem.

Horas, dias, semanas correram céleres.

Ao cair a noite, todos já se preparavam. Deveriam untar a pele com uma espessa camada de unguento um tanto gorduroso, pois caso não se submetessem a isso, seriam devorados por insetos das mais variadas espécies.

Nos crepúsculos, o faraó procurava mostrar as maravilhas do céu aos filhos. Contemplava as estrelas, revelava o nome das constelações, o movimento dos planetas, do Sol e da Lua, e o significado dos decanos.

Ninetjer ouvia-o e admirava-o; a tudo procurava entender.

Abel entediava-se, mostrava-se irritadiço, fechava-se num mutismo desagregador, cedendo às tentações, às sugestões menos felizes; não via a hora de retornar à sua vida libertina no reino.

***

As madrugadas brotavam prontamente.

Numerosos blocos eram extraídos. Nos canteiros, os operários começavam a trabalhar desde o alvorecer para aproveitar o frescor matinal. O território de cada equipe era delimitado.

Raneb não poupava seus filhos. A intenção era que os rapazes passassem pelos múltiplos serviços: Abel e Ninetjer foram escalados para limpar o curral e o galinheiro. Ali cresciam gansos cinza de cabeça branca, patos, codornas, galinhas. O encarregado da alimentação trazia grandes cestos cheios de grãos e os despejava nos comedouros. Os animais dispunham de um pequeno lago.

Transcorrida a segunda semana de serviço dos dois irmãos, o encarregado viu-se obrigado a apresentar o relatório ao soberano:

— Nobre faraó, seguindo a solicitação de Vossa Alteza de que o serviço deveria seguir corretamente e que tudo eu deveria relatar, houve sim uma pequena negligência.

— A que se refere?

— Nos dias em que a responsabilidade foi do príncipe Abel, faltou disciplina em sua tarefa. Inicialmente, ele despejou o conteúdo de quinze alcofas, conforme foi orientado. No terceiro dia, derramou nove, a partir do quarto dia, os recipientes ficaram praticamente vazios, e ele abandonou as atividades definitivamente.

— Desregrado... Esse moleque foi devidamente orientado. A quem acha que pode enganar? E quanto a Ninetjer?

— Foi disciplinado, Majestade. Todos os dias ele despejou quinze alcofas nos comedouros, conforme minha orientação, acompanhou os animais à lagoa para que pudessem se banhar e beber água fartamente. E conquistou a afeição de todo o galinheiro, principalmente de um ganso que praticamente o salvou de uma cobra.

— Adverti-os de que deveriam manter-se disciplinados.

— Na realidade, o príncipe Abel decepcionou, Majestade.

— Abel tem sido um desafio permanente, desde que nasceu. O trigo não cresce nem dá frutos por igual, apesar da boa qualidade da semente, outros fatores concorrem para a fertilidade. O campo que eu semeei talvez não esteja pronto. Continuarei semeando e, quando for propício, a semente germinará.

Mais tarde, no extremo da pedreira, Raneb dirigiu-se a Ninetjer.

— O Criador, através dos deuses, realizou ações perfeitas. Concedeu-nos o vento para que respirássemos por toda a existência; a água a benefício tanto do pobre quanto do poderoso; criou o homem à semelhança de seu próximo e, por fim, gravou em cada coração a recordação do Amenti — Além —, para que os sacrifícios fossem oferecidos. Mas o homem costuma transgredir a palavra dos deuses e procura perverter sua obra. Você se considera neste grupo, Ninetjer?

— Infelizmente, Majestade. Estou obcecado pelo que ocorreu na caçada, não consigo esquecer... Hei de encontrar o culpado que me armou a cilada! Tudo indica que o plano foi previamente calculado. Como sabe, um homem morreu e certamente foi cúmplice no atentado do qual fui vítima. Minha vida corre perigo, não terei sossego enquanto não desvendar esse mistério.

— Para quê? Crê que sentirá alívio por meio da vingança, meu filho?

— Seria uma compensação justa poder encontrar e castigar o traidor. Devo matá-lo! Afinal, preciso destruir o inimigo antes que ele me destrua. O que pensa, Vossa Majestade?

— Não se perca em futilidades. Se não se sente de espírito livre, Ninetjer, se está realmente aprisionado ao revide, deverá oferecer um sacrifício aos deuses. Está preparado?

— Estou à vossa disposição, Majestade.

Raneb chamou um guarda que trouxe um ganso.

Um sorriso sincero iluminou o rosto de Ninetjer.

— Reconhece-o?

— Sim. É o ganso que me salvou de uma cobra. Tornamo-nos bons amigos. Veja, ele me reconhece. Mas como o senhor soube de nossa amizade?

— Não importa. Mate-o e o ofereça ao deus desta pedreira. Assim, ficará purificado de seus sentimentos inferiores, Ninetjer.

— Matá-lo? Mas como eu poderia? Vossa Majestade coloca-me em uma situação difícil...

— Vamos, estou esperando, Ninetjer. Ofereça-o em sacrifício.

— Sinto muito, Vossa Alteza. Não posso matá-lo. Não conseguiria destruir a vida de quem me salvou. Devo-lhe, sobretudo, proteção.

— Sabe o que implica esse seu posicionamento?

— Sei e tenho a consciência de que o estou decepcionando profundamente, meu pai e senhor. Perdoe-me. Estou pronto para ser punido, contudo, não posso acatar essa ordem.

— Seria capaz de renunciar à sua condição para salvar a vida de um animal?

— Este não é um simples animal, Vossa Majestade. Trata-se de alguém que me salvou a vida.

— Siga-me, Ninetjer.

E foram caminhando.

— Sei que não deveria me atrever a desobedecê-lo, meu pai, desculpe-me por desapontá-lo...

— Acalme-se. Se tivesse assassinado o ganso que o salvou, teria sido o mais desprezível dos homens. Com a sua conduta digna, ultrapassou nova etapa das provas, meu filho.

Ninetjer sentiu o coração aliviado.

Dois dias após, partiram.

Durante o regresso, Ninetjer confraternizava com toda a tripulação e participava das manobras, aprendeu a fazer nós, a içar velas e até a usar o leme. Especialmente, familiarizou-se com o vento. O príncipe esquecia-se de sua condição, dispondo-se às tarefas realizadas pelos marinheiros. Tudo aspirava a aprender.

O faraó observava atentamente os dois filhos.

Era severo, reservado, esforçando-se para transmitir-lhes os rudimentos de sua importante e árdua missão de regente do Alto e Baixo Egito. Acreditava ser o senhor absoluto de sua existência, capaz de desafiar os deuses e os homens, para obter a vitória em qualquer combate. E aquela, em especial, não seria fácil, talvez a mais difícil! Cedo ou tarde, teria que tomar a decisão: Abel, o primogênito, ou Ninetjer, o mais novo, um ou outro seria designado para subir ao trono!

O tempo se esgotava.

E os dias se passaram lentos.

A flotilha real não tardaria a ancorar no desembarcadouro principal e todos os dignitários assistiriam ao acontecimento.

O vento impeliu-os, infatigáveis, continuavam a remar.

Alcatrazes em sintonia sobrevoavam as embarcações.

Ao longe, no extremo Delta, Mênfis!

O retorno de uma expedição era motivo de alegria e festividades. No cais, amontoava-se uma multidão. Haveria cerveja e iguarias oferecidas pelo palácio.

Tão logo desembarcaram, os homens receberam colares de flores. A população estava reunida, cantava, dançava em honra dos heróis, celebrando a coragem deles e a bondade do rio que os guiara de volta.

Camila, a rainha-mãe, bela mulher, elegante, amável e saudosa, colocou um colar em volta do pescoço de cada um de seus dois filhos. Era a guardiã da tradição e a consciência do reino do Egito. À frente de um vasto núcleo de pessoas, aconselhava, ordenava, velava para que fossem respeitados os valores de um regime firme e nada a interessava mais que a felicidade de seu povo. Reinava como uma autêntica soberana auxiliando a Casa Real; acautelava-se pelo respeito rigoroso da etiqueta e gozava da estima tanto dos nobres quanto do povo. Quem estivesse atento, constataria sua íntima preocupação com seus filhos. Pressentia que o núcleo matriculado na escola da vida terrena estava ali para uma sublime oportunidade. Sentia que deveria concentrar seus esforços para reconstruir e aprimorar o caráter deles, principalmente de Abel, e para tal se empenhava em exemplificar. Era como se houvesse selado o compromisso de propiciar a harmonia entre os dois filhos, que implicaria grandes responsabilidades, pois sem seu esforço pessoal, os dois rapazes e o núcleo desajustado de irmãos desencarnados, provisoriamente atrelados ao ódio do passado, não se converteriam aos desígnios divinos, no exercício de utilizar as forças da luz de que todos são detentores.

A misericórdia divina se manifestava como se a vida os houvesse reunido de novo, polarizando as energias em um abençoado refúgio terrestre para os devidos reajustes.

Capítulo 4

Alguns meses se passaram.

Isadora, bela moça, filha de nobres, ao atingir a maturidade feminina fora declarada pronta para o casamento, o que advinha em idade precoce, com o acordo das famílias, unindo os seus representantes em uniões fictícias e de interesses, que quase sempre terminavam em infelicidade. Não obstante, ao se aproximarem, Isadora e Ninetjer passaram a sentir um carinho profundo um pelo outro. À medida que conviviam, os sentimentos tornavam-se ainda mais verdadeiros. Ambos já haviam se declarado. Entre o casal, nascia o forte desejo de se unir.

Um fato, porém, aconteceu: Abel também se interessou pela mesma jovem. Se por um lado Isadora fora prometida a Ninetjer, por outro, Abel, sempre ligado à vida transviada em torno de muitas amantes e acostumado com orgias e noitadas intermináveis, invariavelmente metido em desavenças, desde que a conhecera, apaixonara-se irremediavelmente por ela. A partir da rejeição dela, passou a cometer os maiores desatinos.

A vida reunia antigos personagens que se vincularam em torno das dores e aflições de outrora, com a chance de surgir entre eles um novo vínculo, o do amor. Abel, Ninetjer e Isadora estiveram ligados no passado e pelos desvarios praticados naquele período, pelos sofrimentos que fizeram outros enfrentar, pela responsabilidade que tiveram no desvio de algumas pessoas — através de seus comportamentos egoístas — semearam no próprio caminho a necessidade de resgatar tais experiências no processo de aprendizado.

No momento, tudo corria a contento.

Benfeitores e amigos espirituais de nossos personagens permaneciam a postos nos períodos decisivos e complexos do destino de todos aqueles que tomaram como seus educandos, para auxiliá-los a enfrentarem os infortúnios, cumprindo as empreitadas a que se comprometeram antes de reencarnar. Envolviam-nos em vibrações generosas e calmantes, com as quais buscavam manter-lhes a lucidez e o senso de retidão, para não desperdiçarem a oportunidade do acerto de contas com o passado. Tudo se realizava sob os desígnios das leis universais que permitem que as responsabilidades de outrora sejam resgatadas pelos efetivamente culpados. Os tutelados haviam se preparado para enfrentar os obstáculos e, se antigamente fracassaram, teriam a chance de vencê-los definitivamente, e inclusive ajudar a outros espíritos em que a reencarnação fora imposta como único recurso para sua melhora.

A divina presença dos benfeitores amigos fortalecia as propostas de amor; dedicavam-se a lavrar os terrenos áridos em corações arredios. É evidente, tudo sob as diretrizes do Alto, a velar-lhes e a lhes intuir a seguirem pelos caminhos retos, não escolhendo trilhas tortuosas que só fariam aumentar suas dívidas.

Ninetjer sentia-se satisfeito porque estava prestes a cumprir mais uma etapa rumo ao trono — a de se casar com a principal finalidade de conceber filhos; já Abel, que tudo fizera para desfazer aquela união entre seu irmão e Isadora em um jogo acintoso de sedução, experimentava enfraquecimento geral.

Abel, sem conseguir manter o fluxo mental que dominava os seus pensamentos e nem mesmo parar de olhar e desejar a noiva de seu irmão, percebeu que seus sentimentos ficaram à deriva.

Sentia todo o seu corpo arder de amor e simultaneamente de ódio, irremediavelmente combalido. Vivia sob o império das fantasias e das ilusões, de devaneios a devaneios.

Recolhido em seu quarto, Abel fechara os olhos por um breve momento. Que tipo de brincadeira era aquela? Que espécie de zombaria a vida fizera com ele? Não era possível que o destino se divertisse daquela forma! Apaixonara-se por Isadora! E a única mulher que conquistara seu coração verdadeiramente; casar-se-ia com seu irmão! Ninetjer formaria uma família com "sua amada" e o pior: com o enlace, aproximava-se do trono. Sim! Definitivamente, seu irmão era o responsável por toda a sua desgraça! Mas não! Pelos deuses! Lutaria com todas as suas forças até o fim! Eles não ficariam juntos! Ela haveria de ser sua! Teria de separá-los a qualquer custo!

Havia ali objetivos maiores.

O planejamento do mundo maior requeria algo novo.

Anteriormente, ambos viveram em lados opostos, rivais que foram no campo da paixão, e de certa forma, parceiros na ânsia de poderes efêmeros; atualmente, permaneciam em franca oposição dentro do lar, tudo isso para que os desatinos fossem contidos, para que um dia, o respeito mútuo, a amizade e a lealdade fossem a bandeira daquelas duas almas atormentadas pelo passado.

Abel, movido pela paixão arrebatadora e pela ambição desmedida, sabia jogar com os próprios interesses e tinha a paciência como sua maior virtude, dedicando-se aos planos de destruir seu irmão.

Gargalhadas sórdidas ecoavam em torno de seus pensamentos. Extremamente habilidosos e planejados em suas ações, nossos irmãos mal-intencionados do invisível sabiam o que desejavam, como desejavam e a maneira mais fácil de atingir seus objetivos.

Na verdade, todos eles que estavam ali, vinham juntos pelas noites insondáveis do tempo, sempre destilando a sede do domínio, da volúpia pelas riquezas transitórias, do ciúme, de incontáveis desvarios e, por conta dessas invigilâncias, deixavam escapar abençoadas oportunidades de renovação.

Certo é que, por vezes, os projetos dos homens para o mundo são uns, os projetos do Alto são outros, contudo, a marcha dos acontecimentos estava em compasso adequado com ambos os planos, rumo ao exercício do perdão e à prática do amor.

***

A união entre Ninetjer e Isadora foi marcada.

O enlace matrimonial agitava a cidade, colocando-a em efervescência, e agora faltava pouco para a organização do grande dia. Em Mênfis, tudo acontecia em torno dos preparativos, e ninguém ousava comentar algo que não girasse em torno do evento. Nenhum soberano poderia reinar sozinho porque o faraó era a união de princípios masculinos e femininos, conciliados e harmonizados.

Na época, os conceitos de matrimônio, sobre determinados aspectos, eram diversos. Casar, ou como era mencionado, "viver juntos", de modo geral, era um ato privativo que só dizia respeito aos protagonistas; não era usual a confirmação por parte de nenhuma instituição — religiosa ou civil. Para se considerarem casados, bastava o consentimento mútuo do casal que decidia conviver. O acontecimento era celebrado pela família de ambos os contraentes com uma festa adequada, contudo, sem uma cerimônia oficial que o sancionasse. No círculo faraônico, porém, as decisões sobre os matrimônios eram determinadas, sobretudo, assegurando os futuros interesses.

***

O dia amanheceu claro, o céu estava completamente limpo e o calor, intolerável. Reinava grande animação no pátio do palácio, centenas de convidados se locomoviam. Seria celebrado o casamento do casal com toda a pompa real que a ocasião requisitava; príncipes, dignitários e grandes senhores de Mênfis foram convidados. Cordeiros, patos, frutas, grandes barris de vinho, tudo devidamente pronto e organizado.

À hora aprazada, começou a desfilar um imponente cortejo de funcionários da corte e de escravos que carregavam os mais variados presentes, dentre os quais arcas cheias de tecidos e caixas abertas repletas de perfumes e pedras preciosas, joias, artigos de ouro, plantas carregadas de flores e pássaros de outras terras, de plumagem colorida.

Isadora foi conduzida à sala do trono, onde já se encontravam a família real, os nobres e os cortesãos.

Raneb, sentado no trono, usava as vestes da cerimônia e o *pschent*, ornamento de cabeça composto pela coroa dupla branca e vermelha, símbolo do Alto e do Baixo Egito. Segurava em uma mão um cetro parecido com um pequeno bastão dourado, com uma das extremidades formando um gancho, simbolizando o próprio conceito da lei e da ordem; e na outra, o mangual de fios de seda vermelha, azul e amarela, símbolos da religião e do poderio.

Ninetjer contemplou Isadora, belíssima em seu traje nupcial. As joias que a cobriam cintilavam, lançando reflexos multicores e o brilho de seus olhos escuros rivalizava com o das pedrarias.

Os sacerdotes que acompanhavam Raneb, dentre eles, o sumo sacerdote, aproximaram-se e, após haverem abençoado os noivos, presentearam-nos com preciosos amuletos, que deveriam proteger sempre do mau-olhado. Zeuro liderava, possuía um caráter sóbrio, corajoso, sereno, sabia dosar o equilíbrio e a afetividade. Era reverenciado pela maioria e respeitado por todos por ser um espírito preparado na compreensão dos mistérios das forças naturais, bem como na manipulação dessas energias para benefício dos que o procuravam em busca de auxílio. Por seus conhecimentos e por sua experiência nas relações com o invisível, o sumo sacerdote possuía recursos para aclarar problemas, fossem decorrentes de circunstâncias que envolvessem assuntos materiais, de saúde ou religiosos.

Em seguida, o pai de Isadora declarou para a assembleia ali presente que, honrado, ele concedia a Ninetjer a mão de sua filha em casamento.

O ministro de negócios estrangeiros, um homem elegante num belo traje, olhos brilhantes, aproximou-se.

— Que esta união desencadeie a energia divina, que seja duradoura, feliz e mantenha unidas nossas terras!

Um embaixador, homem baixo, frágil e magro, destacou-se dos diplomatas e curvou-se diante do faraó, dirigindo-se aos noivos.

— Que Sua Majestade, o faraó, senhor das duas terras, o sopro do fogo que revigora, os abençoe!

Um escriba oficial, trabalhador infatigável, que dirigia uma equipe de cerca de quinze especialistas que preparava resumos sobre todos os assuntos essenciais destinados ao monarca, registrava o momento.

Camila levantou-se e aproximou-se de seu filho Ninetjer, entregando-lhe um vaso de faiança.

O noivo ungiu a fronte da princesa com o precioso óleo.

— Eis a unção do matrimônio. Que as forças do mal se afastem de nós. Que possamos dar cumprimento ao nosso dever, segundo Maat.

Raneb fez com que Ninetjer se aproximasse, colocou a mão de Isadora sobre a do filho, entregou-lhe um anel que trazia em seu próprio dedo e um colar magnífico; em seguida, os noivos receberam os cumprimentos de toda a corte. A união estava selada. O ambiente era um misto de expectativas que se dividiam entre as atenções voltadas aos noivos, ali pomposamente posicionados, e Abel.

Naquele instante, um intenso ódio abatia-se sobre o coração de Abel. Ele direcionou um felino olhar de extermínio para Isadora que, confusa, sentiu a imediata necessidade de se colocar em oração, sem conseguir entender também seus próprios sentimentos em relação ao cunhado. Tinha certeza de que era desejada pelos dois irmãos, e isso a assustava. Era o passado que emergia das profundezas de nossos personagens, cujas emoções avançavam. Esses arrojos mentais poderiam se desvincular quando bons sentimentos viessem a ser fundamentados pelo alicerce da afeição verdadeira e pelas atitudes benéficas.

Ali, às ocultas, alguns irmãos mal-intencionados do invisível observavam sorrateiramente o cenário. Núbia e sua "corte" do invisível chegaram perto de um e o envolveram, depois buscaram outro, e mais outros... E assim foram, de pessoa em pessoa, contaminando o ambiente e deixando grande desassossego no ar. Divertiam-se. Alguns dos presentes sentiram um mal-estar; outros registraram sinais de fraqueza; outros, o medo. Repentinamente, avançaram sobre Abel e soltaram gargalhadas alarmantes, que retumbaram por todo o ambiente, sem ser captadas pelos ouvidos físicos, mas sentidas por muitos.

Havia fatos resguardados no silêncio dos séculos, todavia, a vida os reunia ali, permanecendo jungidos até que pudessem se desfazer da bagagem de enredos infelizes de outrora.

Foram risos descomedidos e irônicos, plenos de horror!

Terminada a cerimônia, os presentes dirigiram-se ao templo.

O acesso era constituído por ampla alameda. Na liteira real, conduzida por quatro carregadores, Isadora observava tudo. Entre as colunas, destacavam-se estátuas, atravessaram uma sala imensa, em volta desse recinto alinhavam-se pequenas capelas e outras salas menores. Os sacerdotes, vestidos com suas longas túnicas de linho, púrpuras e bordadas, tinham sobre o ombro esquerdo a sacerdotal pele de pantera. Serenos, aguardavam a família real e os altos dignitários da corte. Ouviam-se, então, os acordes de suave música, e as cantoras do templo entoaram seus hinos de exultação. Eram as famosas virgens do Egito, consagradas ao serviço dos deuses. Viviam reclusas na Casa do Canto, sob a vigilância da grande sacerdotisa. Cada uma tinha consigo uma noviça para servi-la. Súbito, as cantoras terminaram seus hinos, e a grande sacerdotisa fez soar o sistro da deusa Ísis.

Horas mais tarde, durante o banquete de núpcias, Abel distraía-se com os convivas que bebiam alegremente o vinho da Casa Real e comiam tâmaras, figos, creme de lentilhas, pato assado no mel e os deliciosos pães e doces do palácio.

Em dado momento, surgiram bailarinas cujos corpos jovens vestidos com transparentes véus formavam um conjunto fascinante, de gestos extravagantes e harmoniosos.

As aias vieram buscar a princesa Isadora para levá-la ao aposento nupcial. A festa prosseguiu animadamente e, logo depois, Ninetjer retirou-se, indo ao encontro de sua noiva.

CAPÍTULO 5

Após os longos anos de provas pelas quais os dois irmãos passaram, tudo se desdobrou rapidamente.

A estrela Sothis, também chamada de Sírio, já aparecia nos céus, apontando o ano-novo e a chegada da primeira estação: a "inundação". O regresso da cheia era uma das poucas ocasiões em que a população podia ver o faraó, a rainha-mãe, os filhos e os principais dignitários.

Naquela manhã, haveria uma procissão que marcava o novo período.

Raneb, coberto de joias e verificando as pregas de seu longo traje de linho, preparava-se para se posicionar à frente no ritual de oferenda até o Nilo.

O calor era intenso. Uma multidão se precipitava para observar o cortejo. Camila usava uma coroa com plumas que a incomodava. Ao longo do caminho, potes de incenso fumegavam, enchendo o ar com um aroma sagrado. O faraó nomearia um de seus filhos como seu sucessor.

Havia anos que Abel apresentava-se em público ao lado direito do soberano. Um grande número de pessoas esperava, com impaciência, que o hábito se repetisse. A popularidade de Ninetjer já não era a mesma — semblante sério, compenetrado, reservado.

Neste dia, porém, algo se modificara.

Abel avaliava que poderia perder terreno para o irmão, incomodando-se demasiado com sua presença. Trazia em mente convencer o faraó a permanecer mais tempo nos templos, enquanto ele se imiscuiria nos negócios do país, assim, poderia multiplicar seus contatos ocupando um espaço crescente e, rapidamente, tornar-se-ia indispensável.

E, por garantia, sobretudo, deveria manter o irmão afastado.

Na verdade, os dois irmãos estavam nervosos e com grandes expectativas, pois a cerimônia pública escancararia a posição do faraó sobre a sucessão.

A procissão prosseguia. O casal real seguia o ritualista, que havia acomodado os demais membros segundo os desígnios do próprio faraó.

Abel continuava ocupando o primeiro lugar logo atrás do rei e da rainha, à vista de todos, como se fosse o sucessor designado. O cortejo estendia-se desde a saída do palácio até a entrada para o Nilo, os sacerdotes de cabeça raspada, vestidos de branco, vinham logo atrás do monarca.

Ninetjer postava-se ao lado de Zeuro, o grande sacerdote de Ptah, o preferido do faraó Raneb. Detentor de grande sabedoria, era o verdadeiro senhor do Egito. Dialogava com as almas dos antepassados. Conhecia o magnetismo, o sonambulismo, curava através do sono induzido, praticava a clarividência com fins terapêuticos, conhecia os efeitos físicos e era célebre pela prática da cura hipnótica. Havendo permanecido recluso por alguns dias na capela da morada da eternidade, evocara aqueles que haviam vivido sua existência de acordo com a regra de Maat. Em especial, comunicara-se com um espírito conhecido que havia muito exercera a função de faraó na Terra. Recebera orientações de espíritos luminosos, que surgiram à sua vidência e audiência, posteriormente repassando-as à Sua Majestade, Raneb.

Cortesãos influentes e damas com suntuosas indumentárias observavam o quadro. Nobres e altos funcionários enfeitados com requinte espalhavam-se em frente à fachada do santuário, num grande pátio a céu aberto. O faraó e a rainha-mãe já haviam assumido os seus postos no interior do templo.

O sol inclemente obrigava a todos a proteger-se sob os guarda-sóis.

Súbito, um sacerdote de vestes brancas saiu do interior do templo. Empunhando um bastão, abriu caminho, chegando à frente de Ninetjer.

— Queira acompanhar-me, príncipe Ninetjer.

O jovem acompanhou-o em silêncio.

Ninetjer, embaraçado, transpôs o templo coberto, seguindo o sacerdote. Abel, em seu íntimo, considerava finalmente ter conseguido afastar o irmão de seu caminho. Havia evidências de que Ninetjer seria proclamado vice-rei de algum território longínquo e enviado para assumir a função, deixando livre o caminho.

Ninetjer transpôs o limiar da porta, que se fechou atrás dele, e cercado por nuvens de incenso perfumado, ouviu alguém a interrogá-lo:

— Quem é você?

— Sou Ninetjer, filho do faraó Raneb.

— Neste lugar secreto, inacessível aos profanos, celebramos a presença de um antepassado fundador da nossa dinastia. A sua figura gravada nas paredes permanecerá para sempre. Compromete-se a prestar-lhe o culto e a venerá-lo?

— Sim, comprometo-me.

— Aproxime-se, meu filho.

Ao aproximar-se, o príncipe reconheceu seus pais sentados em dois tronos. Só agora reconhecia que a voz familiar era a de Raneb. Os acessórios exprimiam o poderio e a dignidade real, conferindo força e proteção. Como filho do deus Sol, o rei dos deuses, força criadora da vida, o faraó trazia a coroa de Ptah à cabeça, e Camila, a coroa da deusa Sekhmet, esposa de Ptah, constituindo a família divina. Ninetjer era identificado como o deus filho. A família real confundia-se com a família divina, formando assim, a tríade sagrada.

O rapaz ajoelhou-se perante ambos, que impuseram as mãos sobre sua cabeça.

— Filho, o que é um faraó?

— Aquele que propicia a felicidade a seu povo.

— Já pensou alguma vez nos assuntos do Estado? Os anos passam... Minha obrigação é estar atento, pois eu partirei para o reino de Osíris, assim como partiram os nossos antepassados.

— A rigorosa prática dos rituais é a base de nossa sociedade. Pretendo me dedicar cada dia mais — disse o príncipe.

— Filho, além das obrigações espirituais, um faraó é obrigado a se prender ao mundo subterrâneo e escuro, para nele enfrentar os desafios materiais como a seca do Nilo, por exemplo. Se eu não travasse este combate no dia a dia, que rituais celebraríamos?

— E de que forma posso servi-lo melhor, meu Senhor e Grande Rei?

— Depois de todas as provas pelas quais passou, desejo nomeá-lo príncipe regente. Você é digno de governar, o povo precisará ter confiança em suas palavras, os seus atos carecerão de ligar o céu e a terra. Deverá propiciar um Nilo fecundo, que atingindo a base das colinas, deposite limo fértil sobre as terras, oferecendo ao povo água pura e peixes. Graças ao faraó, os alimentos devem ser tão abundantes como os grãos de areia no deserto. Aceita preparar-se para modelar a prosperidade com as próprias mãos, meu filho?

— Estou a serviço de Vossa Majestade e de Kemet.

— Privilegie em todos os seres suas virtudes, procure em cada um aquilo que é insubstituível. Ame Kemet mais que a si próprio e o caminho se abrirá à sua frente. Não sei quantos anos de existência os deuses me concederão. Fui orientado pelas vozes do mundo dos mortos, através de Zeuro. Chegou o momento de associá-lo ao trono. Você é o mais bem preparado!

— Estou feliz, porém, espero que Vossa Majestade viva e continue a nos proporcionar sábios exemplos por muitos e muitos anos.

— Ninetjer, proceda como o Maat enquanto estiver no domínio desta terra. Consola o que chora, não oprima a viúva, não expulse ninguém da propriedade de seu pai e não prejudique os funcionários no seu emprego. Embora estejamos cercados de escravos, evite castigar inutilmente, e não mate.

Enquanto isso, na área externa, a corte, em peso, aguardava.

O burburinho se converteu em silêncio.

Raneb surgiu do interior do templo, com Ninetjer à sua direita. Abel sobressaltou-se.

Raneb bateu palmas, calaram-se os presentes, curvando-se.

— Associo Ninetjer ao trono. Nomeio-o regente do reino, a partir de agora participará das decisões que eu tomar. Ele aprenderá a governar o nosso país, enquanto eu estiver vivo, zelando pela felicidade e pelo bem-estar do povo. Lutará contra os adversários internos e externos e fará respeitar a Lei de Maat.

O ritualista, por ordem do faraó, depositou em Ninetjer um diadema de ouro significativo.

Abel, colérico, mordeu os lábios, precisava se controlar.

— A partir deste instante, nomeio Abel general dos exércitos.

O filho primogênito não esperava, desmoronou. Um vermelhão tomou-lhe o rosto: "Impossível! Fui traído por meu próprio pai! O que fez meu irmão para que as coisas tomassem esse rumo? Desgraçado! Passou-me a rasteira!" — pensava o inconformado Abel.

No alvoroço que se seguiu à nomeação, muitos correram a felicitar o novo regente, menos Abel.

Alguns partidários dele demonstraram adesão a Ninetjer de forma ostensiva, outros não. Era evidente que, com a nomeação de general, seu pai o havia descartado, o pusera de lado. Estava vencido, porém, atribuído com um consolo: o posto honroso desprovido do poder real.

Abel, enraivecido, meditava.

Corroído de ciúmes e indignação, curvar-se-ia momentaneamente perante o irmão, mas não renunciaria!

Quem poderia saber o futuro? Afinal, um regente poderia morrer antes mesmo do faraó que o escolheu!

Qualquer um poderia perder a vida! Seu pai era forte, poderia viver por muitos anos e, pelo que o conhecia, não delegaria senão pequena parte de suas atribuições a Ninetjer.

Nem tudo estava perdido, concluiu.

Competia a ele empurrar o irmão ao abismo, fazê-lo cometer erros irreparáveis.

Por fim, Abel sorriu, controlando-se.

Terminada a cerimônia, dispersaram-se.

CAPÍTULO 6

Algum tempo depois...

Os reflexos cor-de-rosa incidiam no céu cinzento.

Era novembro, as águas baixavam e os marcadores do Nilo voltavam a registrar o nível normal; iniciavam-se os trabalhos de plantio. Os camponeses adequavam os arados, trabalhavam o lodo mole, abrindo sulcos antes da passagem de semeadores. Plantavam diversos produtos, em especial, linho para a fabricação de vestuários, cevada para a fabricação de cerveja e trigo para a fabricação de pão. A nova estação perduraria até fevereiro, e só fora plausível devido à inundação do rio, que foi favorável, nem muito alta nem muito baixa, possibilitando uma quantidade de água satisfatória para que os irrigadores fizessem crescer as culturas.

Os deuses estavam favoráveis! O ano seria farto! Os celeiros ficariam cheios! De acordo com o decreto, Raneb deixava a Ninetjer o encargo de governar, não obstante ele consultasse frequentemente o pai que, na prática e para o povo, continuava a ser o faraó reinante.

Isadora residia na Casa das Mulheres, uma instituição paralela à administração real, onde eram abrigadas mulheres vindas de diversas partes do mundo, localidade também onde seriam educados seus futuros filhos e residência das mulheres secundárias. A todo custo, nossa personagem tentava engravidar.

Os filhos, não apenas no círculo faraônico, tinham para os egípcios uma grande importância, pois em princípio dependia deles a possibilidade de se viver eternamente. Eles consideravam que o ser humano era composto por seis elementos: o corpo, a sombra, o *ba*, o *ka* , o *akh* e o nome. O corpo era o alicerce físico dentro do qual existia o homem e era produzido pelos progenitores como resultado da introdução do sêmen no útero. A sombra continha algo de cada pessoa, pois fazia parte dela. O *ba* era tudo aquilo que fazia com que uma pessoa fosse um indivíduo, exceto o corpo; costumava se identificar com a alma e consideravam que, uma vez morta a pessoa, o *ba* continuava a existir e podia mover-se livremente pelo mundo sem o corpo mumificado. O *ka* era considerado a energia vital de cada ser, aquilo que estabelecia a diferença entre uma pessoa viva e uma morta; os egípcios acreditavam que essa força vital havia sido transferida para cada ser humano pelos pais.

Ao morrer, mumificavam o corpo e realizavam o ritual da Abertura da Boca, mediante o qual devolviam ao falecido o uso dessa e dos demais sentidos. Também permitia ao *ba* libertar-se de sua ligação ao corpo e partir para se reunir com o *ka*. Quando ambos o faziam, naquele recuado tempo, acreditavam que o faraó tinha a capacidade de converter-se num *akh*.

Era obrigação do filho se encarregar dos funerais do pai e, no caso da realeza, quem realizasse as cerimônias fúnebres do faraó, converter-se-ia em seu legítimo sucessor.

Uma vez mumificado e enterrado o corpo do pai, separados deles o *ba* e o *ka,* esse último tinha de se alimentar para poder continuar a existir. Essa alimentação, que era imaterial, consistia nas oferendas que se realizavam periodicamente perante a estela da porta falsa do túmulo do progenitor, e ao fazê-lo o filho atuava como sacerdote do *ka.*

Um filho, portanto, era tudo o que o núcleo faraônico almejava.

Assim foi que Isadora, pressionada pelos familiares, já se sentindo incomodada com a situação, desconfiou de que havia engravidado. Submeteu-se, então, à prova do trigo e da cevada, umedecendo-os diariamente com sua urina, e o trigo havia germinado, o que significava que daria à luz uma menina.

O tempo deu novo salto.

O período da colheita chegara.

O despertar dessa estação era literalmente a palavra de Deus na natureza, exaltando a esperança na linguagem da vida que se renovava. Nessa didática divina, os celeiros transbordavam e nova personagem fora plantada no campo terreno.

A tarde caíra. Em dado momento, uma jovem serviçal, cabeça baixa, esbaforida, dirigiu-se a Ninetjer, no gabinete real de Raneb.

— Meu senhor, meu senhor! Está acontecendo! A princesa Isadora vai ter o bebê!

Ninetjer levantou-se rapidamente, esbarrou no chefe dos médicos do palácio, que contava mais de cinquenta anos, considerado autoritário com os pacientes.

— Desejo ver a princesa — determinou Ninetjer.

— Não será possível, nobre príncipe. Ela acaba de ser conduzida à sala de partos no pavilhão de nascimento.

— Eu exijo vê-la! Por que não me deixam entrar?

— Porque o ritual de nascimento é um assunto de mulheres. Sua presença será inútil e perigosa.

— É o meu filho que vai nascer!

— Cuidarei disso. Não se preocupe.

Era lua nova, a noite estava bem escura.

O nascimento seria assistido por várias sacerdotisas que ajudaram Isadora a caminhar até a sala de partos, cujo pavilhão era arejado e fora decorado com flores. Aflitas, sabiam que a vinda de uma criança ao mundo era uma passagem perigosa. Sempre havia a possibilidade da mãe ou da criança não sobreviver ao parto. As parteiras, conscientes do perigo, tentavam tranquilizar a todos. Seria preciso separar a criança do corpo da mãe sem que nenhum mal lhe acontecesse, esperando que as forças benéficas da criação trouxessem a criança à luz, dessem-lhe a vida e não abandonassem sua alma na hora do nascimento.

Em pouco tempo, a notícia do nascimento espalhou-se pelos corredores do palácio. As auxiliares tinham funções distintas, desde a intervenção com a parturiente até a recepção da criança. Suas mãos eram lavadas com um óleo sagrado.

Ninetjer, aflito, esperava do lado de fora.

As dores tornaram-se insuportáveis, acomodaram Isadora em um assento apropriado. Tigelas com água quente foram colocadas à disposição. Pedras com textos mágicos, segundo os quais Thot fixava o tempo de vida e o destino do recém-nascido, foram dispostas.

As parteiras sabiam que a luta de Isadora seria longa e o final incerto. As contrações tornaram-se mais frequentes.

As fórmulas rituais eram pronunciadas com o intuito de afastar os "espíritos das trevas", que tentavam impedir o nascimento. Uma delas se destacava no tom de voz, dirigindo-se à divindade celestial que personificava os princípios do amor, da maternidade e da alegria.

— Oh, deuses! Que a deusa Hathor conceda à princesa uma criança saudável. Que as duas sobrevivam! Que as trevas não lhe façam mal, que não as levem! Que o espírito venha a ela e lhe dê o ânimo da vida! Guie nossas mãos! Que as estrelas lhe sejam favoráveis!

As parteiras, concentradas, incansavelmente recitavam as antigas e tradicionais fórmulas contra a dor. As abanadoras de leque se mantinham a postos. Por intermédio de fumigações e poções, a dor era atenuada.

— Força, minha senhora! Continue, estamos conseguindo! Força! O bebê está vindo! Em breve, o terá em seus braços!

A jovem mãe gritava desesperada de dor.

— Está nascendo! Está nascendo, senhora!

Em meio a um jato de sangue, a criança surgiu.

Todos estavam ansiosos. Amparada pelos braços da parteira, a criança chegou ao mundo a plenos pulmões, a recém-nata chorou alto, fortemente. Estava viva, sobrevivera ao nascimento!

— Uma menina!

***

Raneb e Camila, os pais de Ninetjer, atravessaram o longo corredor do pavilhão mal-iluminado em direção à pesada porta da sala de partos. Cortesãos se aglomeravam em torno.

Ninguém recebera autorização para entrar.

Súbito, a porta se abriu.

A sacerdotisa superior apareceu radiante.

— Terminou finalmente? — indagou Raneb.

— Sim, Vossa Majestade.

— E a princesa Isadora?

— Está bem e com saúde!

Uma aia apareceu com a criança nos braços dirigindo-se a eles, abrindo caminho entre as mesuras dos cortesãos.

Camila usava um longo e amplo vestido de tecido escarlate, um cinto incrustado, colar e braceletes enfeitavam o pescoço e os braços, um pequeno adorno lhe cobria a cabeça, um *claft*, enfeitado na testa por um admirável diadema.

A rainha-mãe manteve-se estática, observava a criança enrolada em panos. Levantou a coberta para ver o sexo.

Raneb, fisionomia fechada, expressão de surpresa.

Um olhar sombrio e gelado encontrou-se com o da esposa.

Decepcionado, abaixou o pano.

Ninetjer estava tenso.

— Isadora tinha razão! Os astros e os deuses, igualmente! É uma menina! Mas lembre-se, meu filho, é um dever da esposa dar um neto homem ao regente, um possível herdeiro de Kemet — disse Raneb.

— Minha esposa e minha filha estão bem? — Ninetjer perguntou para a aia, ignorando o pai.

— A princesa Isadora está bem. A criança nasceu um tanto fraca e chora sem cessar. Preciso levá-la para mantê-la sob cuidados.

— Quero vê-la!

Ninetjer, tomando a criança nos braços, a observou longamente.

A recém-nascida, para espanto da ama, parou imediatamente de chorar.

Ninetjer entregou-a, então, à ama, e com um olhar ameaçador, disse-lhe:

— Mulher, cuide dela! Que a sua vida seja guardada pelos deuses, pois caso algo lhe aconteça, eu enterrarei você viva, mas não antes de lhe furar os olhos e lhe cortar a língua!

— Ninetjer, se Isadora não lhe der um filho varão, não receberá o título de primeira-dama e esposa de seu país. Por isso, a necessidade de muitos filhos!

— Se minha filha sobreviver, ela poderá ser consagrada rainha.

Raneb, contrariado, desviou os olhos de Ninetjer, retirando-se decepcionado, todavia, não sem antes ordenar:

— Toquem os sinos no pátio! Somente dois toques! Devemos anunciar que se trata de uma menina!

Dirigindo-se ao médico, Ninetjer inquiriu:

— Qual é o receio?

Fez-se silêncio, o médico respondeu em seguida:

— O cordão do amuleto que deveríamos colocar no pescoço da criança despedaçou-se. Trata-se de um mau presságio. Vamos aguardar a decisão dos deuses.

— Não permita que nada aconteça com a minha menina.

***

Dois dias haviam se passado.

Uma luxuosa cadeira com mais de uma dezena de carregadores acabava de se aproximar. Ninetjer apresentava-se com as costas apoiadas num alto encosto, os pés aninhados num tamborete e os antebraços colocados nos apoios da cadeira. Ordenou, então, que os carregadores acomodassem a cadeira no chão. O portador de sandálias colocou imediatamente uma banqueta, calçou-lhe os pés e o ajudou a descer.

Uma profetisa, que o aguardava com expressão sombria, destacou-se de um grupo e encaminhou-se até ele.

— Fale! Sem nada ocultar! O que há com minha filha?

— O destino dela será decidido nas próximas horas. Torna-se imprescindível descobrir um meio de afastar os "deuses malignos", senão a criança não sobreviverá! Segundo as amas de leite, ela recusa-se a se alimentar, meu senhor.

Ninetjer entrou no aposento.

Isadora estava prostrada no leito, acometida de um estado febril que não passava nem à custa de remédios conhecidos. Sua situação era lastimável. Nada diminuía a temperatura, nem os remédios nem o banho. Por isso, chamaram seu esposo que, perdido em pensamentos, até o momento considerava apenas um ataque de nervos, próprio das mulheres, mas que agora o preocupava.

Isadora, alma sensível e de sentimento nobre, desajustara-se, pressentindo o assédio das forças desagregadoras.

Uma ama de excelente saúde fora encarregada de amamentar a filha do casal. A criança recusava-se a mamar e chorava muito. Isadora, vulnerável, agravava seu estado com a repetição constante das ideias negativas de Núbia, que do invisível projetara em seu pensamento a imagem do funeral da recém-nascida, revestida de todas as dores e angústias. E com essa imagem a lhe envolver o pensamento, Isadora passou a imaginar o corpo frio e sem vida de sua filhinha, os olhos apagados, sofrendo profundamente.

Núbia atingira o objetivo, projetando-se sobre aquela que procurava influenciar. Isadora desesperou-se.

Ninetjer dirigiu o olhar à aia, que se levantou, fez uma mesura e deixou o quarto.

Ele sentou-se no longo divã de couro ao lado da esposa.

— Não me esconda nada, Ninetjer. Eu preciso saber a verdade. O que há com nossa filha?

— Recusa-se a se alimentar e não para de chorar.

— Prometa-me que não deixará que as forças das trevas a levem.

— As sacerdotisas estão convencidas de um feitiço.

— Um feitiço, aqui em nosso palácio? Considero essa ideia inconcebível!

— Talvez fosse melhor convocar os sacerdotes e os magos da corte.

— Sinto que há algo errado! E se o responsável estiver entre eles? — indagou a sofrida mulher.

— Não pode ser...

A recém-nascida acalmou-se, parou de chorar.

— Já pensou em um nome para a nossa menina?

— O que acha de Ísis, em homenagem à minha bisavó?

— Eu aprovo. Tenho consciência de que não poderei lhe dar mais filhos. O rei e a rainha me acusaram de não poder dar-lhe um filho varão.

— Se um dia eu for aclamado faraó, e Ísis sobreviver, será a legítima herdeira da coroa. Não precisamos de mais filhos.

— Não é mais um simples homem como os demais, e como príncipe regente deverá ter outros filhos para a garantia do reino, seja comigo ou com as esposas secundárias. Os jogos de poder são cruéis, Ninetjer.

— Você é perspicaz. Preciso que tente identificar os meus inimigos e me aconselhe.

— Observo o olhar felino de seu irmão, sinto uma profunda aversão, sem contar que tudo fez para nos afastar.

Ninguém lhe contesta a capacidade, é inteligente e, ao mesmo tempo, covarde e traidor! Percebo o ódio a lhe inflamar o coração. Fico muito confusa na presença dele. Vigie-o com prudência. Se você o provocar, ele o destruirá!

— Você está sendo cruel. Meu irmão é imaturo, ciumento, mulherengo, todavia, não seria capaz de se voltar contra mim.

— Espero que você esteja certo, Ninetjer.

O ambiente era um misto de probabilidades.

Havia um grande desassossego, como se uma onda de apreensão centralizasse a todos.

Naquele instante, Isadora sentiu a presença de uma entidade do invisível que a assustou como se levasse uma pancada pungente em sua cabeça. Num átimo de insensatez e intensa sede de vingança, foi envolvida brutalmente em uma capa escura e asquerosa, numa sanha incontrolável, como se um curto-circuito de intensas proporções tomasse conta de seu corpo. O organismo, num gesto de desespero, de desejar resistir àquela invasão, pareceu estremecer em suas entranhas e suas estruturas. Inexplicavelmente, Isadora desmaiou.

Ninetjer ficou petrificado:

— Socorro! — gritou. — Pelos deuses! Socorro!

E antes mesmo de finalizar a frase, sentiu-se mal.

Tendo aproveitado avidamente o momento, Núbia e seus asseclas, do invisível, engalfinhavam-se numa sanha incontrolável de ódio; ela aproximou-se de Ninetjer, que igualmente desfalecera.

— Infame! — exclamou. — Pensou que eu os esqueceria? Jamais! Na verdade, todos vocês se merecem. Bando de traidores! Não poderia tê-los encontrado em hora melhor! A nobreza desvairada de outrora está quase toda reunida novamente! Viverei amargando a vida de todos vocês! Destinarei a essa criança insuportável minha ira!

A luta, ampla disputa em torno do comando uns dos outros, refletiu-se impiedosamente no corpo físico do casal, ofertando inusitada e impressionante cena.

Uma equipe espiritual, portadora de fluidos sublimados, atuava, considerando todos os envolvidos. Caridosa claridade azul banhava agora o aposento. Espíritos imantados uns aos outros, na busca de transformar os capítulos de suas vidas em experiências redentoras, eram assistidos pelos benfeitores espirituais com bases no amor legítimo, satisfazendo os imperativos socorristas, sem interferir no livre-arbítrio de seus tutelados.

Súbito, ouviu-se um grito, uma rogativa desesperada de socorro, que decorria de um daqueles prepostos sombrios de plantão.

— Salvem-me! Socorro! Estou preso! Socorro! Não sei o que está acontecendo... Sinto-me sugado... sugado por uma intensa luz. Ajudem-me...

E a voz foi desaparecendo no ambiente.

Diante disso, a malta de espíritos perturbadores debatia-se ferozmente, demonstrando intensa força, contudo, nada puderam fazer, um deles desaparecera misteriosamente como numa ação mágica, restaram os demais que, instantaneamente, assumiram acuada posição. Instintivamente, recuaram, trocaram olhares assustados como a interrogar entre si o que realmente havia acontecido.

Núbia enfureceu-se. Aos poucos, via-se somente ela no ambiente. O benfeitor espiritual, compadecido, estendeu as mãos caridosas sobre a nossa infeliz irmã que não o via nem o sentia, pronunciando esta prece:

— Senhor do Universo! Eis que nos encontramos em círculos de sofrimentos, onde o ódio se alonga. Permita que diante das dificuldades Vossa luz brilhe, para que estas almas despertem e retomem o caminho de volta. Eis que pedimos por estes irmãos sofredores, especialmente por esta nossa irmã, ajude-nos a auxiliá-la...

A prece levou Núbia a um leve despertar e, embora não conseguisse fitar os benfeitores, ao reconhecer os sublimes fluidos de paz e amor, começou a gritar, repelindo a assistência:

— Afastem-se! Respeitem meu ódio! Deixem-me em paz! Quem são vocês? Suas propostas de renovação não me interessam!

Núbia recuperou-se. Dirigindo-se ao casal, mentalmente, ameaçou-os mais uma vez, e correndo desapareceu nas sombras do ambiente.

Passados os primeiros momentos do choque, o casal acordou; os dois foram examinados por médicos da corte.

CAPÍTULO 7

No palácio, os rumores corriam por toda a corte.

Isadora e Ninetjer tiveram um mal súbito, a criança definhava. Aquele momento, que era o ápice de todo o *glamour* idealizado ao longo do tempo pelo nascimento de um herdeiro, transformou-se num verdadeiro desastre.

Havia duas espécies de medicina no Egito: a profana e a sagrada. Os médicos profanos eram obrigados a seguir os preceitos dos livros sagrados. Os remédios eram extraídos de plantas, receitavam-se banhos, massagens, unguentos, cataplasmas, fumigações e jejuns. A medicina sagrada, exercida exclusivamente pelos sacerdotes ou iniciados, curava os doentes sem aplicação de remédios; o agente curador era a fé, unida às aplicações de magnetismo e hipnotismo.

Com a atuação do núcleo de espíritos mal-intencionados do invisível, Isadora frequentemente sentia fortes náuseas, vontade de chorar e dores de cabeça, como se estivesse na iminência de um acontecimento ruim. Não obstante sua filha recebesse aparentemente os melhores cuidados, sentia medo e passou a experimentar uma sensação de terrível insegurança. Solicitou, então, a imediata presença de Zeuro, o sumo sacerdote.

Um mensageiro foi enviado ao templo.

Horas depois, ainda pelos arredores do palácio e sob o manto do invisível, a sós e longe de Núbia, decorria um diálogo entre dois adeptos do comando dela:

— Que Núbia não nos ouça, meu caro, mas o que você acha que pode ter ocorrido com o nosso companheiro?

— Não sei ao certo o que está dando errado... Núbia nos proibiu de comentários, contudo, creio que ele caiu numa cilada. Ouvi o reiterado pedido de socorro. E depois... Não mais o vimos!

— Mas qual a razão? Por que ele pediu socorro?

— É provável que se encontrem por aqui alguns espíritos da luz; e não sabemos ao certo como agem. Fique tranquilo, nada deverá detê-los num ambiente como este, cujas vibrações mentais não oferecem a mínima condição de ação para esses espíritos adversários, pois o solo deste palácio é sedimentado por muito materialismo, tudo gira em torno de interesses e de poder, da vaidade irrestrita, tudo bem propício à "nossa semeadura". Essa atmosfera criada pelos vivos mantém os espíritos da luz afastados, não se preocupe.

— É imprescindível que se mantenha a atenção. Nossos adversários, por vezes, surgem onde menos se espera. Concordo com suas análises, estão corretas! É provável que exista alguém em oração por aí, em algum canto, nosso companheiro pode ter se descuidado e ficado preso nesses campos magnéticos, formados pelas malditas preces. Nosso bando está espalhado, vigiando e impedindo que outros adeptos se libertem. Finalizando, a palavra de ordem é atenção! Muita atenção, para que os adversários não descubram os nossos planos de ação.

No templo, ao entrar pelos corredores pouco iluminados, um sacerdote vestindo uma longa túnica branca, guiou o diligente do palácio enviado por Ninetjer até o santuário interno.

Zeuro, com sua túnica de linho alvo, encontrava-se num santuário interno. Díspar, conservava seus cabelos naturais. Em seu dedo, um anel simbólico. Em cima da mesa, um *claft* ornado com pedras preciosas e, logo ao lado, a sua inseparável bengala de cabo de marfim e madeira nobre.

No momento, o sacerdote menor anunciava a presença do emissário real.

— Venerável Zeuro, o príncipe Ninetjer solicita que o senhor vá ao palácio. É assunto gravíssimo!

— O que houve?

— É a princesa recém-nascida, senhor. Dizem que ela vai morrer...

— E a princesa Isadora? Como está?

— Nada bem. Parece que está sofrendo dos nervos.

— Suspendam o trabalho — ordenou, olhando para os auxiliares. Quanto a você — disse contemplando o emissário —, aguarde-me à saída do templo, junto à porta lateral da escadaria. Vou me preparar, iremos imediatamente!

Zeuro recolheu alguns apetrechos que sua intuição apontou, entrou em seu gabinete de trabalho, fez soar o gongo dando ordens por meio de um sacerdote menor, para que todos os servidores, de diversos graus, se reunissem para orar pela esposa e pela filha do príncipe.

Na sequência, seguiu para o palácio.

O camareiro seguia à sua frente, fazia-se preceder por um robusto escravo negro, armado de uma vara que abria caminho entre as pessoas ao passar. Zeuro pouco se locomovia pelas ruas da cidade; somente o fazia em solenidades oficiais, quando ia ao palácio do faraó ou a alguma visita aos membros da nobreza, de cunho particular. Fora disso, todo o seu tempo era empregado no próprio templo, cujas atividades iam desde a administração religiosa da nação aos estudos e experimentos científicos complexos.

— Onde está a princesa? — perguntou Zeuro.

— Foi transferida para a câmara de repouso do faraó.

— A criança está viva?

— Não sabemos, senhor...

O sacerdote subiu a escada com o toque-toque da bengala sobre o piso de pedras. À entrada, dois guardas armados se afastaram, para não obstruir o caminho. Abriram a pesada porta no topo da escadaria. O ar estava tomado pelo odor de incenso.

Isadora achava-se deitada em um pequeno leito forrado de peles, recostada em almofadas macias; seu semblante era aflito. O príncipe, em pé, sozinho na penumbra, longe da única lamparina acesa, tomado pela ansiedade, aguardava a chegada do sacerdote. Ísis, a recém-nascida, havia piorado. Seu estado geral era extremamente delicado, a respiração começava a tornar-se irregular, suava muito e a temperatura não parara de se elevar.

Ninetjer levantou-se:

— Que os deuses sejam benditos, eternamente benditos, ó, sacerdote e grande amigo! Que bom vê-lo!

Zeuro saudou-o. Avançou junto ao leito, colocou o manto sobre um móvel e aguardou em silêncio, enquanto Ninetjer, fazendo um gesto, mandou que trouxessem uma banqueta. O sacerdote sentou-se.

— Zeuro, eu sei que seus poderes são limitados. Mas rogo-lhe ajuda, estou desesperado. Amo esta menina mesmo antes do nascimento, que vai morrer, se algo não for feito.

— O que está dizendo? Suspeitam de algo?

— Feitiço!

— Como se manifesta?

— Ela recusa-se a alimentar-se. Isadora não está nada bem. Teve um mal súbito, e se isso não bastasse, eu também tive um misterioso desmaio.

Zeuro pegou a criança e a examinou rapidamente, fez uma prece, buscando auxílio da espiritualidade maior.

— Ninetjer, segure sua filha no colo. Mande abrir a porta do laboratório. Vou providenciar algo para lhe revitalizar a força. Está quase sem sinais vitais. Os momentos dela estão contados. É preciso agir e depressa!

— O que ocorre?

— Precisamos descobrir um meio de alimentá-la, bem como de afastar os deuses malfazejos, que lhe corroem a alma. Há a ação de enfermos da alma. Refiro-me não tão somente aos mortos, quando desviados dos divinos desígnios, pervertidos em moral e inteligência. Sobretudo é preciso protegê-la dos vivos, capazes de tudo, para a satisfação de criminosos caprichos. Ela está completamente desidratada, caro príncipe.

— Eu não estou entendendo... Poderia ser mais claro?

— Deixe para lá, meus pressentimentos nem sempre devem ser expostos. Lembre-se de que há efeitos desencadeados por forças obscuras e destruidoras, e que somente os medicamentos nem sempre são suficientes para vencê-las.

— O que está sugerindo?

— Ordene que abram a porta do laboratório, inicialmente vou preparar algo para que a criança seja imediatamente hidratada.

O sacerdote fechou-se no laboratório.

Ninetjer, doando seu magnetismo paterno, mantinha a filha nos braços, quando, finalmente, o sacerdote retornou.

— Este preparado poderá ajudá-la a recuperar a força, temos de fazê-la beber, mas não será o suficiente.

O médico oficial encontrava-se presente, foi incisivo.

— Do que se trata? Eu me oponho veementemente! Não deixe que sua filha beba isso, nobre príncipe!

— Preciso que me deixem a sós com ela! Há perigo de não obter resultado. Além do preparado, há a necessidade de um ritual de evocação às forças benéficas, — expôs o sumo sacerdote.

— Em que se baseia? — interrogou o médico do palácio.

— Vou empregar alguns recursos para quebrar um campo de forças negativas. Não me refiro somente ao ensejo de ambicionarem matar de fome uma recém-nascida... Há algo que somente poderia vir de alguém particularmente perverso, além de forças maléficas que estão sempre prontas a corromper e destruir.

— Está me ofendendo! Não permita que a criança tome este preparado, príncipe Ninetjer — repetiu o médico categórico.

— Eu posso me retirar, se quiser. A escolha é sua, Ninetjer. Mas seja rápido em seu desígnio! O tempo se esgota — advertiu Zeuro.

— Administre o preparado e fique a sós com ela. Saiam todos! Imediatamente!

O médico, contrariado, olhou para o sacerdote, desafiando-o com o olhar. Ninetjer repetiu:

— É uma ordem! Saiam todos!

O médico oficial do palácio saiu. Zeuro, então, ofereceu o preparado à recém-nascida. Em seguida, iniciou o ritual de evocação às forças benéficas.

Um venerando amigo espiritual penetrou no aposento. Primorosa expressão de simpatia lhe marcava a presença.

Radioso halo lhe circundava a cabeça. Fluidos calmantes banharam o ambiente. O sacerdote levantou os olhos para o benfeitor, sendo compelido a refrear a emotividade. Adiantou-se, então, o recém-chegado e, ofertando-lhe uma saudação calorosa, disse-lhe:

— Processos de retratação são duros, porém inevitáveis. Entre a paixão e o ódio há uma encurtada via que liga os dois extremos, permitindo que se transite de um lado a outro com imensa rapidez. Quando se estaciona na zona do ódio, em peregrinações sombrias e de sofrimento, o regresso, por vezes, é feito a duras penas; não obstante, o decurso é intransferível, até que se chegue ao bom senso, respeito mútuo e um dia atingir a rota do amor. O núcleo está preso a uma penosa teia, por séculos a fio, manietados pelas intrigas perversas das paixões, da vaidade e do poder. Ajude-os! A criança traz o "dom da alma" e poderá colaborar com a regeneração deste núcleo. Ela própria deve se salvar das ilusões passageiras do mundo, para ingressar nas belezas imortais do espírito, onde não existe retrocesso, somente avanço; não há favoritismo, somente conquista. Dificuldades são lições de reajuste, e o sofrimento nos ensina em todas as faixas de ascensão.

Ao contato das mãos do benfeitor, que mobilizava a energia magnética, Ísis passou a revelar uma benéfica reação.

O benfeitor sorriu aliviado.

***

O azul do Nilo, muito calmo, espelhando em suas águas barrentas o céu azul repleto de nuvens brancas e o verde das terras cultivadas, cintilava sob os raios do sol ressuscitado. O nascimento da aurora era acompanhado por um vento suave. O ambiente no palácio renovava-se.

— Como está Ísis? — perguntou o faraó Raneb.

— Tem uma inesgotável sede de viver, Alteza. Dentro de duas semanas, será levada ao templo e apresentada aos deuses — respondeu Ninetjer.

— E Isadora?

— Está bem. Ísis é tão bela quanto a mãe! Celebraremos! Mandarei organizar uma festa! Comunico ao monarca que Mênfis inteira deve comemorar. Os trabalhadores terão um dia de folga. Distribuiremos alimentos.

— Todas as preces de Kemet não conseguiriam defendê-la de Anúbis, se ele, o deus da morte, colocasse os olhos nela. Providenciei para que pendurassem os amuletos no berço, para afastar Anúbis; fique com estes pingentes de pescoço contendo preces de proteção. Peça para Isadora colocar em Ísis.

Breve pausa, o faraó Raneb prosseguiu:

— E, afinal, depois de todos os acontecimentos, houve alguma conclusão?

— Ísis estava completamente desidratada, Vossa Alteza — respondeu Ninetjer.

— E quem se atreveu?

— Ainda não sabemos. Provavelmente, essa agressão está relacionada à minha pessoa, pois tenho provocado muitos descontentamentos.

— Entre o descontentamento e o crime há uma longa distância, Ninetjer. Difícil aceitar que alguém próximo agiria em nosso desfavor.

— Um criminoso será sempre um criminoso, Majestade.

— O que predizem as sacerdotisas?

— Que um véu negro, que cobria o destino de Ísis, se rasgou. Disseram que possui um raro e poderoso domínio sobre as forças obscuras, que ela é protegida da deusa Sekhmet.

— Todos sabem que os protegidos de Sekhmet são aptos a utilizar-se de seus poderes para combater espíritos maléficos causadores de enfermidades.

— Que Sekhmet a proteja! — proferiu Raneb.

***

O tempo escoava lentamente.

Contudo, mais de um mês transcorrera desde o nascimento de Ísis.

Se por vários dias a vida dela pareceu suspensa por um fio, tudo se modificara, fosse porque os recursos do sacerdote se constituíssem poderosos, ou porque fora hidratada, ou que a natureza da recém-nascida tivesse forças para resistir à morte, ou ainda, pelos benéficos fluidos trazidos do Alto pelo benfeitor espiritual, o perigo passou.

Os dias seguiram, mãe e filha permaneceram saudáveis.

Abel arquitetara sinistro projeto, antes mesmo do nascimento da sobrinha. Com habilidade, mantinha muitos sob seu controle. Se Ísis sobrevivesse ao nascimento, não sobreviveria aos "cuidados encomendados".

A perversidade dele era alimentada por Núbia, aterrorizando seus comandados com suas ideias de um campo de sofrimento perpétuo. Os comparsas, enlouquecidos pelo medo e enfraquecidos, tornavam-se preciosos mecanismos na área de perseguições espirituais, executando cegamente as orientações de sua líder.

Um fato curioso, porém, aconteceu quando Ísis foi apresentada ao templo. Deu-se uma grande festa, e alguns convidados próximos a conheceram, dentre eles, Abel.

Alheio a tudo, foi como se levasse um choque, transluzindo misericordiosamente toda a grandeza do Criador.

Abel aproximou-se da criança.

Ao vê-la, seu coração bateu aceleradamente.

Quis desviar o olhar da sobrinha. Era como se aquele bebê desprotegido fosse uma velha conhecida, um amor paternal que ficara escondido na escuridão de seus dias. Aqueles olhos, sua expressão, davam a impressão de um afeto puro, de o amor brotar em seu coração. Sacudiu suas impressões, desejando repeli-las a qualquer custo, mas não conseguiu. Teve ímpeto de afagar a criança em seu colo e lhe falar que a amava com todas as forças de sua alma.

Isadora, olhar felino, aproximou-se.

Retirou a recém-nascida do cesto.

Seus impulsos eram submetidos à força da razão, próprios de um duelo vivido de alma para alma com o cunhado, em um distante tempo.

Abel recuou, desviou o olhar.

Uma raiva e um misto de ódio irromperam em seu coração.

Possivelmente, aqueles sentimentos confusos seriam passageiros — consciência pesada — refletiu.

Àquela altura, ele não suspeitava nem de leve o curso dos acontecimentos, nem por sonho poderia conceber que o passado os unia, e também, é claro, não poderia alcançar os desígnios do planejamento da vida maior.

Foi quando, intimamente, abateu-lhe um imenso medo de que alguma coisa maléfica pudesse ter acontecido com a sobrinha, recordando-se do hábil plano que ele próprio arquitetara para eliminá-la, agora envergonhado de si mesmo, sobretudo, agradecendo aos deuses por ela ter sobrevivido às "intempéries do nascimento".

CAPÍTULO 8

As estações se sucederam, os anos transcorreram.

Por aqueles dias, o calor tornava-se sufocante.

As pessoas procuravam as sombras para se refrescar.

Pelas manhãs, os ritualistas celebravam o culto. O cerimonial começava de madrugada, quando os sacerdotes anunciavam a proximidade do novo dia.

Camila, a esposa real, encarnando a legitimidade do poder, vivia à sombra do esposo.

Abel, inconformado com as diretrizes que seu pai tomara com relação à sucessão, entretinha-se em preparar ciladas ao irmão.

Ninetjer e Isadora viviam bem.

Ísis crescia saudável.

O relacionamento entre Ninetjer e Abel prosseguiu conturbado. Abel continuava cercado de muitas mulheres e enfeixado em romances escandalosos, vivia invariavelmente em conflitos pessoais, nos quais digladiavam suas várias amantes a lhe exigir favorecimentos. Amava o poder e as benesses, era astuto e avaro, sabia jogar com os próprios interesses.

Havia um porém.

A presença de Ísis fora para ele como uma intercessão da misericórdia em seu benefício. Embora a menina fosse filha de seu irmão, a quem considerava ser seu maior adversário, ele a amava verdadeiramente. Era como se ela fosse uma ponte entre ele e a própria consciência, de forma a sossegar em sua presença, fraternizando-se consigo mesmo e até mesmo baixando a guarda para seus supostos inimigos.

A Providência agia mansamente num amplo processo misericordioso: o amor, a iluminar o caminho da reconstrução para os frágeis viajores na grande excursão dos enganos. O amor a irradiar a todos como filhos de Deus, partícipes da grande família universal, a obter a dadivosa oportunidade de recomposição perante a vida.

Entretanto, se de um lado a Providência agia, do outro, os reveses se multiplicavam em todos os planos.

Após o nascimento de Ísis, não advieram mais filhos ao casal.

Isadora, assiduamente, fazia oferendas à deusa da fertilidade, pois os deuses não a estavam escutando.

Pesava-lhe esse fato, sendo frequentemente pressionada pelo sogro.

Até que Nathifa foi eleita.

Bela moça da corte, olhos esverdeados, lábios finos, corpo bem-feito, fora escolhida como esposa secundária de Ninetjer, dando-lhe, então, dois filhos: Weneg, que contava agora com quatro anos de idade e Jamile, com dois.

Isadora não se envolveu, pois era uma situação natural: imprescindível que Ninetjer tivesse outros filhos.

Nathifa também não se importava; Isadora não era uma rival, e sim uma amiga pela qual tinha profundo respeito e profunda admiração.

E ainda que consciente de seu lugar, sentia-se perdidamente apaixonada por Ninetjer, um amor que iniciara desde a meninice.

Sonhava com os momentos intensos que tivera com ele.

Não tinha o direito de esperar nada, e nem poderia rivalizar com aquela mulher sublime que respeitava, e que de pleno direito era a esposa oficial.

Essa era a situação em que os nossos personagens viviam por aqueles dias.

Capítulo 9

Nathifa, a esposa secundária, despiu-se para dormir, sua aia despejou água morna numa tigela, colocando um pedaço de pano para que a jovem pudesse lavar o rosto, rompeu o silêncio:

— Por que se mantém reclusa? Recusa-se até a praticar as línguas, senhora.

— De que adiantaria? Quando vou usá-las? Monarcas aprendem línguas, não uma esposa supérflua...

— Ah! É porque o amado príncipe não a tem procurado que a senhorinha está deste jeito... — disse a aia, compadecida.

— Dei-lhe Weneg, depois as ausências foram longas. Nasceu Jamile. Novamente, ele não mais me procurou. Sinto a falta do jovem fogoso que eu conheci, quando ainda afastado do poder. Como fui feliz! Iludi-me! Depois surgiu Isadora! E o inexorável destino me feriu... Ele a elegeu! Casou-se! Por um curto período, ressenti-me. Porém, não mais me importo! Sinto-me privilegiada por partilhar sua existência, suas emoções, seus desejos, quando ele desejar. É tudo o que eu posso esperar.

— Perdoe-me, senhorinha, contudo, tem deixado de se cuidar, não se maquia, veste-se de forma desmazelada, não se perfuma. Não deveria cair no desânimo dessa forma!

— Passo meus dias dedicando-me aos meus dois filhos e a Ísis, filha de Isadora, por quem tenho vasta afeição, como se fosse minha própria filha, sinto que lhe devo proteção. O que poderia desejar mais?

E vestindo a camisola deitou-se na cama.

— A senhora é linda, seus olhos parecem duas lamparinas, o sorriso tão belo quanto o de sua mãe.

E abrindo um pote de alabastro, a dedicada aia ofereceu o creme, uma densa substância, para embelezar sua senhora.

— Está bem, obrigada. Deixe aqui que eu passo.

— Durma bem, senhorinha.

A humilde serva retirou-se.

Nathifa, inconformada, deixou que lágrimas corressem, elevando o pensamento à memória materna.

— Mãezinha, por quê? Por que a vida me pregou tal peça? Por que não está aqui comigo nesta hora? Ajude-me! Sinto-me com sensações estranhas, ideias inconcebíveis.

Nathifa sentia-se vulnerável, variava entre o amor e a paixão. Contudo jamais odiou Isadora, não obstante ultimamente reclamasse de abandono, passou a queixar-se de seu mundo solitário, de sua cama vazia, a verter lágrimas pelas noites insones. O amor, até então, para ela era um sentimento livre, vivenciado em sua capacidade de ceder, confiar e não exigir nada em troca, nem mesmo reciprocidade. Mas agora, pela primeira vez, a revolta invadia em seu coração. Ela estava confusa, aqueles reflexos contrastavam com seu comportamento habitual.

Aproximando-se da jovem aproveitando-se de sua vulnerabilidade, Núbia, em espírito, pousou uma de suas mãos sobre o ombro dela, fazendo com que um choque fluídico lhe causasse um leve arrepio, semeando palavras inusitadas.

Nathifa recebia as ondas de pensamentos inferiores de forma automática, imaginava que estivesse ela mesma pensando aquilo: "Pérfida! Eu confiava em você! Compartilhei meu plano, não é mesmo, minha 'dama de companhia'? E você? O que fez? Traiu-me! Vou exterminá-la! Melhor será matar-se, Maya! Recorda-se desse nome? M-a-y-a! Miserável."

A jovem, confusa, envolvida em densos fluidos negativos, sentia-se mal, desejava agora a morte.

Naquela tarde, Ísis havia lhe falado sobre a presença espiritual de sua mãe. Seria aquilo verdade? De fato, ela a teria visto? Se a mãezinha morta estivesse em alguma parte, estaria acompanhando o seu sofrimento e a ajudaria, refletia.

Ruminando os pensamentos confusos, arvorando-se pela primeira vez como proprietária do objeto de seu desejo, inconformada, a ideia do suicídio passou a germinar mais intensamente.

Ela amava o poder e as benesses que sua posição lhe conferia, aceitara a sua condição de esposa secundária, entretanto, nada mais era como antes. Angustiada, implorava ao espírito materno que a protegesse, que a fortalecesse, que lhe devolvesse a paz de espírito. Foi assim que sua mãezinha desencarnada passou a visitá-la, na tentativa de ajudá-la.

Porém, Nathifa não oferecia campo mental para que ela efetivamente a auxiliasse, por mais que desejasse, ela a rechaçava por conta das recentes vibrações infelizes, entregando-se à própria sorte. Entretanto, a mãezinha penetrou no quarto acompanhada de outra entidade espiritual, que se mostrava mais experiente. Adiantaram-se em prece, e ela inclinou-se ao leito, como qualquer mãe desventurada e aflita, quando teme que algo ruim possa acontecer a uma filha querida.

Nas horas do sono, libertaram Nathifa de fluidos que já se condensavam, conversaram longamente, orientando-a a superar as tempestades inclementes das paixões e a retomar com segurança o sentimento de amor que sempre possuíra.

No dia seguinte, ao acordar, suas disposições íntimas haviam se alterado. Não! Não poderia se entregar. Não seria justo acovardar-se. Precisava reagir! Tinha dois filhos. Amava-os verdadeiramente! E Ísis? Quase uma terceira filha! Amava-a igualmente! Deveria protegê-la! E da mesma forma que amava Ninetjer, amava também Isadora.

Renovada pela visita da mãezinha morta, Nathifa repeliu o sentimento de ciúmes, bem como aquele estranho pensamento de aniquilar a vida.

***

Para que se possa compreender o contexto, retornemos a recuados tempos. Deu-se o seguinte: Abel, escudado pela posição e com recursos suficientes para uma longa existência de luxo e desperdício, desejava aproveitar a vida. Ócio e prazeres contínuos. Tudo fazia, com a discrição necessária, a fim de que não tivesse sua imagem manchada perante os familiares.

Jovem e belo, não lhe faltavam companhias femininas, envolvia-se com muitas mulheres, todas lindas, perfumadas, bem vestidas, vazias e fúteis, livrando-se delas com rapidez e eficiência. Fugia das jovens honestas, virtuosas, como se temesse qualquer mudança em seu modo de ser, influenciado por essas benéficas presenças. Até que se interessou verdadeiramente por Isadora, que por sua vez escolhera Ninetjer.

Depois disso, por uma somente se apaixonara: Nathifa, que igualmente o rejeitara, pois desde a meninice, ela amava Ninetjer.

Feroz ciúme inundou o coração de Abel, quando soube que Nathifa fora eleita a segunda esposa. Ingrata! Quanto a amava! Impossível deixar que outro a tocasse.

Raiva, orgulho ferido e desespero emaranhavam-se.

Raciocinou, ajustou ideias, maquinou situações...

Verdadeira falange do invisível se apresentou diante dele, animando-se conjuntamente no plano de terrível ação.

O ciúme de Abel a tal ponto obscureceu a razão e a prudência, que decidiu tentar uma aventura. Bastar-lhe-ia possuí-la uma única vez e o fogo da paixão certamente o abandonaria!

Assim fora com as outras, não seria diferente com ela!

E, decidiu! Iria possuí-la!

Posteriormente, livrar-se-ia desse sentimento abrasador!

O fato é que assim que Nathifa tornou-se a esposa secundária de Ninetjer, ele, logo em seguida, ausentou-se do reino.

Abel precisava esquecê-la, sepultar a paixão que lhe agitava o peito. Em suas maquinações doentias, aproveitando-se da ausência de seu irmão, resolveu colocar em prática a infeliz ideia.

Sedá-la-ia! Ao menos sedada, ela poderia ser sua!

Todo cuidado seria pouco! Se não fosse cauteloso e fosse descoberto, poderia pagar com a própria vida.

Obteve privilégios, pagou regiamente pessoas, que mantiveram sob vigilância os aposentos da jovem, prevenindo-o de eventuais surpresas.

A ideia de que Nathifa amava Ninetjer acentuava seu despeito; a indiferença da jovem por ele ofendia seu amor-próprio.

Em aprazada noite, ei-lo a caminho de colocar o sórdido plano em prática, em ação perfeitamente planejada, invadindo as dependências de Nathifa.

Ele não ia só, mantinha-se atado à turba desordeira do invisível, que o assediava, cuja líder era Núbia.

Em sua alma, a grande tormenta, a louca paixão que não conseguia controlar. Avançou com cautela para o aposento de Nathifa que, completamente entorpecida sob o efeito da sedação, continuava a dormir.

O sórdido plano se realizava com perfeição!

Naquela noite, jamais ela lhe parecera tão majestosa! Ele aproximou-se do leito, tomou o corpo inerte em seus apaixonados braços, beijando-a. Sentia-se dominado por avassaladora onda de emoções, deixou-se levar.

Horas correram. Ao deixar o recinto, ansiava permanecer junto à moça, embora ela continuasse mergulhada num sono profundo, não lhe correspondendo aos carinhos e às apaixonadas declarações. Estranha sensação envolvia-o, inusitada saudade, jamais sentira algo semelhante pungindo-lhe a alma.

Precisava vê-la novamente!

E houve outra noite, nova sedação.

E outra, mais uma, mais outra...

As noites de encanto repetiram-se.

Alegava para si mesmo que tinha o domínio da situação.

Enganava-se! A paixão e o envolvimento eram tal que se tornava impossível renunciar ao prazer e aos sentimentos desconhecidos que afloravam.

Os dias se passaram...

Sucederam-se três meses.

Um filho! Notícia inesperada. Nathifa engravidara.

Entretanto, ela sem poder compreender...

Como? Impossível relatar sua surpresa ao constatar a gravidez. Ninetjer permanecia ausente há meses.

O ventre passou a se avolumar e, embora intimamente negasse qualquer envolvimento carnal, os fatos falavam mais alto.

Certamente, sem suspeitar de nada, não tinha a mínima ideia do que sucedera.

Abel tomara o cuidado de sedá-la profundamente, e ainda que intimamente sabendo-se inocente, Nathifa quase enlouqueceu por saber que não se entregara a ninguém, e ao mesmo tempo consciente de que o filho não poderia ser de Ninetjer.

Caso soubessem, poderia ocorrer uma tragédia!

Como explicar a gravidez? Então, resolvera. Manter-se-ia calada. Aguardaria o retorno de Ninetjer para anunciar a chagada de um herdeiro.

O certo seria revelar a verdade, pois tinha certeza de que o filho não era de Ninetjer, mas se o fizesse poderia ser condenada à morte. E ninguém acreditaria em sua inocência!

Abel não imaginou que seu irmão se ausentaria por tanto tempo.

Ao saber da gravidez de Nathifa, concluiu: aquela era a hora exata de sair de cena, de retirar-se e, por fim, esquecê-la.

E, apoiado pelos companheiros das sombras que lhe eram invisíveis, afastou-se.

Alguns meses depois, Nathifa deu à luz um menino: Weneg, o filho que em teoria era de Ninetjer, mas na verdade, era fruto biológico de Abel.

CAPÍTULO 10

O tempo correu acelerado.

Ísis, Weneg e Jamile cresciam saudáveis.

Naquele dia, em especial, intensa era a movimentação no palácio.

No ambiente rebrilhava um fulgor festivo.

Os cortesões desfilavam com seus níveos trajes nos quais o ouro se destacava nos primorosos bordados e nas grossas correntes que adornavam seus peitos. Preciosa pedra enfeitava um medalhão no pescoço de Abel, que apreciava a beleza de Nathifa a distância. Ela, vestindo alvíssima túnica de puro linho toda entremeada de arabescos em dourado, o olhava com desconfiança.

Estranhas formas povoavam os pensamentos dele, retratando-lhe os hábitos e anseios, cuja mente vagueava longe.

Núbia, em espírito, acompanhada pelo núcleo de algozes do invisível, estava a postos, impondo-lhe os tormentos psíquicos.

Abel deixara o tempo correr, supondo que agora,Nathifa, machucada, desiludida e fatigada, poderia voltar-se para ele, talvez se convertendo na amante e parceira que ele tanto aspirava.

Súbito, aproximou-se.

A hipnotizadora desencarnada, em cujo semblante via-se a ânsia de desmoralizá-lo, satisfeita sorriu.

Nathifa, sentindo-se observada, desviou o olhar, mas ouviu:

— Parece cansada, Nathifa.

— Logo vai passar... Não há de ser nada.

— Não creio que meu irmão possa dispensar tamanha beleza!

Núbia se embaraçara nos fluidos de seu perseguido de tal maneira que as duas personalidades se confundiam. Ela insistia:

— O presente! Dê-lhe a joia, Abel! Nathifa é uma mulher igual às outras! Vamos!

— Permita-me que lhe ofereça minha companhia e este modesto presente — disse-lhe Abel.

Núbia arquitetara sinistro projeto. Desejava alimentar o império das fantasias e das paixões.

Se Nathifa se esforçava por livrar-se de irremediáveis jogos de interesses vividos em remoto passado, Abel não conseguia se desvencilhar da sedução, do poder e das paixões.

A jovem, não suportando mais a sinistra atmosfera, afastou bruscamente a mão de Abel e, pondo-se de pé, face em chamas, respiração opressa, declarou que o calor havia lhe causado mal-estar, que a forçava a retirar-se.

Abel insistiu, avançou alguns passos.

— Aceite, por favor. A sua existência é um fardo muito pesado...

Ideias, contradições, tudo a levava a uma terrível batalha íntima.

— Está enganado. Sou feliz por criar os três filhos de Ninetjer. E isso me basta!

Alucinado de volúpia, Abel envolveu-a num longo olhar.

— Mas como pode se contentar com um destino tão tosco? Parece-me uma injustiça alguém ser reduzida à categoria de esposa secundária pois, se quisesse, poderia ser muito mais! Você sempre soube, se desejasse, tomar-lhe-ia em meus braços.

— Adoro o príncipe, a princesa e nossos filhos.

Abel, desiludido, sujeitou-se integralmente às maléficas intenções de Núbia, que agora o comandava quase integralmente.

Colaram-se, fundiram-se como se as duas mentes ocupassem um só corpo.

— Sei que lhe devota amor e uma alucinada paixão, por isso, desisti de tentar conquistá-la. E já que não foi minha, ao menos, faça algo por si própria. Tire Isadora da vida de Ninetjer, Nathifa! Ela não o ama verdadeiramente. Ela é hipócrita! Ambiciosa! Só você poderia salvar Kemet dessa impostora!

— Não concordo com suas afirmações, e não ouse contar comigo, Abel.

— Ninetjer casou-se atendendo à solicitação de meu pai, praticamente uma imposição, quando seria você que ele deveria ter escolhido como esposa oficial. Se ama meu irmão e o nosso país, só existe uma solução: livrar-se de Isadora!

— Você enlouqueceu?

— Pense bem, Nathifa. Ajude a destruir a mulher que me traiu e terá o homem que ama. Isadora é perversa, desvirtua o coração de meu irmão, levando-o a cometer graves erros.

— Isadora nunca o traiu, Abel! Quanto a Ninetjer, eu o amo, não posso viver sem ele, uma força invencível me prende a ele. Sinto uma inquietação que não posso suportar, só recobro uma relativa calma quando o vejo. E, repito, isso me basta!

— Você errou, quando na juventude o escolheu. Poderia estar casada comigo. Mas sei, não devo incomodá-la com o passado...

Nathifa desconcertou-se. Aquele contato transmitia-lhe aversão, insegurança e medo. Temia a maneira com que Abel agora a cercava, multiplicando colocações de duplo sentido.

— Afaste-se de mim, Abel, eu imploro.

— Nathifa, o amor de Ninetjer por Isadora não passa de um episódio rápido. Liberto da feitiçaria, de desleais intenções, meu irmão voltará em definitivo para você, sua paixão da juventude, que nunca deixou de amá-lo.

— Está me deixando confusa, Abel.

— O meu único desejo é livrar Kemet dos traidores. Deseja ou não viver plenamente ao lado daquele a quem ama? Estimo-a, Nathifa! Talvez mude de ideia. Se desejar ajuda para aniquilar a traidora, sabe onde me encontrar.

— Não vou iniciar uma guerra contra Isadora. Esqueça-me!

Em torno de Abel, aglomeravam-se entidades desencarnadas de baixo padrão vibratório. Eram, na realidade, mentes ignorantes ainda atadas às teias da irresponsabilidade e da invigilância, sempre em busca de sensações intensas.

Núbia e seus asseclas, do invisível, igualmente permaneciam implacáveis. Após ela ter lançado a discórdia, julgando-se invencível, permitiu que seus partidários avançassem. Abel enlaçou Nathifa num comportamento desprezível.

O ambiente se alterava.

— Afaste-se! Poupe-me desta humilhação, Abel!

— Tudo fiz para esquecê-la e não pude. Odeio Isadora! Odeio Ninetjer! Desejo somente você!

A voz de Abel ora adquiria um tom complacente, ora expressava ódio. Nathifa deixou-se perturbar. Jamais conseguiu ver Isadora com os olhos maliciosos de Abel. Respeitava-a!

Mas era fato! De um dia para outro, a "adversária" havia chegado e lhe tomado Ninetjer! E era com ela, Nathifa, que ele deveria estar integralmente. Foi com ela que ele conhecera o amor pela primeira vez. Sim, querendo ou não, Isadora era uma rival!

Sem perceber, entrava naturalmente na faixa vibratória de Abel e dos irmãos desajustados do invisível, abrindo brechas através do ciúme, autorizando a turba no processo de influenciação inferior.

Algo novo, naquele instante, mexeu com nossa personagem. Não se lembrou do poder da oração que poderia afastá-los completamente, rompendo seus propósitos.

Pelo contrário, chegara a impertinentes conclusões.

Essa era a verdade que tentara sufocar durante todo esse tempo, concluía. Estava aflita, experimentava a revolta, novamente brotavam pensamentos ambíguos.

No copioso banquete, o vinho rolava em abundância.

Por sorte, aliviada, a jovem percebeu que Abel se afastara, conversando agora com outras pessoas. Pálida, sentindo-se com a cabeça pesada, pediu licença para se recolher.

Mergulhada na penumbra, agora observava a situação à sua volta com outros olhos, sentiu-se um tanto indiferente e, pela primeira vez, analisou as colocações de Abel sob outro prisma.

Passaram-se alguns dias, e com eles Abel buscou todas as oportunidades de encontrar Nathifa, para convencê-la a agir, sem que ela se sentisse capaz de tomar uma decisão.

De certa forma, ela havia mergulhado num abismo magnético doentio, arrastada por vibrações fortíssimas, mas resistia.

Neste dia, estava sentada na varanda.

Abel a observava em silêncio, depois se aproximou, inclinou-se e tocou-lhe de leve o braço.

— Não permita que o desânimo obscureça sua beleza, nem que a dor lhe roube as forças. Recupere a esperança e a alegria de viver, Nathifa.

A jovem endireitou-se, empalidecida, mergulhou o olhar nele e disse-lhe:

— Vejo que deseja me beneficiar, todavia, conheço meu lugar, não vou decepcionar aquele que amo, nem devo me enganar com falsas esperanças.

— Existe uma força que dobra até os mais orgulhosos, que vence até a ambição: o amor reina até sobre os reis. Amando-a, Ninetjer a conservará ao seu lado.

— Está divagando, Abel. Ninetjer jamais me amará.

— Serei sincero. Eu também não esperaria nada pelas vias comuns, se não tivesse o poder de fazê-la ser amada por ele.

— Que poder? De que maneira?

— Feitiço! Que se puder fazer chegar até ele, irá despertar-lhe um sentimento tão forte que ele não poderá viver sem sua presença, e seu poder sobre ele será absoluto.

— E em que consiste esse feitiço?

— Trata-se de um perfume especial. Se quiser, forneço-lhe um frasco. Deverá atrair Ninetjer para seu aposento, dando um jeito para que o aroma seja sentido por ele. Isso é tudo!

— Ele tem proteções mágicas. É imune a esses artifícios. Deixe-me em paz, nem mesmo sei o que estou falando. Jamais poderia traí-lo!

— Eu estarei ao seu lado para apoiá-la em sua decisão, seja qual for.

Saudando-a, despediu-se.

Nathifa recusara-se de pronto. Nunca trairia o amado!

Não obstante, aos poucos, as ideias de Abel passaram a ressoar em sua mente. Agasalhava agora sugestões arquitetadas por inteligentes mentes propensas a desarticular o bem, o progresso. Gradativamente, sem que percebesse, volvia às ideias indébitas, aceitava-as, distanciando-se de outras, benévolas.

Abel apresentava-se a ela aparentemente tomado de compaixão, presumia que essa seria uma das vias para enfraquecer, desmoralizar e finalmente aniquilar seu irmão.

Nathifa, por sua vez, tentava se concentrar agora nas falhas da outra. Pela primeira vez, vendo Isadora como rival, começava a inquietar-se com a circunstância.

***

Zeuro, o sumo sacerdote, intuído pela espiritualidade benfazeja, chegou ao palácio.

Isadora e os seus três filhos encontravam-se na sala íntima.

Zeuro foi anunciado. Isadora recebeu-o calorosamente, cumprimentou-o, reclinando-se reverente.

— Nobre sacerdote de Ptah, muito nos honra vossa presença. Acomode-se conosco.

Zeuro sentou-se.

Algo inusitado adveio. Um espírito desencarnado postava-se ao lado de Ísis, que se tornara uma linda moça, e tentava disfarçar o que percebia ao seu redor. A entidade espiritual apresentava-se com a indumentária e ornamentos de um faraó, exercendo uma suave impressão na sensibilidade da jovem. A imagem infundia verdadeiro encantamento em seu coração.

Zeuro observava a cena, calado. E por se tratar de um sacerdote afeito às disciplinas próprias da função de intermediário entre os planos, pela sua nobreza de alma, pelos sentimentos elevados, pela sua conduta voltada ao bem, não quis expô-la. Admirado com a situação e deixando passar a impressão forte que havia lhe envolvido o ser, em primeira oportunidade, voltou-se a Ísis.

— Filha, eu gostaria de conversar um pouco, a sós.

Observando sua expressão, Ísis logo entendeu que o assunto deveria se tratar da visão espiritual.

— O senhor gostaria de conhecer meu jardim?

— Sentir-me-ei honrado. Permite-me, nobre Isadora?

— Mas é claro. E você, comporte-se, Ísis!

Esse acontecimento criou em Ísis uma imediata simpatia por aquele homem, que com seus modos serenos e sábios, passaria a ser um ponto de apoio nas ocorrências que se davam com ela, por ter uma sensibilidade mais aguçada.

Levando-o a conhecer o jardim, não reparou logo que a figura espiritual, o mesmo homem formoso de antes, emoldurado por uma auréola, acompanhava seus passos.

De repente, ela lhe notou a presença.

— Ísis, você tem algo a dizer? — interrogou-lhe Zeuro.

— Sobre o quê, sumo sacerdote?

— Sobre um vulto que estava na sala, que nos acompanhou, e que agora, continua ao seu lado. Não negue, sei que você também o vê, e que entende perfeitamente o que se passa...

— Sim, venerável senhor. Os corredores, as escadas, os ambientes estão sempre povoados de "pessoas mortas" circulando de um lado para outro. Alguns nada dizem, outros me observam e sorriem. É o caso deste meu amigo do reino dos mortos. O senhor também ouve as vozes, vê vultos que ninguém percebe? Faraós mortos que conversam com gente viva?

— Houve alguma outra vez que "seu amigo" do reino dos mortos se comunicou com você? Isso tem acontecido com frequência?

— Faz duas noites, acordei subitamente, e lá estava ele em meu quarto. Homem forte, bela aparência, com a pompa e os adornos de um faraó. Saudou-me, sentei na cama, e disse-me que alguém desejava falar comigo. Senti como se estivesse expandindo. Levantei-me com uma enorme sensação de leveza e liberdade. Olhei para a minha cama e vi meu corpo, quando ele me chamou.

— Recorda-se de algo mais?

— Solicitou que eu o seguisse e que me tranquilizasse, pois ainda estaria ligada ao corpo. Atravessamos uma região diferente, e vi-me diante de uma grande porta. Entramos e colocou-me sentada ao seu lado. Disse-me que eu não me assustasse, pois existiam pessoas com a tarefa de estreitar o acesso entre o reino dos vivos e o reino dos mortos, e que eu era uma dessas. Esclareceu-me que eu já o conhecia, que havia participado de cerimônias na dimensão onde ele vive. Mostrou-me que do lado de lá há cultos, mas que não há necessidade de se fazer oferendas.

— E você se recorda de haver participado de algum culto?

— Não. Confidenciou-me que, enquanto eu durmo, meu *akh* (espírito) desprende-se do corpo físico para perambular por aí...

— Pense bem, Ísis, não me esconda nada, minha filha. É importante. Tem certeza de não haver sonhado com nada?

— Não foi bem um sonho, senhor. Recordo-me que me levantei e cheguei em frente a outra porta. Alguém me acenou para que eu entrasse, entrei. Deparei-me com uma sacerdotisa.

— Exatamente o que ela lhe disse?

— Que as leis divinas são inquestionáveis. Que não há necessidade de se provar por que a chuva molha, a razão que o Sol brilha, de investigar como o vento sopra, de quando a semente germina e produz uma cópia da planta que um dia a criou e a hospedou, outrora. Falou coisas de que não me lembro...

— Disse-lhe algo mais?

— Pressenti algo ruim, muito ruim...

— Gostaria que falasse sobre esse algo ruim.

— Solicitou que eu avisasse meu pai que ficasse alerta, não confiasse em todos que o cercam. Que eu dissesse ao meu tio que a vida lhe trouxe novas bênçãos em forma de renovações. E que eu ajudasse os dois a se libertarem das algemas impiedosas das fantasias e ilusões que lhes têm roubado sublimes oportunidades no curso de suas vidas. Eu fiquei confusa, bem confusa, nobre sacerdote.

— Depois dessa advertência, você se lembra de haver aparecido alguma imagem em sua mente? É importante, Ísis. Esforce-se! É por isso que eu estou aqui.

— Vi a imagem de Nathifa, sem que eu pensasse nela. Senti um ligeiro arrepio. Havia também um frasco com um cheiro insuportável.

— Ísis, preste bem atenção. Não deixe de me relatar essas ocorrências. Cada detalhe é importante. Seus pais se preocupam com essas histórias. Seus olhos veem coisas para as quais os outros são cegos. A sua vida não será fácil. Eu prometo que estarei sempre presente para conversarmos sobre esses acontecimentos, e orientá-la.

— Não posso tranquilizar-me perante tudo o que lhe falei. Se revelar a alguém, serei punida por "inventar" histórias. As sombras do reino dos mortos não me inspiram medo. Pelo contrário! Sinto-me segura e protegida. Serei grata, muito grata pela vossa presença e, principalmente, se nada lhes disser...

— Confie, Ísis. Não tecerei nenhum comentário a quem quer que seja. Voltarei a procurá-la.

— Senhor, este faraó e a sacerdotisa que, por vezes, aparecem, não exigem sacrifícios como os demais deuses de nosso panteão, que concedem desejos, mas que não podemos negar-lhes uma oferenda.

— Ísis, deve ficar atenta às exigências de alguns deuses, pois há preços que não devemos pagar.

— Obrigada, não esquecerei de seu conselho, nobre senhor.

A partir de então, Ísis passou a considerar Zeuro um amigo, muito mais que um deus ou um herói, sentindo por ele mais que admiração, verdadeira veneração. Aproveitou aquela ocasião e contou-lhe o que os outros chamavam de sonhos e fantasias, coisas que para ela eram realidade. Falou-lhe de seus amigos fantasmas, do desgosto de não ser acreditada. Quando o sumo sacerdote lhe disse que acreditava nela, ao ouvir suas palavras, o coração da jovem saltou de alegria e ela o agradeceu sinceramente.

Em seguida, Zeuro dirigiu-se aos aposentos de Nathifa.

— Nathifa, dê-me licença. Eu interrompo algo?

— Não, venerável senhor. Estou à disposição.

— Sinto-a em um estado alterado e tenho a obrigação de precavê-la.

— A que se refere, senhor?

— Se minhas palavras fizerem algum sentido, reflita sobre elas, senão, descarte-as. Não é segredo que nutre um grande amor por Ninetjer.

— Sim, é a mais pura verdade.

— Sei também que pensamentos amargos e tumultuados agitam seu espírito. Tenha cuidado, não permita que envenenem seu coração contra o príncipe, fazendo-se instrumento dócil de ações criminosas.

Um suor frio molhava a testa da jovem.

— O que está sugerindo, senhor?

— Se ama Ninetjer verdadeiramente, afaste-se de qualquer sortilégio que poderia prejudicá-lo. Liberte-se de artifícios que possam lhe beneficiar apenas temporariamente, em malefício de outros.

Um sentimento estranho apertou o coração de Nathifa.

— Não sei do que o senhor está falando, sacerdote.

— Melhor assim, minha filha. Fico mais tranquilo. Agora me dê licença, necessito regressar ao templo.

***

No dia seguinte, Nathifa levantou-se tarde.

Sentia-se pouco à vontade, a cabeça pesada e dolorida, as faces queimavam. Uma irritação a surpreendeu e ela assustou algumas criadas. Depois de tanto tempo, recebera um recado de que Ninetjer a visitaria à noite. Deveria ter acordado animada e bem-disposta. Entretanto, sentia-se mal. Por acaso, seu olhar caiu sobre o frasco que Abel lhe fornecera. Estava guardado dentro de uma caixa de alabastro para quando fosse visitada; então, pegou o objeto, refletindo sobre as palavras de Zeuro.

— Maldito frasco, talvez seja este perfume tão forte que me trouxe esta dor de cabeça insuportável. Sou louca por ter dado ouvidos a Abel, que deseja abater o irmão a qualquer custo! Ainda que Ninetjer me repudie, ele não merece ser traído!

Com um gesto brusco, atirou o frasco para longe, deitando-se novamente, descontente com tudo e pensando em Ninetjer.

O anoitecer lhe trouxe a agradável visita que dissipou como por encanto suas aflições; Ninetjer apareceu, sentiu-se feliz entregando-se ao amado.

Alguns dias correram e, com eles, algo inusitado aconteceu.

A atuação materna, do invisível, provocava benefícios a Nathifa, que intuída, resolveu abrir seu coração com Isadora.

— Minha senhora, soberana e poderosa princesa, eu sei que seu sopro poderá destruir-me como o vento do deserto que seca um arbusto, sei que seu olhar poderá me reduzir a cinzas...

— Você está me assustando, Nathifa. Que expressões são essas? O que a aflige? Fale!

— Em nome do amor e respeito que tenho pela senhora e pelo príncipe Ninetjer, em nome do amor materno a Weneg e Jamile, que não é diferente do amor e dos cuidados que dedico a Ísis, seja clemente, perdoe-me de antemão por algo que não tenho como esclarecer. Sinto-me inapelavelmente perdida.

— Diga-me a verdade. Você cometeu algum delito grave?

— Eu creio que sim, minha senhora — disse-lhe em lágrimas —, eu não sei se conseguirei, todavia, permita-me tentar explicar-lhe...

— Pois fale, criatura! Vamos! Está me deixando aflita.

— Como é de vosso conhecimento, desde a meninice, eu fui apaixonada pelo príncipe Ninetjer. Jamais cedi aos apelos de Abel, que sempre me assediou, nem de outros pretendentes. Está difícil, não consigo mais sufocar um segredo que tem me selado os lábios...

— Vamos, tenha coragem, Nathifa. Seja o que for, eu estarei ao seu lado.

— A minha primeira gravidez é objeto de temor e desonra, sem que eu nada tenha feito de errado, senhora. Tive somente um encontro com o príncipe Ninetjer, logo após a nossa união carnal, e ele deixou o reino. Soube que estava grávida durante sua ausência.

Isadora, surpresa, petrificada, exaltou-se.

— Isso é muito grave, Nathifa. Está dizendo que Weneg não é filho de Ninetjer?

— Estou dizendo-lhe que não sei como isso aconteceu...

— Como pode dizer uma coisa dessas? Está louca?

Nathifa, trêmula, percebendo que no olhar da ouvinte a exaltação havia se aplacado, continuou com mais coragem e firmeza, tentando explicar o inexplicável.

Isadora, surpreendendo-se com o relato e compreendendo que Nathifa era sincera, a crivava de perguntas.

— Jura que é inocente, que não se lembra de nada? Isso não faz sentido algum...

— Eu sei que é difícil acreditar, mas em nome de meus filhos, em nome dos deuses, acredite em mim, senhora.

— A não ser que... Recorda-se de algum sonho estranho, Nathifa?

A jovem estremeceu violentamente, empalidecendo.

— Espere... Há um sonho que se repete consecutivamente. Um homem belo, dizendo-me doces palavras de amor que soam distantes e imersas em névoas... Náuseas, muitas náuseas! Eu tento recordar tais cenas, reluto, sem conseguir... Ainda sinto o toque das mãos desse homem devassando-me o corpo, mergulhando-me em intermináveis ondas de prazer. Sim... Mas não passa de um sonho! Um mero sonho que se reproduz... E surge repetidamente, profundamente perturbador!

— E esse homem belo, o reconhece, Nathifa?

— Não sei. Às vezes, julgo que sim, sinto repugnância, profunda aversão, porém a lembrança é falha, imprecisa. Penso estar ficando louca, senhora. Tenho uma impressão de alguém me observando... Invadindo minha privacidade... Uma presença que, de fato, abomino!

— Talvez... Como se alguém invadisse seu quarto às ocultas?

— Não! Impossível! Eu saberia. Teria consciência se alguém me seduzisse. Eu acordaria!

— A menos que esse homem a sedasse! Tente se lembrar da imagem dele. É muito importante, Nathifa.

— Preciso pensar, não consigo, senhora. Há algo que me impede. Sinto total asco de tais sensações. A feição, a voz em sussurros, palavras capciosas...

— Se esforce, vamos!

— São sonhos recorrentes, nada mais.

A jovem tentava atender os incisivos apelos de Isadora, permitindo que a luz dos archotes iluminasse sua expressão trêmula. Titubeou por instantes, era difícil reconsiderar suas impressões. Queria sufocar algo, não sabia ao certo o quê.

— Espere! Agora, a senhora falando, vejo que... Esse sentimento de repulsa, o mesmo que sinto por... Abel! Pelos deuses! Não pode ser. Sim! Acha possível? Forçando agora a lembrança... Foi ele! Mas como poderia? Eu não consigo entender...

— Nathifa, está claro o que ocorreu. Abel é sórdido, ele a sedou. Vamos pressioná-lo e estará resolvido esse mistério!

— Não, minha senhora! Abel é perigoso! Movido puramente pela ambição. Ele conspira contra o príncipe Ninetjer e, principalmente, contra a senhora! Prometa-me! Ao menos, por enquanto, mantenha segredo pelo bem de todos.

— Levante-se, Nathifa. Eu jamais falaria. Se alguém deve falar, esta pessoa é você.

— Agora tudo ficou claro. Caso eu contasse, o príncipe Ninetjer não acreditaria...

— Abel é abominável. Ninetjer tem de se proteger, Nathifa.

Capítulo 11

Hathor não só educara Ninetjer e Abel, como agora era o professor de Ísis, Weneg e Jamile. Obviamente, não era a primeira vez que tinha de enfrentar garotos indisciplinados. Ainda recordava da batalha que enfrentara com Abel, em sua infância. Caso único, até surgir Weneg!

Naturalmente, na época de Abel, o professor era mais jovem e tinha força suficiente para aguentar a guerra diária que mantivera com o príncipe rebelde. Mas agora, por vezes, com os novos alunos, sentia-se desacorçoado. Contemplando o grupo tão heterogêneo sob seus cuidados, sentiu que as forças começavam a faltar, não obstante mantivesse o firme propósito de enfrentá-los e corrigi-los.

Weneg era considerado um garoto difícil.

A sua natureza perversa se somava à astúcia imprópria para a idade. Destacava-se a soberba, insuportável sob muitos pontos de vista.

Desenvolvera a capacidade de olhar de forma ameaçadora para todo aquele que não se submetesse à sua vontade.

Um tanto distante, se encontrava Ísis, tão mimada quanto ele. Sua natureza livre e, certamente, impulsiva, já dava indício de uma beleza que com o passar dos anos seria tão deslumbrante quanto à de sua mãe. Desde pequena, sempre fora temperamental, reservada, nervosa...

Sentia-se ofendida por seus pais, pois eles diziam que ela inventava histórias e que deveria envergonhar-se de dizer mentiras; sentia uma espécie de lástima pela falta de compreensão daqueles que faziam tais observações. Não gostava que suspeitassem de falsidade. Muitas vezes, orava até cair adormecida, para que fosse libertada de suas visões e de seus sonhos, mas seus esforços de nada serviam. Logo, todos os seus sonhos ressuscitavam, seus amigos fantasmas retornavam aos seus respectivos lugares. Sua saúde era delicada. Diziam que ela sofria do mal que mais tarde se denominaria "mal divino" — a epilepsia. Muitas vezes, os escravos a carregavam para o palácio; quando "atacada" pela doença debilitadora, caía nos campos a murmurar versos, alheia à realidade, de olhos parados.

Na verdade, era dotada de sensibilidade psíquica.

Havia um processo pernicioso de obsessão envolvendo os familiares, sentido mais intensamente por ela, que fazia lembrar um ataque epilético devido à igualdade da manifestação. Tinha o gênio forte, mandona, orgulhosa, decidida em seus assuntos. Somente se dobrava diante de Zeuro, o sacerdote, e de Camila, sua avó. Amava-os com todas as suas forças, se curvava e os obedecia, principalmente a Zeuro, sem resmungar, o único que invadia intimamente sua vida e, que além de tudo, a orientava, e ela acatava cegamente, tentava seguir à risca seus sábios conselhos.

Jamile, a irmã mais nova, traços belíssimos, era a mais reservada e um tanto acomodada. Não tinha interesse em aprender, contentava-se com o que lhe apresentavam.

O restante da classe era composto por descendentes de famílias que governavam durante longo tempo, acumulando grande poder e riqueza, ocupando postos hierárquicos da administração. Essas famílias mantinham-se unidas por laços de sangue e suas relações políticas eram de tal magnitude e, por vezes, similares ao próprio faraó.

Raneb blindava Weneg; Ninetjer protegia Ísis, e Jamile, tendo consciência do que acontecia ao seu redor, começava a desenvolver uma personalidade resguardada, convencida de que era ignorada pelos pais e avós. Não se lembrava de ter recebido, nunca, palavra ou gesto amável algum, por parte deles.

***

Ísis familiarizara-se com a presença dos seres desencarnados. Ouvia o faraó do reino dos mortos a lhe falar, abrindo canais que lhe permitiam acesso aos seres que se ocultavam pelo véu da invisibilidade, com os quais mantinha diálogos e trocava impressões.

Nesta noite, havia se recolhido em seu quarto, estava dormindo, quando súbito acordou, e lá estava o seu tutor invisível, que à sua sensibilidade visual e auditiva se apresentava de forma clara: o espírito do faraó agora desprovido de quaisquer adornos faraônicos.

Ísis teve uma sensação, como se estivesse expandindo-se.

Levantou-se experimentando a impressão de leveza, ouviu-o chamá-la. Entregou-se. A sensação experimentada era de liberdade, tão logo deixou o corpo físico.

Atravessaram um nevoeiro, e viu-se diante de uma imensa porta. Entraram. O antigo faraó convidou-a a se sentar, dando início a uma conversação na qual se entendiam perfeitamente.

— Ísis, seu avô fará a passagem para o reino dos mortos, e Ninetjer o substituirá.

— Mas meu avô está bem. Está sugerindo que ele irá morrer?

— O espírito imortal não perde o vínculo com o plano físico e nem com seus entes queridos, minha filha. Uma tarefa começada não se interrompe com a morte física. Há muito o que fazer...

— Eu entendo, mas Vossa Excelência não me respondeu.

— Ísis, seu avô deixará o corpo terrestre. Você terá que nos ajudar a proteger Ninetjer, que o sucederá, envolvendo-o numa atmosfera de energias nobres e luminosas que lhe permita deixar o corpo nas horas de sono, para que possamos orientá-lo. A vida os reuniu! Formamos um núcleo, possuímos culposo pretérito a redimir, com um longo período para nos desfazermos da bagagem de enredos de ódio e vingança. Os adversários nem sempre agem deliberadamente no mal, por vezes, persistem em determinados círculos de entendimento, acreditando-se infalíveis aos seus próprios olhos, que só o tempo poderá desvendá-los.

— Compreendo...

— Quando fiz a passagem, tive de responder por cada alma que sofreu as terríveis disciplinas impostas por meus capatazes, cumpridores de minhas ordens. Respondi por cada carregador que foi esmagado ou teve algum membro amputado durante as construções. Somos chamados à responsabilidade que temos uns sobre os outros. E, é por isso, que devem aproveitar a oportunidade da vida, para que na continuidade dela, no reino de Amenti, não se surpreendam ao se depararem com a impossibilidade imediata de desfazer as coisas erradas que fizeram.

— Certo...

— Estarei atento para ajudá-la a superar as dificuldades, entretanto, será necessário manter a sintonia conosco. Se se afastar dos valores superiores, poderá se entregar ao abismo da dúvida e da fragilidade, abrindo campo à negação e ao desespero. Aprenda a renunciar para recolher a luz que decorre do sacrifício, minha filha. Não comprometa o êxito espiritual que essa experiência terrena poderá oferecer a você.

— O senhor me assusta...

— Não há razão! Movimente-se pelas vias da prece. Ore por todas as vidas que ali se encontram. Principalmente, silencie suas lamentações, queixas e críticas, e somente busque enxergar a beleza da misericórdia divina, permitindo a retratação da consciência no plano individual e coletivo. Quando se vir combatente nesta área, não se permita ares de superioridade e, muito menos, ouse facilitar a você as marcas da vaidade. Agradeça sempre, pois a Providência permitiu que abraçasse a etapa das reconstruções através do trabalho bendito e reparador. Abrace essa oportunidade!

— Não o entendo bem, senhor.

— Aos poucos, entenderá, minha criança. A sensibilidade bem exercitada é um bendito farol a iluminar os caminhos da reconstrução de viajores que trilharam a via dos enganos. Além disso, é uma sublime oportunidade para refletir diante da própria consciência, retratando o passado que se dilata na intimidade, abarrotado de delitos e passagens tortuosas. Esse guia seguro poderá coroar a vitória do exaustivo planejamento que, sem dúvida, é fruto do amor divino, Ísis.

Uma onda de forças envolveu a tutelada numa atmosfera serena e luminosa, o espírito do faraó lhe sorriu e concluiu:

— Última advertência: nunca subestime, em tempo algum, a inteligência de forças contrárias adversárias do bem e do progresso.

Ao despertar, Ísis recordava-se de haver sido visitada pelo benfeitor desencarnado. Aquele espírito luminoso seguia os acontecimentos, responsável que era pelo núcleo familiar, porém, caberia a cada um evitar interferências nocivas, sendo responsáveis por suas próprias escolhas e decisões.

Preparava-os, assim, para que despertassem para os valores verdadeiros, diante dos passos na condução do reino egípcio, aprendendo com as próprias dificuldades e evoluindo, corrigindo rumos e refazendo corretamente o que outrora pudessem ter-se equivocado.

***

Durante anos, inúmeros trabalhadores foram designados à construção da mastaba de Raneb, uma fortaleza destinada à proteção de sua múmia quando chegasse a hora.

Se no dia da coroação o soberano ascendia ao trono de seus ancestrais, ao morrer, seria encaminhado a Osíris, o deus dos mortos, quando então, alguém reinaria em seu lugar.

Os egípcios traziam a concepção que se o *ká* do faraó voltasse a se incorporar na múmia em sua vida nova, no Além, precisaria dos ornamentos, dos luxuosos objetos de uso, dos preciosos utensílios, das armas familiares de ouro decoradas, daí as infindáveis providências.

No dia imediato, Raneb amanheceu acamado e com muita dor nas vísceras. Um médico examinou-o com atenção e foi sutil, sem esconder-lhe que não havia o que ser feito. O enfermo, sentindo que a morte o rondava, passou a tomar as derradeiras providências. Reuniram-se em torno dele a rainha-mãe Camila, Isadora e Ísis. Ninetjer entrou no aposento, alguns guardas afastaram-se, ajoelhou-se ao pé do leito de seu pai.

— O que houve, Majestade?

— Eu adoeci e não há tratamento.

Um triste sorriso pairou em seus lábios, dirigindo o olhar à neta.

— Ísis, que os deuses a abençoem. Perdoe-me por não a ter recebido em seu nascimento como deveria...

— Não sei do que está falando, meu avô. Sou grata, pois fui muito bem recebida.

— Fiquem atentos. Não comam nada, nenhuma comida ou bebida, sem antes passar pelos provadores do palácio. Demitam os atuais! É uma ordem!

Raneb tossiu, a respiração se alterava visivelmente, prosseguiu:

— Espero que o Conselho de Osíris, o senhor de todos, Grande Rei e juiz do Amenti, julgue-me e absolva-me, admitindo-me em seu reino. Meu tempo se esgota, dê-me um beijo, Ísis.

A neta inclinou-se para o avô, sentiu que o pranto ia lhe embargar a voz, beijou-o. Assimilando um sinal de sua mãe, a garota retirou-se. Raneb, dirigindo-se a Ninetjer, prosseguiu:

— Filho, eu cometi um grande erro ao garantir a Abel, desde cedo, a sucessão. Graças aos deuses, em tempo, percebi meu equívoco. Fique atento à sua vida e à de sua família. Tente preparar adequadamente os meus netos.

— Para o nosso reino, o senhor será sempre insubstituível, Majestade.

— Seja meu sucessor e consagre sua vida a Kemet. Ao transferir seu bastão, esteja atento aos verdadeiros sinais.

— O que o senhor receia?

— A sede de poder pode corromper as pessoas. Seu irmão é capaz de tudo para assumir a coroa. Deu provas de que não pretende seguir a vida segundo Maat. Cometeu graves deslizes, sendo um deles imperdoável, meu filho.

Breve pausa. Prosseguiu:

— Há evidências de que ele esteve envolvido em uma sórdida trama ocorrida no nascimento de Ísis. Quando um homem erra, não comete um crime contra um deus, mas atinge diretamente a ordem estabelecida. Graças aos deuses, minha neta tinha sede de viver.

— Mas, então, o senhor atribui as dificuldades no nascimento de Ísis aos desvarios de meu irmão?

— Somente os deuses poderiam confirmar...

Lacônica pausa.

— Viva de acordo com Maat. Enquanto o faraó e seus súditos honrarem os deuses e obedecerem às leis decretadas pelas divindades, a balança será mantida em equilíbrio. Aquele que infringe seu decreto é punido. A ordem divina foi estabelecida na criação, e essa não só se manifesta na natureza, mas também na sociedade como justiça, e na vida das pessoas como verdade.

— Não se esforce mais, Vossa Alteza, eu manterei a ordem civil em Kemet, se os deuses permitirem.

— A minha temporada terrena se esgota, seguirei rumo a novos horizontes. Voarei para o céu, e estarei a governar no mundo dos mortos. Posso confiar que oferecerá sua vida à realeza?

Assim, olhando para o pai e acenando afirmativamente com a cabeça, Ninetjer deu o assentimento de que Raneb necessitava.

— Ninetjer, tudo indica que me envenenaram lentamente.

— Impossível! E os provadores?

— Demita todos! Agora, deixe-me. Estou fraco. As forças começam a expirar, me entregarei à embarcação que me aguarda para a travessia...

— Siga seu destino, meu pai, eu cumprirei os meus deveres para que seu espírito se sinta em paz.

Algumas horas depois, o faraó fechou os olhos e "descansou da vida".

Em seguida, Ninetjer atravessou o quarto, abriu a porta e ordenou a um dos guardas.

— Vá! Diga para que toquem os sinos! Anúbis levou o faraó.

Isadora aproximou-se, colocou a mão em seus ombros e sentenciou:

— Anúbis virá buscar a cada um de nós, um dia.

Uma equipe espiritual especializada providenciava o início do desligamento do corpo espiritual de Raneb de seus despojos.

A mãe desencarnada, ao lado do espírito benfeitor que se apresentava com os adornos de faraó juntamente com a equipe espiritual presente, prestou ao recém-desencarnado o socorro necessário.

Nas horas vindouras, enquanto a família terrena se debruçava sobre os despojos carnais, em prantos, o pequeno agrupamento espiritual saía, conduzindo o espírito desencarnado a um instituto de assistência.

Capítulo 12

No dia seguinte, Ninetjer procurou Ísis.

— Filha, olhe em meus olhos e não minta! Quando você revelou que os deuses previram a morte de seu avô, eu não dei importância, mas ele se foi. Tem alguma ideia da causa?

— Não.

— Tem certeza?

— Absoluta.

— Pois saiba, seu avô foi envenenado, lentamente.

— Mas quem ousaria tentar contra a vida do faraó?

— Não sei. Eu a proíbo de contar os seus sonhos a quem quer que seja. Sei que tem sido orientada por Zeuro. O que menos careço agora é que sua vida corra perigo. Não me desobedeça! Entendeu?

— Sim, Alteza.

— Não desejo que se exponha e temo pela sua vida. Quanto aos provadores, não se preocupe, demiti todos. Outros já foram contratados, e quem quer que seja o criminoso, não mais utilizará desse meio.

Breve pausa, concluiu:

— Proíbo-a, Ísis! Forças poderosas e desconhecidas estão em jogo. Eu a protegerei. Não confie, nem mesmo, em Nathifa.

***

O túmulo de Raneb foi construído em Saqqara.

Durante setenta dias, duração de seu embalsamento, por razões mais religiosas que técnicas, Zeuro, o grande sacerdote, velou para que as fórmulas corretas fossem lidas cumprindo os rituais apropriados.

Pronunciaram-se sortilégios sem fim.

Proferiram os nomes dos deuses e colocaram Raneb sob a proteção direta deles.

No dia do cortejo, rumo à necrópole, Ninetjer seguia à frente. Mais de uma dezena de sacerdotes transportavam a múmia.

Os mumificadores haviam feito um trabalho perfeito, a expressão de Raneb era harmônica. O caixão assentado sobre um carro de arrasto era puxado por uma junta de bois, precedido por músicos. Logo atrás, postavam-se os familiares, os altos dignitários, os sacerdotes, as carpideiras lamentosas. Os escravos transportavam os móveis, os cofres, as vestes, as joias e os cosméticos para a última morada. Levavam carne, aves e legumes para o sacrifício funerário. Ninetjer, como ritualista e sucessor, era o encarregado de pronunciar as fórmulas de passagem para o Além. Zeuro realizou o ritual de Abertura da Boca, a que era atribuído o poder de restituir ao morto o uso da palavra, da visão, da audição e do olfato, permitindo-lhe apreciar as oferendas alimentares, a fim de que ele partisse vivo para o outro mundo.

Ao término da intricada cerimônia, a família despediu-se do morto, os sacerdotes colocaram a tampa sobre o sarcófago, o túmulo foi selado e instalado bem ao centro da morada, onde a deusa Ísis o transformaria de um ser mortal para imortal.

Após os rituais, deixaram o sarcófago.

Estava tudo pronto para que a múmia pudesse participar do universo do Além. Quando se viu longe das vistas dos cortesãos, emocionado, Ninetjer chorou.

***

Após alguns dias, a grande rainha-mãe encontrava-se no jardim do palácio real. Ansiosa, aguardava Ninetjer.

Observava o jardim maravilhoso povoado de plantas. As acácias e os salgueiros formavam um paraíso, e a rainha costumava conceder a si alguns minutos ali, todos os dias. Entristecida, sentou-se num banco rústico. Ninetjer se aproximou, dirigindo-se a ela. Inclinou-se diante da mãe e depois a abraçou ternamente.

— Por que os deuses nos impõem tão cruel provação?

— O espírito do faraó vive em você, meu filho; o tempo dele terminou, agora começa o seu. Ele vencerá todas as dificuldades da morte, se você continuar a obra que ele deixou.

— Mãe, concluímos a investigação sobre o envenenamento. O criminoso não foi descoberto.

— O que ficou para trás não poderá ser modificado.

— A senhora suspeita de alguém?

— Não. Todos aqueles a quem o faraó confiou a gestão material do Estado, eram de sua extrema confiança.

— Quando meu pai se afastava de Kemet para realizar tarefas, no estrangeiro, era a senhora que governava nos bastidores. Então, se possui a experiência do poder e todos a veneram, por que não sobe ao trono?

— Porque essa não era a vontade de seu pai. Foi você que ele escolheu, é você que deve reinar. Eu o ajudarei com todas as minhas forças e lhe darei conselhos, quando necessitar.

— Quando criança, eu sonhava em ser o faraó. Eu confesso! Sempre vi meu irmão como um rival, pois tudo fiz para mostrar ao meu pai que eu era o mais preparado. Entretanto, não sei se o faraó me escolhendo fez a melhor opção.

— Filho, não recuse seu destino. Mantenha o coração vigilante, capaz de satisfazer os deuses, porque toda a nossa existência repousa no conhecimento. Realize o que é correto, busque a excelência em todas as coisas, jamais fuja das responsabilidades assumidas. Haverá dificuldades, retrocessos poderão acontecer a qualquer momento, contudo, se tiver a boa intenção e o coração puro, terá o apoio e o incentivo dos deuses.

Em breve, Ninetjer seria coroado e Isadora se tornaria a rainha do Egito.

Abel, inconformado, não conseguia acalmar sua ira.

Nele, pareciam que haviam se fundido as mais descontroladas forças da cosmogonia do país das duas terras. Parecia que o crisol de sua alma se fundira com Montu, o deus da guerra, criando nele acessos de cólera difíceis de imaginar.

Enfurecido, jurava que derrubaria seu irmão. Conspiraria! Jamais desistiria do propósito de chegar cedo ou tarde ao trono egípcio! Com a perspicácia e astúcia redobrada, os irmãos desajustados do invisível se projetavam sobre ele, atentos aos menores acontecimentos.

***

Ísis tocava harpa no jardim para Camila, sua avó.

Essa, por sua vez, contava as mais variadas histórias à neta.

Todas as tardes, Camila lhe falava da terra e de seus antepassados, relatando enredos milenares que envolviam deuses e homens, exatamente como haviam feito com ela, desde pequena. Até ali a vida de Ísis fora vivida entre a música, as narrativas de sua avó, a intensa preparação realizada por Hathor, o preceptor, e suas impressões da realidade espiritual.

Weneg surgiu, seguiu em direção às duas.

Ninetjer também entrou no jardim, fixou os olhos na filha.

Ao vê-la tocar harpa, aproximou-se.

— Você é uma artista, minha filha.

— Mamãe prometeu que eu seria admitida no templo e que lá me ensinariam coisas maravilhosas.

— Você já viu como uma sacerdotisa vive, Ísis? Passaria todos os dias entre um sacrifício e outro, não teria bons trajes, teria de limpar assoalhos. Para quê se enterrar num templo, se pode se casar e vir a ser até mesmo a minha sucessora?

— O senhor poderá ir me visitar a qualquer hora, meu pai.

— Não sei se isso será possível. Eu gostaria que você se casasse com um rei.

— Mas se eu me tornar musicista do templo e não desejar me casar... irá ver-me?

— Isso não acontecerá.

Weneg aproximou-se com um ar carrancudo.

O jovem lançou um de seus habituais olhares, mais contrariado impossível, voltando-se contra Ísis, ao compreender que o pai direcionava todas as atenções a ela.

***

O período de luto terminara.

Finalmente, chegara o dia da coroação.

Ninetjer e Isadora recolheram-se no templo de Ptah, onde seria celebrado um culto a *akh* — espírito — de Raneb.

À esquerda de Ninetjer, jazia Isadora; à direita, o mestre de obras. Sentadas em banquetas de pedra em uma sala de colunas, estavam as sacerdotisas, vestidas com uma longa túnica branca. Uma delas foi introduzida no lugar sagrado e ficou diante do futuro faraó e da esposa real, com as mãos cruzadas ao peito.

— Graças à presença do casal real, o Sol se levantará e a morte se afastará, de modo que os rituais sejam celebrados e as oferendas consagradas, unindo os seres, para que eles formem um corpo de coerência inabalável.

Dois sacerdotes, um com uma máscara de falcão e o outro de Íbis, simbolizando os deuses Hórus, protetor da realeza, e Thot, senhor dos hieróglifos e da ciência sagrada, derramaram sobre o corpo nu de Ninetjer o conteúdo de dois vasos para que fosse purificado da condição humana.

Em seguida, os ritualistas aplicaram-lhe novos unguentos, abrindo-lhe os centros de energia. Vestiram-no, então, com um saiote branco bordado com fios de ouro, prendendo-lhe à cintura uma cauda de touro, evocação do poder real. Adornaram-lhe o pescoço com um colar grosso, depositaram braceletes de cobre e o calçaram com sandálias brancas.

— Aceita todas as provas para ser o faraó de Kemet? — perguntou o sacerdote.

— Aceito.

Dirigiram-no ao trono.

O sacerdote com a máscara de Hórus ergueu a coroa vermelha do Baixo Egito e colocou-a na cabeça de Ninetjer; o sacerdote com a máscara de falcão encaixou sobre ela a coroa branca do Alto Egito.

— Governe e mantenha unidas a Terra Negra e a Terra Vermelha, faça prosperar os dois territórios, os dois poderes estão ligados à Vossa Majestade!

Ninetjer saiu rumo ao grande pátio.

Camila saudou-o entregando-lhe uma tabuinha, fazendo do faraó o herdeiro do Egito. Depois, aproximou de seu peito o cetro do poder, que representava o domínio do faraó sobre os elementos e as forças vitais.

— Meu filho, aqui está grafado os seus nomes. Que os deuses conduzam seu cérebro, seu coração e suas mãos. Agora, venha, Isadora, aproxime-se de Sua Majestade, você que passa agora a ser a grande senhora do Egito.

Isadora, respeitosamente, aproximou-se. Camila proferiu:

— Que você tenha a sabedoria de manter a paz e a harmonia entre os humanos e os deuses.

— Reconheço-a como soberana do duplo país e de todas as terras — proclamou o soberano, colocando na cabeça de sua esposa uma coroa.

— Estou a serviço de Vossa Alteza, meu rei e rei de Kemet.

CAPÍTULO 13

O tempo se desdobrou, desde a coroação de Ninetjer, sem nenhum fato marcante.

Ísis, cabelos negros e brilhantes, olhos esverdeados, estava nos aposentos de sua avó, que se encontrava adoecida.

A serva, orientada, aproximou-se trazendo nas mãos um pequeno cofre. Ajoelhou-se diante das duas. Ísis pegou o objeto e o abriu. Seu coração palpitou feliz. Era uma tiara, um lindo amuleto de lápis-lazúli que sua avó usava frequentemente. Representava para ela a proteção dos deuses.

— É sua, querida. Gosta?

— É linda!

— Esse amuleto é de grande eficácia contra todos os malefícios. Foi de minha mãe. Ele lhe dará a proteção necessária nas provas que terá pela frente.

— Sou grata, vovó. Vou usá-lo agora mesmo. Mas a senhora parece cansada.

— Não é a fadiga que me pesa, é a morte que se aproxima. Mesmo que a minha mente esteja sã, o corpo está gasto, minha flor de lótus.

— Pois vamos repelir a morte, juntas! Terá a crueldade de abandonar Kemet, que tanto ama?

— Filha, o corpo envelhece e degrada-se de modo inevitável. Chegou a hora de eu me reunir a Raneb. Conto com você para proteger seu pai de enegrecidas sombras. Sinto que não cumpri totalmente minha tarefa de harmonizar meus dois filhos, querida.

— Por que está dizendo isso, vovó?

— Somos passageiros da vida, minha neta. Deixarei meu corpo e retornarei à vida do espírito. Zeuro me revelou que você esteve na câmara sagrada...

— Sim, vovó, eu estive...

— Disse-me que a submeteu a provas.

— Realizei diversas provas. Fui levada a uma sala escura e fria... Passei pelos degraus, encontrei a próxima sala, a das águas efervescentes, onde meu espírito foi batizado. Depois, houve a prova do fogo. Um calor intenso, vovó! Finalmente, cheguei à uma sala perfeitamente mobiliada, com tapeçarias, divãs, onde me deitei e me untaram com óleos. Ofereceram-me vinhos, iguarias sem igual. Mas a pior prova foi a da longa noite de sacrifícios, vovó.

— Você regrediu no tempo e teve a visão, minha filha?

— Sim... Regredi no tempo... Tomei conhecimento de certas circunstâncias de vidas anteriores. Mas não sei se desejo continuar...

— Ísis, deseje você ou não, ao nascermos, esquecemos as ocorrências das vidas pretéritas, mas as experiências vividas ficam registradas na memória de nosso espírito. Por isso, algumas pessoas nos inspiram simpatia ou mal-estar, sem entendermos a razão. Essas sensações vêm de outras vidas. O que somos hoje é resultado dessas experiências, fazendo-nos sentir coisas que não conseguimos explicar pelos acontecimentos atuais. Confie em Zeuro, avance ao desconhecido e chegará à mais pura verdade, minha filha.

— Vovó, ouvi uma voz em meu íntimo. Examinei inúmeras imperfeições, bem como as conquistas já alcançadas. Houve uma melhor compreensão de como me fortalecer para a execução de compromissos assumidos. Identifiquei pessoas, amigos e desafetos de outrora. Zeuro perguntou se eu gostaria de continuar a devassar a mim mesma, e confesso à senhora que eu não sei. Penso que o esquecimento é uma generosa forma de perdão que os deuses nos concedem.

— Não sei como aconselhá-la, minha neta. Reflita e decidirá por si própria.

— Está bem. Não desejo aborrecê-la mais, descanse, vovó.

***

Algumas horas transcorreram.

Ísis permaneceu ao lado de Camila, sabia que ela ia morrer.

Via ao redor do leito seres espirituais que trabalhavam ativamente nesse sentido.

Súbito, uma senhora desencarnada, com o semblante boníssimo, sorriu-lhe e lhe transmitiu em pensamento que acompanharia sua avó à vida verdadeira.

Era a bisavó, que Ísis não conhecera.

— Ísis, minha mãe está aqui.

— Penso que sim, vovó...

— Desejo falar com Ninetjer.

— Eu me incumbo de trazê-lo.

Ninetjer, transtornado, apresentou-se imediatamente.

— Acalme-se, filho. Preserve sua felicidade e transmita a regra de Maat ao seu sucessor. Ame Kemet e que nenhum sentimento humano se sobreponha a esse amor. Não deixe que os dignitários imponham leis inapropriadas, privilegiando os próprios interesses ao bem-estar geral. Se ceder, o trono vacilará, e aquilo que o grande faraó construiu será destruído.

— O que teme, rainha-mãe?

— Se fraquejar agora, no início de seu reinado, os ambiciosos e incapazes se sentirão motivados.

— Siga em paz, eu prometo que tudo farei.

Um cortejo de amigos invisíveis estava ali para fortalecê-la e estimulá-la no momento delicado de seu desprendimento físico. Sua mãe a sorrir-lhe, fazia-se presente aos seus olhos.

Camila perdeu a consciência. Não resistiu.

A notícia se espalhou pelos corredores.

A rainha entrara na eternidade!

Espíritos especializados passaram a proceder o desenlace.

Algumas horas mais tarde, Camila, em espírito, partia para a liberdade, carregada nos braços de sua mãe.

Novo luto adveio e com ele o cumprimento dos ritos usuais, com a dignidade compatível frente à grandeza do Império.

A partir de então, Ninetjer passou a exercer todos os poderes administrativos e religiosos.

Por mais que Abel aparentemente se mantivesse favorável às decisões do irmão, seus hábitos e seu apego ao reiterado estilo de vida o mantinham em condutas que nada espelhavam sua modificação.

Pelo contrário, seu coração continuava envolto em lúgubres pensamentos, terrível angústia o dominava agora, nenhum arrependimento aflorara em seu íntimo, desde que planejara o extermínio de seu próprio pai, com o intuito de fazer com que a mãe o favorecesse, o que não ocorreu.

Abel era um ser despreparado para viver dentro das leis universais. Era frio e duro perante as lágrimas alheias. Nada o comovia.

Daí a dificuldade de libertar-se das teias da obsessão.

Prosseguia sofrendo a dura interferência de inteligências voltadas a desestruturar a família, confundindo sua mente, alvoroçando seus sentimentos, permanecendo nervoso, irritado.

Núbia e seus asseclas, do invisível, apoderavam-se das fraquezas dele. Era tal a ascendência desse núcleo sobre ele, que se tornara surdo a toda sorte de raciocínio. Acolhia os maus conselhos, a crítica o aborrecia, irritava-se e repelia os que não lhe devotavam admiração.

***

Alguns dias depois, a abastada corte reuniu-se em peso. Ministros, assessores, ritualistas, escribas reais, magos e seus peritos em ciências sagradas, um senhor encarregado de velar pelos arquivos do palácio, os responsáveis pelas oferendas e outros que o intendente havia permitido entrar.

Ninetjer chegou à sala de audiências.

Ísis, Weneg e Jamile encontravam-se numa antessala, local restrito e proibido, permaneciam às ocultas, em silêncio, prestando atenção ao discurso do soberano.

Tão logo acabou a reunião, os convidados se dispersaram, e os três se dirigiram ao gabinete oficial.

Um guarda, tez pálida, homem magro e alto, estava a postos, guardando a entrada do local.

Cauteloso, informou que não poderia deixá-los entrar, quando Weneg, arrogante, o enfrentou:

— Saia da frente! Quem pensa que é? Vamos entrar!

— O faraó proibiu a entrada de qualquer um.

— Eu não sou qualquer um, sou o filho do faraó!

— Sem prévia autorização, ninguém ingressará.

— Vai pagar caro por me desacatar, insolente!

— Obedeço às ordens do faraó.

— Vamos, Weneg. Ele não tem culpa! Somente obedece às ordens! — disse Ísis.

— Vejam se não é a princesinha protegida do faraó a me desacatar perante subalternos! Quando eu for rei, ordenarei que todos sejam açoitados. Especialmente você, Ísis! — prosseguiu o príncipe com incontida raiva.

— Hoje sou a princesinha de nosso pai, mas quem sabe um dia, serei sua rainha. Contenha sua fúria, Weneg! E se me quer longe de seu caminho, não me ameace! — disse a jovem, desafiando-o.

Weneg deixou o local contrariado, puniria a insolência daquele que não o obedecera — pensava. Com certeza, exigiria do pai que o açoitasse pela arrogância! Quanto a Ísis, teria o dela, seria questão de tempo — concluiu.

Já a sós com as irmãs, propôs um plano sórdido para comprometer o rapaz. Elas discordaram. Weneg foi violento, apertando com força a garganta de Ísis, o ar já lhe faltava. Ísis tentava libertar-se, em vão. Súbito, Ninetjer penetrou no local, viu a cena, dando forte safanão no filho.

— O que pretende? E se eu não chegasse a tempo? Nunca mais se atreva a agredir sua irmã!

— Por que o senhor sempre a defende?

— Você é covarde e cruel! Veja o que fez no pescoço dela! Acha correto usar sua força para conseguir o que quer?

— Vossa Alteza me odeia! Sou um príncipe e o futuro sucessor! Minhas irmãs me devem obediência!

— Preste atenção, rapaz: a história de Kemet está cheia de príncipes como você, que nunca chegaram a sentar-se no trono!

Isadora aproximou-se, aflita.

— Ísis, o que houve? Você está bem? O que está acontecendo aqui, Weneg?

Jamile permaneceu muda, o rapaz recuou, Ísis respondeu.

— Não foi nada, mamãe! Já passou. Não acontecerá mais.

— Agora vá! Aguarde-me em seu quarto, e não ouse sair de lá! — ordenou Ninetjer ao filho.

Já a sós, Isadora solicitou que Ninetjer se aproximasse do filho, pois se sentia aflita com o comportamento dele a expressar-se em agressividade.

CAPÍTULO 14

Isadora sentou-se à mesa de maquiagem.

Massageava o rosto com uma pomada cujos principais componentes eram mel, ervas e sementes, que serviam para dar firmeza e rejuvenescer a pele.

— Está angustiada. Deseja dizer-me algo?

— Não desejo ser leviana, Ninetjer. Mas refletindo sobre tudo o que me disse, pressinto que há algo estranho. E se Abel estiver por trás dos dados apresentados ao conselho, levando-os a tomar uma decisão errada? E se for mais uma armadilha?

— Aonde pretende chegar, Isadora?

— Ao deixá-lo reconquistar com certa facilidade os territórios que pertencem à nossa zona de influência, não estariam os adversários atraindo nosso exército para uma emboscada? Por outro lado, e se o próprio Abel plantou provas falsas para instigar a guerra? Já pensou nisso?

— E por que ele se comportaria de tal modo?

— Seu irmão é hipócrita! Deseja, sobretudo, enfraquecê-lo e ocupar seu lugar. É um enfermo da alma, ninguém poderá curá-lo, enquanto ele próprio obstinar-se a conservar o próprio mal, e nele comprazer-se.

— A função de um faraó é lutar contra os inimigos que desejam apoderar-se de seu reino. Quando se está em luta contra os adversários, está sufocando rebeliões. Se você quer ajudar, pare de ajuizar meu irmão, e reze para que a deusa Sekhmet me traga de volta e em segurança.

Horas depois, Ninetjer convocou um pequeno conselho.

Reuniram-se na sala de audiências do palácio.

Abel estava presente. Mostrava-se um fiel subordinado, dissimulando submissão e humildade. Gradualmente, consolidava uma rede de amizades sem esquecer-se de ir espalhando seu fel. Não se cansava de articular manobras para prejudicar Ninetjer e de espalhar a anarquia. Financiava a insurreição de bandos mercenários, que atacariam as fortalezas egípcias.

Infelizmente, os interesses pessoais alimentados pelo ódio e ciúme traziam consequências destrutivas, faziam com que Abel, dentro do uso do livre-arbítrio, pusesse o país em risco.

As ilusões entorpeciam os sentimentos e escravizavam a razão. Propositadamente, espalharam-se notícias alarmantes, ameaçadoras e contraditórias. Os generais, que comandavam os exércitos, atenderam prontamente à convocação do rei.

Agora, discutiam e avaliavam cada possibilidade. Os generais eram escribas de idade avançada, letrados, possuidores de grande conhecimento e bons administradores. Nenhum desses oficiais superiores entrara em conflitos de grandes proporções, por isso, quanto mais se aproximavam os tumultos que poderiam gerar a guerra, pior se sentiam.

O fato é que Abel havia armado uma arapuca para Ninetjer.

Sem informações precisas, o faraó hesitava entre o reforço das linhas de defesa e o lançamento de uma ofensiva que o levaria ao início de uma batalha. Para salvar o Egito de conflitos internos, Ninetjer se viu obrigado a entrar em uma batalha complexa, alguns aprovaram sua decisão, outros não, sendo que, aparentemente, combater era a única atitude aceitável.

Após um breve tempo, partiram para a expedição.

A empreitada tomou o Nilo. Embora quase nunca chovesse naquela região, ela era favorecida por certa umidade e ilhas de vegetação floresciam aqui e ali, principalmente ao pé de uma impressionante cadeia de montanhas de picos altos.

Desembarcaram em chão firme.

Um vento refrescava os soldados egípcios, amontoados entre duas colinas inundadas pelo sol inclemente. O faraó, com uma coroa envolvendo a cabeça, assumira o comando do exército, que se dividia em regimentos colocados sob a proteção do deus Ptah. A esses soldados juntavam-se os reservistas e o corpo de elite. Os generais das divisões, os escribas do exército e o chefe da administração não tomavam qualquer iniciativa sem antes consultar o soberano, tão logo surgissem dificuldades.

Uma equipe transportava tendas, potes de pomadas e bálsamos, água fresca, pilões, esteiras, saiotes, túnicas, recipientes, jarros de mel e sacos de várias espécies de ervas.

As tropas paravam em aldeias, onde eram bem acolhidas, alimentando-se de legumes, frutos frescos e água.

Haviam chegado até ali em marcha forçada, gozando de pequenas paradas e de acampamentos ocasionais.

Semanas transcorreram.

Os soldados egípcios cercaram a fortaleza.

A emboscada que Abel pensava ter armado fechara-se sobre eles próprios. Os soldados do faraó haviam eliminado as sentinelas e não deram aos adversários qualquer chance de fuga.

Em pouco tempo, retomaram a fortaleza.

Ninetjer e seu exército regressaram vitoriosos a Mênfis, o que para eles significava que os deuses estavam velando e haviam estendido as mãos sobre o reino.

CAPÍTULO 15

Três homens, às ocultas, conversavam em um estreito corredor.

Além disso, Núbia e outras três entidades mal-intencionadas, do invisível, observavam.

— Sou um alto funcionário, não hão de desconfiar.

— Qualquer provação que enfraqueça o casal real é satisfatória à nossa causa. Estou tentando "dobrar" o norte, mas enquanto isso se faz necessário agir — disse Abel.

— Não estava em meus planos raptar a princesa, senhor... — disse o subordinado.

— Proíbo-os de encostar um dedo em minha sobrinha. Minha intenção é somente desestabilizar meu irmão. Ele desconfiará de tudo e de todos.

— Isso é realmente necessário? Quando devolveremos a princesa?

— Novas instruções chegarão no momento oportuno. Mantenham o sangue frio e tudo correrá a contento. O faraó sentir-se-á fragilizado. Decretará nova guerra, seguirá à frente do comando. Daí, com cautela, agiremos. E desta vez, será derrotado e não retornará vivo! Mas não façam nenhum mal à minha sobrinha! Caso contrário, pagarão com a vida!

Núbia e seus partidários de horrível aspecto puseram-se a fazer gestos hostis, demonstrando impaciência. Jaziam absolutamente unidos a Abel, apropriando-se de suas ideias, vampirizando-o em um processo intenso.

— Queremos beber! O que está esperando? Convide-os! Leve-os conosco! Assim, as ideias ficarão mais claras! — expressava-se ela, ansiosa.

Abel aderiu à sugestão do cálice amargo dos prazeres, convicto de que era dono exclusivo de sua vontade. Os espíritos adversários do bem se colaram a eles num abraço envolvente em uma associação recíproca. Fundiam-se encarnados e desencarnados, como se morassem num só corpo.

— Vamos encher o caneco! Parece que não foi somente a garganta de vocês que secou, mas a coragem também! Vamos! Não há o que temer! O plano é perfeito! — ordenou Abel.

E a conversa se alongou, regada a álcool, estreitando-se o elo entre as dimensões, numa associação natural de escolhas.

Condescendentes, satisfazendo os próprios sentidos, os habitantes de ambos os planos sorviam mais um gole, depois mais outro, elaborando um sórdido plano, numa alienação de vontades sem limites.

***

Isadora pressentira algo ruim, seguiu Abel. Teve a impressão de que ouvira o cunhado maquinar planos pelos corredores do palácio.

Pouco antes do pôr do Sol, interrompeu os afazeres do esposo.

— Com a devida permissão, preciso lhe falar com urgência.

— Foi um dia esgotante, Isadora. É necessário?

— O turbilhão da vida pública e os meus deveres com os rituais também me enfadaram. No entanto, repito, é importante, Majestade!

— Do que se trata?

— Escutei parte de uma conversa entre Abel e dois homens, pareciam referir-se a alguma ação...

— Esqueça! Vocês mulheres se deixam, constantemente, levar-se por fantasias. Agora, retire-se, não mais me aborreça.

— Está bem, meu esposo e nobre faraó. Eu não deveria tê-lo aborrecido com suspeitas, sem antes ter certeza. Mas lembre-se: um governante pode elevar extensa região ao cume do progresso ou afundá-la em estagnação e decadência, na medida das atitudes que tomar para o bem ou para o mal. Ignorar as intenções de seu irmão não levará Kemet ao êxito!

Indignada, Isadora pediu licença e retirou-se.

Sabia que o cunhado tramava algo.

Não poderia ficar de mãos atadas! Era sua obrigação proteger sua família e o Egito contra suas garras animalescas.

Abel, por sua vez, sem perceber o que o movia, decidiu pôr em prática o plano que tinha em mente.

***

Poucos dias haviam se passado desde o episódio acima.

A noite cobria Mênfis com seu manto estrelado.

O silêncio reinava no palácio real.

Os habitantes jaziam adormecidos.

Ninguém suspeitava que, em contraste com a noite reconfortante, os corações de alguns moradores agitavam-se tempestuosos, pressagiando amplas tormentas.

Amanheceu. Ninetjer, assustado com certa movimentação, foi informado de um grave acontecimento. O quarto de Ísis estava em desordem e conservava sinais de luta, sua cama intacta estava vazia. A aia deu o alarme e todos iniciaram as buscas pelo palácio e fora dele, sem resultados.

Por fim, concluíram que Ísis fora raptada.

Ninetjer, colérico e nervoso, temeroso pela sorte de sua filha, organizou verdadeiros planos de captura, esquadrinhando os arredores. Havia tal expressão de tristeza em seu olhar que todos ficaram penalizados. Para ele, Ísis representava tudo o que de mais caro existia no mundo.

No palácio, os habitantes encontravam-se desolados.

As buscas continuaram até alta noite, sem resultado.

O faraó encontrava-se sem saber como agir. O pesadelo torturante de que a filha amada estaria sendo maltratada, ferida, sendo submetida a toda sorte de vexames, não o deixava serenar um só instante.

Não havia nenhuma pista.

Em seu gabinete, o soberano recriminava o alto funcionário por negligência, esse noticiava que no templo não havia nenhuma informação que pudesse auxiliá-los.

As horas correram céleres.

Dia e noite, e nada.

Inúmeras tropas foram mobilizadas. Pesarosos com o abatimento do faraó, os soldados intensificaram as buscas, todas infrutíferas. Tudo fazia crer que os raptores já poderiam estar bem longe dali.

Isadora, por mais que tentasse manter-se otimista, encontrava-se com o coração envolto em maus presságios. Estaria a filha sendo torturada? Estaria viva? E em seu olhar, a acusação nítida ao esposo.

O ambiente do palácio era esmagador.

Três dias de expectativas...

Súbito, todas as atenções foram voltadas para um rolo de pergaminho encontrado, surpreendentemente, no palácio, embrulhado em uma pedra, nas dependências do faraó:

"Em breve, sua filha será devolvida."

Ninetjer estremeceu de ódio.

A audácia do raptor era absurda. Como um traidor poderia ter entrado em suas dependências, se todo o palácio estava guarnecido? Isso fê-lo suspeitar da cumplicidade de escravos da casa, de seus homens e, sutilmente, refletiu sobre as suspeitas de Isadora. Passaria a vigiá-los, disfarçadamente, para apanhar o culpado. E o castigaria cruelmente até a morte. Era impossível que uma pessoa sozinha consumasse o rapto debaixo de seus próprios olhos — concluía. Como puderam burlar a segurança? Investigaria todos, então empreenderia uma verdadeira caçada até trucidá-los um a um!

Noite alta, estava só, pensativo, tentava tomar novas resoluções quando, ouvindo alguns passos, percebeu que alguém familiar se aproximava.

— Vossa Majestade, dê-me licença. Poderia me escutar? Serei rápido — falou humildemente Abel.

— Pois fale!

— Ah! Meu irmão! Meu nobre irmão... Acalme-se! Essa excitação é nociva à sua saúde. Temos as nossas diferenças, mas, neste momento, cabe a nós estarmos unidos.

Ísis será resgatada! Prenderemos o criminoso e o degolaremos. Vossa Majestade deseja certamente reunir o conselho de guerra para preparar o assalto à aldeia? Ísis está lá!

— Compete a mim essa decisão arriscada, Abel. Tenho de ter cautela, pois, minha filha corre perigo. Nem mesmo sei se a mensagem deixada procede. Mas juro pelos deuses que o traidor, que desrespeitou a minha autoridade com esse ato, pagará com a vida. Juro puni-lo para lavar a afronta feita ao decoro de minha honra e de meu país!

— Os adversários estão em posse dela.

— Enviei um diplomata! Esperarei o regresso dele! Desejo a certeza de que não é um golpe, mas não devo ficar inativo. Como um desgraçado, disfarçado sob uma falsa aparência, teve acesso ao palácio real? Como pôde raptar minha filha debaixo de meus olhos? Somente alguém próximo, bem próximo, teria condições para isso. Se amanhã não houver notícias, irei pessoalmente resgatá-la.

— Suspeita de conspiração? Mas quem se atreveria a usar uma princesa para tal feito?

— Está claro que o rapto de Ísis foi para me atingir. Se minha filha não reaparecer até o anoitecer, decidirei pelo ataque. Antes disso, estão todos proibidos de dar um passo!

— Em breve, teremos notícias. Ninguém se atreverá a maltratá-la. Conte comigo, Vossa Alteza.

Abel retirou-se prometendo que ia se empenhar em resgatar a sobrinha. Na verdade, um homem apenas conhecia a verdade: o próprio Abel, que habilmente havia articulado o rapto de Ísis.

Logo na manhã seguinte, no palácio, mal raiara o dia e reiniciaram-se as atividades habituais, porém o ambiente era pesado e desconfortante.

Breve tempo, Abel irrompeu no palácio, apresentando um grave ferimento. Foi rápido! Percebeu que havia despertado desconfianças, simulou um ataque heroico à referida aldeia, provocara o próprio ferimento para não levantar suspeitas. Aproximou-se e curvou-se perante Isadora.

— Ajude-me, estou ferido, Alteza.

— O que houve? Que ferimento é esse?

— Sua preocupação me comove. Permita-me confessar que a sua beleza ilumina cada dia mais este palácio, minha nobre e bela rainha.

— Contenha suas lisonjas, Abel. Chamarei o médico. Onde se acidentou?

— Não tenho necessidade de lisonjeá-la, a minha declaração pode ser considerada pouco respeitosa, entretanto, é profundamente sincera. Quanto ao ferimento, não foi nada! Arrisquei minha vida para trazer-lhe um presente.

— Encontrou minha filha?

— Encontrei-a e estou devolvendo-a sã e salva. Veja-a!

Ísis aproximou-se, seguindo em direção à mãe.

Foi recebida com abraços e beijos saudosos.

— Minha filha! Como está? O que fizeram com você?

— Nada, mamãe. Eu estou bem! Nada fizeram.

— Eu tive sorte! Atacamos o vilarejo, pegamo-los desprevenidos. Devemos ter cuidado, pois não sabemos do que os nossos adversários são capazes. Segundo o que ela relatou, os raptores a mantiveram de olhos vendados. Está um pouco assustada, mas intacta!

— Filha, vá banhar-se e alimentar-se. Nathifa a acompanhará e, na sequência, estarei com você.

Nathifa conduziu-a.

— A sua versão dos fatos é bastante simplista, Abel. O seu comportamento não advoga a seu favor. Saiba, mais cedo ou mais tarde, o culpado irá responder por essa afronta a Kemet — prosseguiu Isadora.

— Conceda-me sua confiança e evitará novas aflições. Senão os dias em Kemet poderão se tornar temíveis...

— Seja claro! Não gosto de meias palavras. Está me ameaçando?

— Não seria producente ao Império tornarmo-nos adversários, minha nobre e bela rainha!

— Sou suficientemente forte e lúcida para enfrentá-lo, Abel. Mantenha distância de meus filhos. É uma ordem!

Súbito, ele se aproximou, pegou em sua mão. Ela retirou abruptamente. Aquele contato a repugnou.

— Mantenha-se afastado de mim, e, sobretudo, de meus filhos. Ou serei obrigada a contar a seu irmão sobre uma sedação que ocorreu há algum tempo. A que ponto chegou para satisfazer seus caprichos! Tem uma mente sórdida. É um doente!

— Não sei a que se refere.

— Refiro-me a Nathifa! Não o pouparei se ousar se aproximar de meus filhos, ainda que isso me custe a própria vida, e, certamente, a sua, meu cunhado.

— Se eu fosse você, pensaria melhor, antes de me acusar sem provas...

— Você não me engana. O recado está dado, Abel!

Mais uma vez, Isadora tentou alertar Ninetjer. O faraó se revoltou contra ela, dizendo-lhe que o irmão poderia ter seus deslizes, porém amava a sobrinha. Que ela deveria ser-lhe grata, pois ele havia colocado a própria vida em risco para salvar a jovem.

Os dois se desentenderam.

Abel estava satisfeito. Tivera êxito! Um herói!

Isadora adoeceu, permanecia acamada.

Um dos insensíveis magnetizadores desencarnados, que atuavam sobre Abel, aproveitando-se do ressentimento que Isadora passou a sentir por Ninetjer, lhe direcionava energias perturbadoras.

Lágrimas banhavam o rosto da enferma.

Núbia, do invisível, impunha-lhe tormentos psíquicos indesejáveis. Ainda que Isadora muito se esforçasse, no momento, não conseguia levantar-se.

Abel, guiado por Núbia, aproveitou-se da ausência temporária da enferma para aproximar-se de Weneg, instigando-o contra seus pais. Que melhor maneira teria de enfraquecer o monarca senão atacando sutilmente os que lhe eram próximos? — discorria.

Mais tarde, Weneg aproximou-se de suas irmãs.

— Gostaria de falar com vocês duas. O que você sabe que eu e Jamile desconhecemos, Ísis? Por que nosso pai a estima e a protege, mais do que a nós?

— Não sei a que se refere, Weneg.

— Sou filho dele, tanto quanto você, e sou homem! Por que o faraó faz tanta diferença entre os filhos?

— Quem encheu sua cabeça com caraminholas, meu irmão?

— Quem sabe eu não sou um filho ilegítimo? Um bastardo nascido de um capricho do faraó?

— Por que está acusando nosso pai? De onde tirou tal ideia? Somos os três filhos do faraó.

— Se preciso for, passarei sobre seu cadáver, Ísis. Estou cheio do descaso dele e, enquanto eu viver, não renunciarei aos meus direitos.

— Não sei de onde vem tanta preocupação, Weneg. O seu caminho para o trono está garantido. Há algo bem estranho em suas palavras, que não fazem o menor sentido.

Chegando a uma porta que dava acesso ao aposento, Ninetjer ouviu a conversa, sem que percebessem.

Aguardou que Weneg saísse, interrogando-o:

— O preceptor me informou que não compareceu à aula, Weneg. Onde esteve?

— Estive com o tio Abel.

***

Isadora, abatida, percebeu que era assistida por entidades desencarnadas amigas, que pousaram a destra em sua fronte, transmitiram-lhe esclarecimento e ânimo providencial.

Levantou-se, ainda sem restabelecer-se totalmente.

Agora, fora Weneg que adoecera.

O faraó procurou-a.

— Sente-se melhor, Isadora? E Weneg? Fui informado de que está adoecido. O que houve?

— Não sei, Ninetjer. Está com muita dor de cabeça e erupções vermelhas na face, continua febril.

— O médico do palácio veio vê-lo?

— Disse que as erupções foram provocadas por perturbações gástricas. Preparou a medicação no laboratório e já a ministrou a Weneg.

— Ele está delirando. Disseram-me que sussurra palavras e frases desconexas.

— As drogas suprimem a dor, contudo, fazem o doente mergulhar em um sono profundo.

***

Horas mais tarde, Ninetjer visitou o filho em seu aposento.

— Majestade, o senhor aqui?

— Por que o espanto?

— Estar com Vossa Majestade é um privilégio raro! — disse ironicamente.

— Eu reconheço. Tenho me ocupado em demasia com a gestão do Estado, disponho de pouco tempo livre para você e suas irmãs.

— Para elas, o senhor sempre encontra tempo... Para mim, seu tempo é escasso!

— Você é ciumento. Deveria controlar-se — disse Ninetjer, deixando o aposento.

Fosse porque Abel enchera sua cabeça, ou por razões do pretérito, o rapaz sentia-se rejeitado.

Uma revelação inesperada, vinda de Abel, o golpeara. Weneg sabia ser filho ilegítimo. Não era filho de Isadora, e sim de Nathifa, como soubera desde sempre. Mas com quem? E se, de fato, seu tio tivesse razão, e se ele não fosse filho de Ninetjer? Ferido em seu orgulho, sentia-se enxovalhado, sozinho, proibido pelo tio de investigar a verdade. Ansiava averiguar o porquê de tudo aquilo, entretanto, a sua voz calara-se. Era preciso aceitar a verdade.

À noite, Ninetjer, intrigado, retornou ao aposento do filho.

Ao chegar, encontrou Weneg adormecido e febril. Agitado, delirava, pronunciando frases desconexas.

— Não, tio Abel... Não! O senhor está enganado! Eu sou filho do faraó! Sou filho legítimo! Legítimo...

Ninetjer ordenou que chamassem sua esposa.

Isadora escutou o filho repetindo as mesmas coisas, intrigou-se.

Ninetjer, então, passou a refletir sobre os acontecimentos. Concluiu que, certamente, fizera mal em subestimar Abel, pois ele era como uma serpente que não parava de atacá-lo pelos bastidores.

Em seguida, esbarrou com o irmão no corredor, dirigindo-se ao quarto de Weneg.

— Eu o proíbo de entrar. Você é perverso, Abel!

— Vossa Alteza não pode me proibir de visitar meu sobrinho. Como ousa me ameaçar?

— Proíbo-o! Sou o faraó!

— Então, perceba, que desde que foi designado por nosso pai, equivocadamente, nada tenho a perder!

— Deixe o palácio, imediatamente.

— O que quer dizer?

— Desapareça! Vou lhe dar a chance de sair por conta própria, senão sairá à força!

Abel, irritado, esvaziou de uma vez uma taça de vinho que tinha nas mãos.

Já havia bebido mais do que deveria.

Enraivecido, atirou a taça ao longe, desafiando o faraó.

E então, antes de sair, dirigiu-se a Isadora, ameaçando-a.

— Está satisfeita? Qual seu interesse em colocar o meu irmão contra mim?

— O tempo mostrou a Ninetjer quem você realmente é. Agora, obedeça à ordem do faraó, deixe o palácio!

— Escute bem, Isadora, se é guerra que deseja, terá guerra! Vão me pagar caro!

Abel, irado, retirou-se em reflexões sombrias.

Derrubar Ninetjer! O que lhe restava, então, a não ser o desejo ardente de destruir aquele que se apossara de seu lugar?

Contrariado, Abel acatou às ordens e deixou o palácio.

Capítulo 16

Alguns anos correram céleres.

Naquela noite, Ninetjer estava particularmente feliz, os convivas, em seus trajes festivos, celebravam no palácio.

Seus três filhos tornaram-se belos jovens.

Cerveja fluía de barris abertos. Travessas de assados eram distribuídas aos cortesãos, que comentavam alegremente o regresso dos soldados e lanceiros. Tireu, o comandante, trouxera escravos para enriquecer o Império, a mando do soberano.

Os soldados haviam se ausentado por mais de sessenta dias.

Festejavam-se também os bons resultados da economia, que tinha como base a agricultura. O Estado intervinha controlando a produção, recrutando mão de obra e cobrando impostos. Todas as terras pertenciam ao Estado. Os camponeses das aldeias, compondo a maior parte da população, viviam submetidos à uma violenta repressão por parte da camada dominante, que os ameaçava constantemente, para forçá-los a pagar impostos. Trabalhavam nas propriedades do faraó e dos sacerdotes, tinham o direito de cultivar o solo e de conservar para si uma parte dos bens por eles produzidos, desde que pagassem um imposto coletivo. Esse imposto era pago com cereais, que eram estocados nos armazéns reais.

O festim seguia a contento.

Súbito, iniciou-se uma música com um ritmo característico e sensual, e surgiram bailarinas belíssimas de pele bronzeada do sol, olhos bem pintados, a maioria de outras terras, fascinando os convidados, que aplaudiam com entusiasmo. As jovens, com os seios nus, vestidas com uma saia curta, tracejavam acenos bem ordenados, lascivos. Outras cantavam, marcavam o compasso batendo com as mãos, graciosamente.

Enquanto todos se divertiam, gozando dos prazeres que atendiam as vaidades, um recinto havia onde reinava a agonia: eram as celas que continham os escravos prisioneiros, frutos de verdadeiras caçadas, sendo natural, na época, existirem escravos e senhores, opressores e oprimidos. As presas eram homens jovens, sadios e fortes. Bem vigiados por soldados, nem para comer ou para outras necessidades deixavam as celas, aguardando com ansiedade um momento de descuido para fugirem. Amargurados, em seus cubículos infectos, ouviam a algazarra e a alegria que reinava em torno, até a hora da seleção, onde seria designada a função de cada um. Fariam os serviços domésticos ou trabalhariam nas pedreiras e nas minas.

Mais de uma dezena de mulheres, jovens e belas, haviam sido retiradas e conduzidas à ala de Isadora. A camareira instruiu-as de que deveriam aprontar-se e embelezar-se porque teriam a honra de desfilar para o faraó, que decidiria seus destinos.

Quando prontas, seriam conduzidas à sala.

Enquanto se preparavam, o banquete prosseguia.

Ninetjer, no salão nobre, bateu palmas, e o arauto, que havia reunido os prisioneiros, aguardando um sinal, dirigiu-se ao meio do salão, anunciando:

— Majestade e nobres convivas! Para vossa apreciação, eis o fruto da empreitada!

Os escravos entraram silenciosos.

De um lado os homens, revoltados, pareciam animais acuados; do outro, as mulheres, que envergonhadas pela exposição física, encolhiam-se timidamente, fazendo de tudo para não cair em prantos.

— Agora, excelentíssimos senhores, terá início o sorteio de uma escrava a quem o deus Ptah favorecerá! Boa sorte!

Recolheram as pequenas tabuinhas com os nomes desenhados de cada convidado, colocando-as num saco.

Ninetjer retirou uma, anunciando o nome do venturoso que escolheria o precioso "presente" dentre todas.

A festa prosseguia em seu ritmo habitual.

Em seu aposento, encontrava-se Ísis, indisposta.

Nem o médico da corte, nem Zeuro haviam descoberto a causa de seu mal. Uma aia passara longas horas com ela.

Sentia-se tomada de uma sensação esquisita.

Um vago pressentimento de um acontecimento novo incomodava-a.

Febril, era tarde quando adormeceu, exausta.

Como se fosse um sonho, viu-se numa linda alameda florida e sentou-se em um banco.

Súbito, viu surgir a figura veneranda de sua amada avó, que rejuvenescida e feliz, abraçou-a:

— Ísis, minha amada Ísis. Ainda que escravos, creia: alguns são mais livres que seus senhores, minha filha. O corpo pode ser escravizado, porém não o espírito. Muito daquilo que não enxerguei, hoje, se tornou claro aos meus olhos espirituais.

Deu uma pausa e prosseguiu:

— Preste atenção, minha flor de lótus. Depois de todos esses anos, Abel, seu tio, retornará em breve, e você será instrumento de reajustes. Seu tio é servo do orgulho ferido e do ódio. Arrependo-me de não haver me empenhado mais para que meus dois filhos se harmonizassem e, com isso, perdi essa magnânima oportunidade. Somente agora enxergo que um adversário se vence com brandura e amor. Converse com seu pai. Ele só se livrará da inimizade de Abel, o dia que conseguir torná-lo seu amigo...

Ísis olhava com saudade para sua avozinha desencarnada.

— Filha, ajude-me a consertar alguns erros. A riqueza material é caracterizada como prova perigosa e penosa. Seu tio é fraco e imaturo. Já tentei aproximar-me de todas as formas, mas ele não recebe a carinhosa atuação. Repelindo-me a presença, entrelaça-se com seres desequilibrados e infelizes. Faça com que Ninetjer o perdoe e o acolha, que não desista dele.

— Ah! Nobre rainha, minha avozinha amada, tudo farei para ajudá-la. Contudo pressinto que essa teia que embaraça os dois não se formou agora...

— Você tem razão, minha filha. A lei de causa e efeito está presente em qualquer parte.

— Pressinto também, vovó, que meu pai tem tentado harmonizar-se, mas o tio Abel recusa-se!

— Ísis, durante as horas de sono, Abel recebe forte influência de espíritos vingadores, que facilmente imantam-se a ele, pela sintonia. Um deles, em especial, um espírito feminino, arvorou-se em "fazer justiça com as próprias mãos". Em torno de nosso núcleo reencarnatório transitam e se amontoam, igualmente, inúmeros espíritos alienados mentais a serviço de inteligências que não desejam o progresso e a paz, operando há tempos em zonas inferiores da vida.

— Sinto muito, vovó.

— Se Abel se utilizasse da prece edificante, conseguiria barrar a sua inclinação para o mal, que evidencia sua posição mental inferior. Falta ao seu tio a base para uma mudança significativa de mentalidade — o conhecimento de que o ser humano é um espírito imortal —, minha filha. Fale com ele! Faça-o refletir sobre a vida após a morte e a realidade espiritual. Você não sabe, mas exerce intensa ascendência sobre ele.

— Vovó, sinto uma forte presença de influências nocivas. Por que esse processo tão acirrado?

— Filha, no caso de Abel, ele não tendo adquirido valores morais, é compelido por movimentações vibratórias inconscientes e sintoniza-se com esses espíritos perversos, endurecidos e astuciosos que o circundam, bem como eles envolvem também nosso núcleo familiar. A cura desse processo requer paciência, firmeza e devotamento, exige também habilidade, pois além dos "vivos", é preciso encaminhar para o bem esses nossos irmãos "mortos". Seguir em direção ao bem significa erradicar a sombra por meio da reformulação intelectual e espiritual, ou seja, suprimir os hábitos mentais negativos, desequilibrados, substituindo-os por outros saudáveis, positivos e, sobretudo, elevados. É preciso também exercitar o perdão. Práticas novas, enobrecedoras deverão prevalecer às antigas, essas enraizadas, porém, que podem ser superadas com disciplina e perseverança. Os espíritos desencarnados mais evoluídos, situados na dimensão espiritual, evitam qualquer tipo de interferência, porque cabe a cada um realizar suas próprias escolhas e decisões. Sem essas escolhas, não teríamos como aprender com a própria vida e evoluir, corrigindo rumos e refazendo corretamente aquilo que, outrora, tenhamos feito de modo equivocado.

— E por que não temos a lembrança nítida dessas experiências, vovó?

— O esquecimento das existências anteriores faculta ao espírito a oportunidade de recomeçar sem a lembrança dos erros e desafetos do passado. Em breve, vou levá-la para conhecer detalhes da origem de um processo triste, muito triste, envolvendo o nosso núcleo familiar.

— Está bem, vovó.

— Minha flor de lótus, a força do perdão, associada ao poder da prece, tem o poder de romper essas barreiras erguidas nestas almas sedentas de desforra.

Ísis desejava saber mais, alongar a presença benéfica, todavia, a realidade material tolheu seus anseios.

Aguardaria nova oportunidade!

Uma brisa cálida agitou-se, ela sentiu um doce aroma de flores, o mesmo perfume usado por sua avó. A aparição espiritual seria produto de seus sonhos ou realidade?

Mergulhada em reflexões, "adormeceu" novamente, sendo arrebatada nas horas de sono para ser mais bem esclarecida.

Na manhã seguinte, despertou reconfortada.

Estava feliz, era o primeiro contato que tivera com Camila depois da morte do corpo; por outro lado, por se recordar da solicitação, sentia-se apreensiva.

***

Logo na manhã seguinte, Ísis dirigiu-se ao templo.

Seguindo por um pátio onde os criados realizavam o trabalho pesado no jardim, avistou um espírito feminino.

Jasmim e murtas cresciam em torno de uma fonte de pedras.

Uma sacerdotisa veio recebê-la, levando-a para o fresco recesso do templo, onde outras sacerdotisas, silenciosas, espalhavam incenso, exalado por fumegantes círculos dourados. Elas eram convocadas para os ritos pelo toque de um instrumento — uma vez de manhã e outra ao cair do sol.

As duas sentaram-se. A sacerdotisa enfatizou:

— Ísis, preste atenção: se deseja minha ajuda, isso significa seguir meus conselhos. Procure Sua Alteza, o faraó, e conte-lhe o que ocorreu. Como eu lhe disse, sua avó, em espírito, também me visitou.

— Suprema sacerdotisa, é uma honra receber seus conselhos. Contudo, meu pai não acreditará que a minha avó abandonou o reino dos mortos e veio até o meu quarto visitar-me.

— Vá! E faça o que a nobre rainha, sua avó, solicitou.

— Sim, senhora.

***

Naquele mesmo dia, quando o sol mergulhou atrás da colina, Ísis procurou seu pai.

— Vossa Majestade, noite passada eu recebi a visita espiritual de vovó Camila, em meu quarto. Disse-me que o tio Abel está a caminho do palácio.

— Impossível, filha! Sua avó está morta e seu tio não se atreveria!

— Pois bem... ela deseja que o senhor o perdoe. Advertiu que esse ódio poderá aumentar mais e mais e que, infelizmente, essa animosidade poderá persistir mesmo depois da morte. Vovó lamentou o fato de ela não ter se esforçado mais em favor dessa reconciliação...

— Ísis, sua história não se sustenta. Sua avó sempre me protegeu de seu tio Abel, ela tinha receio de que ele pudesse me prejudicar. Por que agora, ela a aconselharia ao contrário? Isso não faz sentido! — o soberano exclamou profundamente irritado.

— Vovó disse-me que a compreensão e o perdão, consubstanciando o amor em prol daqueles que nos perseguem, são os verdadeiros dissolventes da vingança. Que os perseguidores do invisível, por vezes, são mais orgulhosos do que propriamente cruéis. Sei bem que é difícil acreditar...

— Você é muito ingênua, está impressionada com seu sonho. Não falemos mais nesse assunto, pois ele me aborrece.

— Sinto muito por aborrecê-lo, meu nobre pai e faraó.

CAPÍTULO 17

Alguns dias decorreram.

Isadora, recostada em seu leito de cedro, forrado com pele de camelo, concentrava sua atenção em uma escrava que lhe colocava as sandálias com fibras de papiro.

Súbito, Ninetjer entrou, dispensando a serva.

— Estou confuso com a tentativa de aproximação de Abel, Isadora.

— Por que esse infeliz resolveu voltar logo agora?

— Eu não sei o que ele pretende com esta afronta.

— Pois, afianço-lhe: hei de proteger nossos filhos. A Iniciação deles parece-lhe prematura?

— O seu receio tem fundamento, minha nobre rainha. Contudo, eles ainda não estão preparados diante de uma ciência tão complexa e perigosa...

— Eles não são frágeis, e sim os filhos do faraó! Ergueremos uma muralha de proteção em torno de nossos filhos, para repelir as influências nocivas que poderão ser lançadas contra eles.

— Você está certa disso, Isadora?

— Eu não abro mão dessa precaução, Majestade.

— Vou consultar o conselho sacerdotal para que autorize a Iniciação de nossos filhos.

E assim, foi autorizada a Iniciação dos três filhos do faraó. No dia imediato, logo pela manhã, duas liteiras, cujos varais repousavam sobre os ombros de carregadores, dirigiam-se ao templo, o qual era vetado aos profanos.

Unicamente tinham acesso os sacerdotes, o faraó e os iniciados. O povo podia apenas entrar no vasto pátio, quando se celebravam certos ritos.

O templo era belíssimo com seu colorido esplendoroso.

Havia aberturas abaixo do teto na parte mais alta dos muros, por onde entrava a luz solar iluminando os pilares cheios de figuras em variadas cores. Esses raios solares cobriam até os mosaicos do assoalho, em desenhos também coloridos.

Um velho vigia, sentado diante da porta, aproximou-se imediatamente, reconhecendo os visitantes que estavam sendo esperados. Acompanhou-os. Desceram alguns degraus, entraram em um terraço abaixo, passando por um pequeno patamar, seguindo em direção à nova escada e penetrando no interior. Nas paredes da galeria, cores vivas e douradas, com vários nichos conduzindo ao santuário.

Ísis notou uma presença espiritual, sem, contudo, distingui-la.

Weneg e Jamile continuaram em direção ao interior, um sacerdote purificou-lhes as mãos e os pés.

Ísis deteve-se, retirou o véu, ajeitou a tiara que fora de sua avó, ajoelhou-se, via agora claramente a imagem de uma "deusa" assemelhando-se a uma figura humana e, erguendo os braços, dirigiu-lhe uma prece de agradecimento.

A aparição espiritual tinha cabelo escuro, trajava um corpete justo modelando o busto até a cintura esbelta, o vestido alargava-se.

Supôs que se tratasse da deusa guardiã do santuário, todavia, sem a cabeça de leoa, como a descreviam. Possuía o rosto oval e suave, olhos escuros, profundos, nariz pequeno e reto, a boca de lábios finos e delicados, a orelha miúda sem ornamentos, as sandálias com fivelas largas e as mãos pequenas.

A sensibilidade transbordou nesse momento e uma torrente de lágrimas inundou as faces de Ísis. Absorvida por aquela sensação, não percebeu a presença de um rapaz, oculto na sombra da galeria, cuja longa túnica larga e solta, de tecido branco amarelado, revelava que era um sacerdote. Entretanto, não tinha a cabeça raspada. A atenção dele foi desviada para a visitante.

Ela, ao perceber, fixou-o por um instante, completamente fascinada. Nunca até então havia conhecido tão bela criatura quanto ele. Alto, esbelto, de uma perfeição ideal de formas, o jovem tinha o tipo semita: cabelos negros e encaracolados lhe emolduravam o rosto pálido, de traços harmoniosos. Mas o admirável nele eram os olhos, que exprimiam tal bondade e encanto que a fizeram tudo esquecer.

Lentamente, ele se aproximou da jovem ajoelhada, depois, curvando-se, louvou em voz alta aos deuses. Então, ele volvera e, extasiado, pode contemplar a pele, os lábios delicados, as afiladas mãos. Sentiu-se também fascinado, desde o instante que a viu.

Ela trajava uma singela e encantadora veste branca. Um pequenino colar de transparentes pedras no delgado pescoço e, nos cabelos fartos e longos, presilhas com as mesmas pedras, afastando-os do belo rosto, além da tiara.

Estranho calor lhe aqueceu as veias.

Fitaram-se por instantes, ao decifrar temor e surpresa nos olhos esverdeados dela, ele sussurrou:

— Está passando mal? Posso ajudá-la em algo?

Seguiu-se um longo silêncio.

Ísis examinou detalhadamente o jovem sacerdote. Cada traço daquele rosto lhe parecia estranhamente familiar, teve uma sensação poderosa e terna confiança. Sentiu dificuldade de olhar diretamente em seus olhos.

— Não! Grata, está tudo bem — ela respondeu.

Como que atraído por um poderoso ímã, o rapaz insistia em volver à jovem, detendo-se em seu encantador perfil.

Sedução difícil de compreender em alguém que, como ele, passara os últimos anos de sua vida submetido à disciplina férrea. Sua conduta e seus valores foram lentamente moldados pelo templo. Agora, seria consagrado ao sacerdócio. O que atrairia duas criaturas com tamanha intensidade? — interrogava-se.

— Este lugar é sagrado, e não deve ter receio — ele disse.

— O templo não é o que me atemoriza, porém, o temor de eu não ser capaz de compreender os mistérios que ele guarda — ela respondeu, com a percepção de que fora examinada pelo rapaz com um olhar penetrante e lisonjeiro, mas em nenhum momento lhe pareceu um gesto indelicado ou constrangedor.

— A vida é um mistério! E tudo aquilo que nos rodeia também, nobre princesa. Contudo, se deseja adquirir a sabedoria necessária para enfrentar tais desafios, deve avançar. Somente nos templos encontramos pessoas capazes de transmitir o conhecimento verdadeiro. Refiro-me ao que nos legaram os deuses, em tempos remotos, e que sempre permaneceu cuidadosamente guardado no interior de nossos santuários.

— Sou grata aos deuses que têm me enviado sinais. Logo à entrada, eu vi a imagem da deusa, da qual me sinto sob tutela, que respeito e peço-lhe as bênçãos todos os dias. Via-a como a desprender-se da imagem de pedra, descendo os degraus, e estendendo-me a mão.

O olhar do rapaz acompanhou o talhe esbelto, demorando-se na delgada cintura, nas pernas cujas vestes insistiam em delineá-las, detendo-se no pequenino pé, revestido por delicada sandália.

Sentindo-se observada, os olhos dela encontraram o olhar do jovem sacerdote, perdendo-se demoradamente no fogo nele existente. "Preciso sair daqui!" — pensava. O rapaz tinha as feições de um povo visto como inferior. E se alguém contasse ao seu pai?

As faces pálidas ruborizaram, mas continuava a fitá-lo, presa de encantamento e fascínio.

— E essa imagem a que se referiu... Compreende o que é?

Ísis fez um gesto afirmativo, respondeu:

— Sim, trata-se de uma alma do reino dos mortos, que nos auxilia nas horas de dúvidas e incertezas.

O rapaz, por se tratar de alguém habituado aos longos processos de preparação íntima, afeito às disciplinas de suas funções de intermediário entre os planos, possuidor de recursos psíquicos amplamente desenvolvidos, familiarizado com a presença dos que se manifestavam à sua sensibilidade, disse:

— Você tem um dom e deve desenvolvê-lo de forma adequada. Desde sempre, a Providência Divina serviu-se de canais sensíveis, de que todas as pessoas são portadoras, para falar ao coração e à mente, propiciando orientações sábias. As noções espirituais são trazidas da fonte soberana ao íntimo dos indivíduos, através do silêncio interior, da meditação...

— Entendo o que diz...

— Por meio dos sentimentos elevados, da conduta reta, os canais mais profundos da percepção podem se abrir, permitindo acesso direto aos seres que se ocultam pelo véu da invisibilidade, com os quais se podem sustentar conversações e trocar impressões. Eu vejo, alguns escutam. Como posso chamá-la?

— Ísis.

— Pois bem, nobre princesa. Meu nome é Samir. Por ser portador de certa sensibilidade, entreguei-me ao serviço no ambiente silencioso do templo. Em termos gerais, o povo não está apto a compreender certas concepções.

— Meus pais receberam a Iniciação religiosa no templo. Eu pretendo me consagrar sacerdotisa.

— Mas diga-me, a vidência se abre a você?

— Frequentemente.

— Poderia me relatar?

Sorrindo, Ísis relatou em rápidas palavras certas ocorrências. Contou-lhe de sua capacidade de manter intercâmbio com espíritos desencarnados e, que induzida por eles, era capaz de explorar suas próprias memórias "deslocando-se do corpo", no espaço e no tempo.

O sacerdote a escutava com interesse.

Conversou com Ísis como se a conhecesse de longa data.

A paixão imediata, à primeira vista, surgiu incontrolável, o que constituía um sério problema para eles.

Samir deixava-a à vontade.

Ísis parecia-lhe uma figura conhecida, mas de onde?

Ela, igualmente, escutava a voz vibrante e harmoniosa do rapaz, o sentido das palavras resvalava de forma clara e dócil aos seus ouvidos.

Atração mútua! Suas almas guardavam uma sensibilidade mais acurada, e na evolução de suas trajetórias estavam grafados sentimentos nobres e valorosos já testados em vidas anteriores, no meio de amarguras e dificuldades que os fortaleceram.

CAPÍTULO 18

Nos dias seguintes, Samir tentou esquecê-la, pois sabia que tal relacionamento o colocaria em perigosa situação; tratava-se de uma princesa. Conhecia muito bem a força do pulso da corte.

As noites tornaram-se longas e insones.

A partir daquele dia, a inquietude não os deixou mais.

Eles sentiam uma espécie de vazio interior: faltava-lhes um ao outro.

O timbre melodioso da voz do rapaz ressoava nos ouvidos de Ísis; em sonho, seu belo semblante e seus olhos fascinantes perseguiam-na. Em vão, dizia a si mesma que era um sonho impossível, que ele era membro de um povo desprezado, mas quando sua memória trazia à mente sua figura, seu sorriso encantador, ela esquecia-se de sua origem, de sua posição ínfima.

Todo preconceito se desvanecia, e a razão dava lugar ao incontrolável desejo de revê-lo a qualquer preço. Por fim, não conseguia mais fechar os olhos ao seu próprio estado:

sentia uma paixão por um homem "impuro", do qual um abismo a apartava. O receio a devorava.

Em vão, buscava distrair-se para fugir a esses tormentos. Visitava os templos, oferecendo aos deuses prendas e sacrifícios, passava horas de joelhos, em prece fervorosa, rogando aos seus amigos do invisível que a livrassem daquela obsessão, que afastassem dela a imagem do rapaz. Em vão! Os dois apaixonaram-se!

Por outro lado, como era tradição naquele período, bem antes até de atingir a maturidade feminina, Ísis fora prometida em casamento, com o compromisso familiar de unir seus representantes em uma aliança de interesses, para o primo Inyotef, de linhagem ilustre, o que certamente a levaria à desventura.

Naquele tempo, as diferenças de classe social eram um dos grandes impedimentos para o estabelecimento de uniões duradouras e com alicerce nos sentimentos verdadeiros, já que as famílias buscavam preservar as estruturas materiais sobre as quais julgavam que a felicidade se estabeleceria.

Nos dois jovens, Samir e Ísis, à medida que o tempo passava, os sentimentos tornavam-se mais profundos, e sempre que podiam conversavam sobre o amor e os encantos que o sentimento nobre e sincero pode infundir nos corações, mas sabiam das grandes e quase instransponíveis barreiras que tinham pela frente.

Samir possuía uma compreensão mais elevada da vida, Ísis encontrara nele todos os atrativos de que precisava para apaixonar-se, ainda que conhecesse os obstáculos que a sua situação de filha do faraó impunha, no convencionalismo ignorante e nos preconceitos que os homens cultivavam.

***

A noite caiu sobre Mênfis, cobrindo-a com a mais escura de suas túnicas. No palácio, Ninetjer mostrava-se cauteloso com Weneg, enfatizando em tom firme:

— Eu o proíbo de vê-lo!

— Meu tio precisa voltar a morar no palácio! — insistiu Weneg.

— Seu tio não faz outra coisa senão tentar me abater. Jamais aceitou a decisão do grande faraó.

— Meu tio tem razão. O senhor o acusa, sem causa! Despreza-me! Somente tem olhos e ouvidos para Ísis!

— Engana-se com Abel... O seu único objetivo é espalhar a discórdia entre nós!

Na verdade, Abel retornara a Mênfis com a mesma ideia fixa: desestabilizar Ninetjer e, para isso, usaria todos os meios que tivesse ao seu alcance.

Mais tarde, na taberna, à tênue luz de velas, os archotes espalhados pelos muros, o vozerio dominava o ambiente como se as pessoas competissem entre si pela prioridade da fala. Vozes altas e estridentes já davam vazão às discussões inflamadas e largas gargalhadas, tudo adestrado pelo efeito dominante do álcool e da música lasciva. Conversação despojada e inútil dos homens e mulheres mantinham ali as entidades espirituais perturbadoras e perturbadas, que já articulavam as performances impróprias, inconvenientes.

Um homem enigmático se aproximou de Abel.

A luz pálida se projetou difusa sobre seu corpo.

— Senhor, não está me reconhecendo?

— É você mesmo?

— Sim... ouvi um rumor de que o senhor havia retornado... Ainda deseja vingar-se de Sua Majestade?

— Custe o que custar! Passei muito tempo planejando novas estratégias. O meu plano é perfeito! Não posso correr o risco de fracassar mais uma vez...

— O que pretende?

— Quem pode ser mais chegado ao faraó que o copeiro, os escribas reais e o administrador do harém e do tesouro real? O primeiro passo é afastar os que não trairiam o casal real. Se agirmos com rapidez, poderemos tomar o poder em uma só noite! Já são muitos os que estão a postos e aguardam as minhas ordens.

— O senhor conta com tantas forças?

— O suficiente! Conto com o mago mais poderoso de Kemet. Com a magia dele, o deus das duas terras não terá salvação.

— Não podemos correr o risco de sermos descobertos.

— Se formos descobertos ou fracassarmos, pagaremos com a vida! É preciso ter extrema cautela.

***

No dia seguinte, ao encontrar o sobrinho, um largo sorriso iluminou o rosto de Abel.

— Não esperava vê-lo tão cedo, Weneg!

— Meu pai está irredutível, tio.

— Ele pode me impedir de habitar o palácio, entretanto, não conseguirá interferir em nossa amizade, caso você a queira, meu sobrinho. Amanhã, vou me reunir com um grupo. Mulheres belíssimas, verdadeiras deusas estarão na taberna. Quer me acompanhar?

— O senhor me levaria?

— Claro! Já está na hora de você conhecer o que vale a pena na vida.

— E como eu farei?

— Aguarde! Enviarei um mensageiro que lhe levará uma alternativa segura. Nada comente com ninguém.

— Está bem, tio, aguardarei.

Mil ideias fervilhavam na mente de Abel, que não se iludia com as próprias limitações, pois havia uma qualidade que nenhuma desilusão havia conseguido abalar: a obstinação! Exploraria o ponto fraco da realeza: seu sobrinho Weneg!

Algumas horas mais tarde, Ísis esbarrou em Abel.

— Minha sobrinha, quanto tempo! Confesso que tive saudades. Que belíssima jovem você se tornou! Verdadeira deusa! Soube que deseja falar-me, querida. Pois, estou ao seu dispor.

Imóvel, emudecida, as palavras presas, a jovem refletia: "Que devo fazer? Como explicar-lhe as solicitações de vovó? Como dizer-lhe que a morte não existe? Como solicitar que se afaste de companhias perversas? Julgar-me-á louca! Insana! E as presenças ameaçadoras em torno dele? E os espíritos arruaceiros e vingadores? Perseguidores infelizes que, inevitavelmente, tumultuavam a sua vida mental, já tão comprometida! Pobre tio! O que fazer? Como fazer?".

Camila, a avó desencarnada, de semblante nobre e calmo, aproximou-se. Afagou-a de leve, intuindo-a, induzindo-a.

— Ísis! Aproveite a oportunidade. Vamos, fale com seu tio, minha filha! Diga! E faça-o, agora...

E numa expressão profundamente significativa, Ísis se decidiu:

— Sim, meu tio, de fato eu o procurei. Eu não sei como dizer-lhe... Recebi a visita espiritual de vovó Camila.

— De que está falando, Ísis? Minha mãe está morta!

Constrangida, a jovem apertava as delicadas mãos, relatando ao tio o encontro espiritual que tivera.

A avozinha, presente, despejava o aroma de flores silvestres no ar. Abel, sentindo a fragrância característica de sua mãe e as benéficas vibrações que ela enviava, ouviu:

— Tio, ela está aqui, agora. Vovó está dizendo que neste mundo de exílio, que abriga tanta ilusão, devemos reagir contra as nossas próprias sombras.

— Ísis, que aroma é esse? É o perfume de minha mãe...

— Sim, meu tio. Vovó esclarece que se mantém em vigília ao seu lado e, sobretudo, que o vovô Raneb o perdoou, e que roga aos deuses com todas as forças para que o senhor serene o ânimo, que não deixe seu coração se dilacerar ao sopro frio da adversidade. Ela insiste em lhe dizer que o vovô o perdoou. Disse que o ódio produz ódio. A desavença produz desavença. Que não comprometa ainda mais seu próprio espírito.

Abel, assustado, positivamente intrigado, pediu licença e retirou-se. Ele havia se instalado pelas redondezas, aproximando-se do sobrinho por meio de funcionários do palácio, que se deixaram corromper. Além disso, havia um elo estreito entre ele e dois sacerdotes do templo, seus cúmplices.

Neste mesmo dia, algo inusitado aconteceu.

Vozes exaltadas perturbavam a calma do palácio.

Duas pessoas das relações íntimas da família apareceram mortas, Nara, uma jovem de catorze anos, filha do superintendente, amiga de Ísis; e Naila, outra jovem de idade aproximada, uma musicista do coral, que tocava harpa, a preferida de Isadora, as duas jovens foram envenenadas.

***

Dias correram depois do acontecimento acima.

No céu azul-escuro, a lua resplandecia e o brilho prateado inundava Mênfis adormecida depois do trabalho do dia.

Ísis, insegura, mas decidida, ordenou que lhe preparassem uma liteira fechada, com quatro carregadores, colocou uma vestimenta escura sobreposta.

Instalou-se, dispensou os batedores e portadores de tochas prontos a acompanhá-la e mandou a liteira seguir. A ama e o intendente tentaram impedi-la. Eles ameaçaram que chamariam o faraó.

Em vão! Nesse ínterim, no templo, um auxiliar com um archote à mão clareava a passagem do faraó pela escada que levava à câmara interior. Zeuro, em voz baixa, deu um sinal. Dirigiram-se para uma abertura que dava nos fundos do templo, percorreram vários degraus, penetraram num salão subterrâneo, onde havia uma ampla mesa de pedra. Ao lado da mesa principal, outra menor também de pedra, vários recipientes de um tipo de cobre, outros de cerâmica, em tamanhos diversos; tiras de linho enroladas, além de instrumentos cortantes. Um sacerdote removia a mortalha, era o corpo de Naila, a bela e jovem moça que fora envenenada.

Algumas lâmpadas a óleo iluminavam a câmara.

Tratava-se do complexo processo de mumificação do cadáver. Aquele era um caso especial, nem todos os servidores reais eram mumificados, todavia, neste caso, Isadora havia solicitado.

Após as conjurações que "chamavam a alma do morto", que o intimavam a manifestar-se visivelmente, eles se entreolharam.

Além de Ninetjer, estavam presentes Zeuro e cinco sacerdotes vestidos com trajes cerimoniais brancos, portando as insígnias de sua classe e a pena de avestruz, símbolo da iniciação superior; assustaram-se com a entrada de um vulto que não poderia estar ali, entrara sem permissão.

Ninetjer, atônito, dirigiu-se ao visitante com ar severo e exigiu que, imediatamente, ele retirasse o capuz.

E assim foi feito!

— Ísis! O que faz aqui? Quem a autorizou?

Os lábios da jovem tremeram nervosamente.

Saudou-os, aproximando-se com os grandes olhos vibrantes, intimidada pela assembleia masculina. Inclinou-se com os braços cruzados no peito. Retirou o pesado manto escuro, amparada pelo pai.

— Vossa Majestade, a alma de Naila me chamou. Vem do Amenti — à minha procura... E me chama insistentemente! Não consigo dormir... nem sequer ficar acordada... Eu não estaria aqui se não estivesse convencida de que a minha presença é importante. Em vista da gravidade, eu me coloco à disposição para o sono sagrado, a fim de que se abram os olhos do espírito de Naila.

— Sua atitude é louvável, porém, esqueça, minha flor de lótus. Você não está preparada.

— Estou em jejum. Tenho tentado manter o coração puro dos maus pensamentos e sentimentos, e procurado deixar nos degraus do templo todos os meus maus desejos. Além disso, já utilizei o unguento várias vezes, habituei-me a sair do corpo...

— Você me desafia, Ísis. Eu já disse que você é muito nova!

— Tenha piedade destas jovens ameaçadas pela perversidade, Vossa Majestade. Elas foram assassinadas!

Os sacerdotes olharam em direção ao faraó que, sem saída, após ligeira argumentação de Zeuro, manifestou concordância.

— Está bem! Que os deuses a protejam! — disse o soberano.

— A divindade solicita seus préstimos, Ísis. Através de você, nos manifestará sua magnânima vontade — prosseguiu Zeuro. — Eleva sua alma em prece, e agradeça aos imortais pela honra que lhe concedem. Não tenha receio. Agora, entregue-se.

A jovem ajoelhou-se por um instante, e com um olhar distante, ergueu os olhos ao Alto. Levantou-se.

— Estou pronta, senhor.

Zeuro foi designado a provocar o sono sagrado.

Dois sacerdotes se preparavam para anotar o desfecho em suas tabuinhas. Conduzindo a jovem a uma cadeira, o sacerdote Zeuro pronunciou uma breve invocação, passou-lhe um unguento na testa, ergueu as mãos acima de sua cabeça.

— Ísis, confie em mim.

Em seguida, um arrepio a sacudiu, cerrou os olhos.

— Está dormindo, minha filha?

— Sim, estou.

— E está enxergando uma luz?

— Estou...

— Está mergulhada no sono sagrado. É a luz de Osíris que inunda sua alma.

— Alteza real, qual a solicitação? — interrogou Zeuro, voltando-se ao faraó.

— Que ela busque o criminoso ou o mandante desses crimes. Rogo que o encontre, nem que seja morto, no fundo do Amenti!

Zeuro, com a voz firme, voltou-se à jovem.

— Ísis, pense nas vítimas. Nara, sua amiga, e Naila, a moça corista. Você as encontrou? O pensamento delas está voltado a quem? Elas estão com medo ou em busca de alguém, minha filha?

Ísis, agitada, estava em transe, começou a gemer. Vários ruídos se fizeram ouvir. Seguiu-se um estalar estranho.

Reinava agora um profundo silêncio.

— Estou sufocada! Tenho medo, muito medo... um vulto com um capuz escuro se aproxima...

— Acalme-se, filha. Deixe a imagem das jovens de lado. Concentre-se! Veja! Quem é o vulto? Fixe sua atenção nele!

— Não posso...

— Por quê?

— O capuz negro esconde seu rosto.

Ísis apresentava um rubor intenso, estava ofegante, torcia-se convulsivamente. O seu corpo frágil parecia exausto.

— Sim... É uma figura alta e esbelta. Sua alma está ligada ao seu corpo. Portanto, está vivo! O capuz caiu... O rosto... Espere! Esse olhar, eu o conheço...

— Quem é, Ísis?

— Não posso revelar a identidade.

— Diga, Ísis! Quem é o criminoso? É necessário revelar, minha filha. Mênfis tem de se libertar das ameaças maléficas deste criminoso.

— Meu tio Abel!

As luzes apagaram-se, de repente.

Mergulhada na penumbra, Ísis caiu sem sentidos no chão.

Zeuro reuniu suas forças.

Impôs as mãos sobre a cabeça dela, aplicando-lhe passes.

Súbita transformação ocorreu na fisionomia da jovem.

O medo e a agitação transformavam-se na mais profunda calma.

— Desperte, Ísis! Desperte!

Ela acordou. Visivelmente exausta, não se recordava do que ocorrera.

Os sacerdotes deram-lhe água para beber, a abençoaram e ordenaram que descansasse.

Terminado o cerimonial religioso, o cadáver seria entregue aos embalsamadores reais, na Casa da Morte, onde permaneceria por algumas semanas.

Capítulo 19

Na noite seguinte, Ísis acomodou-se no leito macio.

Depois, tentou conciliar o sono.

A imagem de seu tio Abel e as solicitações de sua avó Camila não lhe abandonavam os pensamentos, provocando insegurança, confusão e pânico.

Se o tio era de fato um assassino, por que a avó solicitara que o seu pai o perdoasse? Ansiosamente orava, sem saber o que fazer... Depois de muita insistência, acabou por adormecer.

Ainda um pouco travada pelos impactos da matéria, encontrou-se com Camila, sua terna avó, a envolvê-la em longos e apertados abraços, que a conduziu para um encontro com a equipe de planejamento espiritual. Um benfeitor a aguardava.

Era uma imagem de intraduzível beleza, pela luz que irradiava em si e pela maneira suave pela qual se comunicava.

— Ísis, minha querida. Muitas almas estão aqui reunidas, responsáveis pelos projetos evolutivos em que nós nos encontramos envolvidos. Acreditamos na força do amor. Urge lhe contar uma longa e complexa história. Mas nada lhe será imposto. Sente-se disposta a receber essa revelação? — interrogou-a carinhosamente o benfeitor.

— Sinto-me e agradeço de coração a confiança, nobre senhor.

Naquele instante, o benfeitor a abraçou, enlaçando-a em seu campo magnético e ela se viu numa sala onde havia outros instrutores amigos.

— Ísis, somos espíritos e não corpos físicos, e somente necessitamos deles para interagir com a dimensão cósmica em que vivemos e estagiar como seres encarnados. A memória é atribuição e faculdade do ser espiritual, que contém todo o acervo de conhecimentos indispensáveis ao processo evolutivo dos seres. Agora, prepare-se para deslocar a sua consciência rumo ao passado, fará uma viagem no tempo, para dentro de si mesma, por meio da visão retrospectiva arquivada em sua memória, onde presenciará acontecimentos que a cercam. Esses ainda pairam vivos em sua consciência e aguardam o momento propício para serem trabalhados à luz do amor e, assim, quitados e ressarcidos. As situações entre o passado e o presente se interagem, há certos acontecimentos que vêm a exigir reparação.

Breve pausa.

— Um pequeno envoltório será retirado de seu campo mental, onde alguns fatos marcantes conhecidos se projetarão, ensejando um maior entendimento.

Neste instante, como por encanto, uma grande tela se abriu.

Nela se projetou a figura de um homem ganancioso.

O seu nome era Latuf, atualmente Abel, tio de Ísis.

As imagens mostravam um temperamento descompensado, consumia suas horas em amplos delírios de poder e riqueza, envolvido com várias mulheres, as quais se entregava apaixonadamente, atingindo suas idealizações.

No momento, nas imagens daquele retrocedido tempo, Latuf celebrava! Percebia que tinham valido todos os pactos feitos para alcançar o tão sonhado poder que, desde criança, o deslumbrara tanto. Contraíra núpcias com Safiya.

Na grande tela de acontecimentos, via-se em Safiya alguma semelhança com as feições atuais de Isadora. À época recuada, era uma mulher de nobres princípios, que servia de freio nos momentos de piores crises de Latuf, seu esposo. Era ela que o chamava à razão, quando sua ânsia pelo poder ameaçava roubar-lhe os sentidos. Para Safiya, aquele homem era digno de compaixão e, embora fosse desprezada por ele, cumpria seus deveres pessoais.

— Pois bem, Ísis. Safiya deu-lhe uma filha, cujo nome era Neith.

— Espere... Essa Neith sou eu... não é mesmo?

— Sim. Você é a filha do casal. Perceba que os padrões de comportamento e a maneira de agir ficam tão fortemente arraigados ao espírito que, por vezes, são necessários séculos ou até milênios para que consigam ser modificados. E, assim como os dons, as habilidades que possuímos e não exercitamos no cotidiano tendem a se atrofiar. Do mesmo modo, a prática contínua de determinados comportamentos específicos também tende a se fixar na consciência, automatizando-se e incorporando-se ao modo de ser da criatura. A cada mau hábito que o espírito se proponha a eliminar, terá que contrapor atitudes positivas, capazes de, naturalmente, extinguir seu efeito. Está conseguindo acompanhar o meu raciocínio, minha filha?

— Sim, estou. As atitudes de meu tio Abel, ou seja, de Latuf, na pele de meu pai, desde aquele recuado tempo, têm se repetido; são automatismos negativos que demandam tempo, esforço e, sobretudo, persistência, para se transformarem.

— Exatamente. Abel, coração endurecido, recalcitrante, tem agravado a própria situação. Naquela existência, foi também acolhido por uma caridosa alma, que por meio de laços consanguíneos maternos, propôs-se a educá-lo sob os princípios superiores que regem a vida.

— Entendo, senhor.

— Sigamos nossa história, Ísis. Pois bem... Safiya, que também fora sua mãe naquela época, amava um cortesão de nome Osahar, que atualmente é Ninetjer, seu pai. Tratava-se de um nobre ambicioso da corte que, por sua vez, também era apaixonado por Safiya. Ele mantinha uma amizade de longa data com Latuf. Ambos eram escravizados pelos laços pesados da fortuna e do interesse. Toda a corte comentava sobre as inúmeras amantes de Latuf, bem como a relação apaixonada entre Safiya e Osahar.

— Minha mãe de hoje era casada com o meu tio, mas já amava o meu pai atual...

— Houve um tempo em que Latuf, descobrindo a traição da esposa e do amigo, embora ele próprio agisse de forma bem mais grave, teve seu orgulho ferido e a repudiou de vez, substituindo-a por Núbia, que atualmente age do invisível, instalando cruéis processos obsessivos em seu núcleo familiar. Ela era uma mulher cruel, ardente e incontrolável, inteiramente voltada aos interesses imediatistas, vivendo sobre a brasa viva das paixões; formavam os dois, Núbia e Latuf, um par perfeito! Havia muito tempo que eram amantes e tramavam juntos a irrefreável corrida em direção à riqueza e à coroa. Dessa forma, o casal passou a viver sob o império das fantasias, das ilusões pessoais.

— O que houve com Safiya?

— Ela foi enxotada do palácio, saiu às pressas, sob pena de ser morta. Osahar a amparou. Entretanto, ela muito sofreu por deixar para trás Neith, ou seja, você, sua única filha entregue às amas de confiança, que velavam com muito amor pela segurança da menina.

Breve pausa.

— A convivência entre Latuf e Neith foi assaz conturbada. Se por um lado ele amava verdadeiramente a filha e se curvava a esse amor puro, por outro, após o afastamento de Safiya, Núbia infernizava a existência da enteada, persistindo em seus abomináveis planos de assegurar suas posses. Neith, ou melhor, você, não aprovava a conduta nem o estilo hostil de seu pai, pois agia despoticamente, dispondo de vidas ao seu bel-prazer, apoiado por Núbia.

— Você era uma grande incógnita. Tinha o gênio forte e o seu pai a respeitava. Somente dobrava-se diante de uma ama, a quem amava com todas as suas forças, quem a criara verdadeiramente, desde pequena, uma alma sem exigência, humilde, serviçal, que daria a vida por "sua menina", se necessário fosse. Era Kyia, sua avó atual, Camila.

Nesse momento, Ísis sorriu, pois sempre sentiu que a sua intensa ligação com a avó era de outras vidas.

O benfeitor prosseguiu:

— Pois bem... Latuf continuava cada vez mais obcecado pelo poder, mais avaro pelas riquezas. Insaciável quanto às questões dos prazeres da carne, em constantes romances escandalosos, Núbia foi tornando-se infeliz, assim como fora a sua antecessora, provando da infidelidade e do desprezo que, durante muitos anos, impusera à sua rival. Contudo mantinha-se firme, sem arredar pé de seu posto de mulher apaixonada pelo poder e pela riqueza. Núbia vivia consumida por mágoas e ciúmes, entregando-se à bebida; passava horas a fio planejando uma vingança contra o esposo que, no momento, já vivia outra paixão, atormentando-a ainda mais em seu já debilitado equilíbrio emocional. Jamais, ela o perderia para qualquer rival, ou ele seria dela ou de mais ninguém! Pensava a pobre mulher.

Breve pausa.

— E assim, com o coração imerso em sombras e o desejo de vingança, Núbia buscou ajuda com sua dama de companhia de nome Maya, que atualmente é Nathifa, a esposa secundária de Ninetjer. De tal modo, determinou a estratégia central de seu plano retaliatório: a serva deixou-se seduzir pela proposta de comercializar valiosas informações, dispondo-se a participar dos planos de sua frenética senhora. Certa de que aquela aliança seria valiosa, Maya estendeu o "convite" a Nassor, atualmente Weneg, que na época era amante dela e o homem de confiança de Latuf.

E o benfeitor acrescentou:

— Nassor fazia parte da escolta pessoal de Latuf, era o seu comandado fiel, que acompanhava todas as ações de seu senhor. O casal solicitou uma pequena fortuna que contemplava seus interesses mais imediatos, certos de que o enorme baú oferecido, cheio de joias belíssimas e diversas pedras, lhes traria o suficiente para levarem uma vida próspera e feliz longe dali.

— Estou zonza com tanta informação. Mas é como se o fio da história fosse surgindo claramente em minha mente. Identifico cada personagem de outrora nas expressões atuais, especialmente no olhar, sobretudo, nos traços da personalidade.

— Assim, através da atuação ambiciosa do casal, que tem repetido o mesmo padrão de comportamento há séculos, Núbia — descobrindo que Latuf se consumia pelo fogo de uma nova e arrebatadora paixão — possessa, corroída pelos ciúmes e deixando-se levar pelos pensamentos mais calamitosos possíveis, maquinou sua vingança, orientada pelo ódio. Aquilo não ficaria assim! Era necessário refletir, repensar e reorganizar suas ações! Ideia fixa, Núbia planejou assassinar o esposo e sua nova amante. Precisava manter a calma e esperar os acontecimentos. Mas, antes disso, ela viveria amargando a desventura de sua enteada. Núbia imaginava o quão grande seria a dor de Latuf se algo acontecesse com a "criança insuportável". A filha era o ponto fraco dele, ruminava ela intimamente. À sua filhinha tão amada destinaria a fúria de sua justa ira! Exterminaria a maldita criança!

Prosseguiu após breve pausa:

— A paixão embaraçava todas as possibilidades de bom senso e equilíbrio, tornando Núbia inconsequente e capaz de qualquer desatino. Ela não titubeou, mandou preparar um frasco de veneno letal destinado ao casal e o conservou. Desejava exterminá-los, mas esperava o momento certo, pois antes teria que dar cabo da vida da "garota abominável". Então, iniciou o seu desprezível plano de envenená-la lentamente. Neith, ou melhor, você, começou a adoecer, sem que pudessem saber a causa. Núbia estava satisfeita, pois aparentemente todas as suas estratégias marchavam maravilhosamente, já se sentindo próxima ao seu objetivo.

— Nossa! Que os deuses nos acudam!

— Entretanto, Maya, por acaso, descobriu os planos de sua senhora e, transtornada, juntou-se a Nassor com o intuito de revelar a Latuf o perigo a que ele e sua filha estavam correndo de serem assassinados. Nassor, arrependido, por então conhecer os sórdidos planos de Núbia com relação à criança, fazendo uso do livre-arbítrio e igualmente ávido à oportunidade de reconhecimento, de títulos honoríficos e de ascendência na corte, participou com outros comparsas de uma trama bem articulada por Latuf, que pôs fim à vida de Núbia, utilizando-se do cálice amargo que ela própria preparara e que, finalmente, provando do próprio veneno, morreu.

Nesse momento, Ísis contemplava em lágrimas a singular abertura das imagens no tempo e no espaço.

Na figura de Neith, identificara-se perfeitamente. A menina era mimada, caprichosa, e odiada por Núbia. As emoções sufocavam-na. Seus olhos fitaram sua avó Camila, ali ao seu lado, que agora e, no passado como sua ama de leite, fizera-se tão presente em sua vida, e ela podia sentir o mesmo amor, a mesma segurança de outrora.

Ísis observou que sua avó também chorava, mas seu pranto era suave e calmo, como se confiasse que tudo se acertaria, repleta de esperança e de fé.

— Minha avó, quem é ela? Onde está essa inimiga do passado, a esposa de Latuf, que eu não identifico na atual existência? Núbia deve odiar-me. Odeia nossa família. Odeia o tio Abel... Odeia Weneg.

— Filha, essa é a razão de tais revelações. Núbia é um espírito conturbado e está desencarnada. Ao acordar, você estará sujeita ao esquecimento e ao livre-arbítrio. Aquela que no passado conheceu como Núbia, acompanhada de um núcleo de irmãos desajustados, formou um grupo bem organizado e extremamente disciplinado a serviço do mal, em prol de vinganças que tece impiedosamente, para desmoralizar e abater aqueles a quem supõe que a traíram e articularam a morte dela. Sempre que julga necessário, ela e seus asseclas fazem incursões malévolas pelo palácio. Atualmente, todos vocês estão se conhecendo melhor, mas na realidade já se conhecem há muito. Há inúmeros outros personagens, que fazem parte da corte, envolvidos nesse drama do passado. A vida nos reuniu novamente para nos desfazer da bagagem de desvios e nos harmonizarmos. Entendeu?

— Parcialmente, minha avozinha.

— Ísis, precisamos de ajuda para não desperdiçar essa oportunidade que a vida concedeu a todos. Você reencarnou com a disposição para os dons do espírito, contudo, até o presente tem se feito de surda ao chamamento dignificante. Compete somente a você confiar em seus dons, para auxiliar a si própria e aos demais envolvidos...

— Mas como? O que fazer? A senhora se foi... Meu pai abomina meu dom. Meu tio Abel não ouve ninguém, é recalcitrante. E Weneg o segue cegamente, minha avó.

— Jamais fui embora, Ísis. Estou com você há muito, acompanhando sua evolução, alegrando-me com seus progressos e me entristecendo com seus insucessos. Tenho tentado auxiliar dentro do possível. Agora, preste atenção: naquela época, o espírito arrogante de Latuf, que se enveredou pela vida sustentando um orgulho vil, tramas e assassinatos para ascender ao poder, acabou influenciando positivamente você, quando viveu na pele de Neith, filha dele.

— Não entendo, vovó. Eu abomino a violência.

— Lá, você recebeu uma educação de alta linhagem

para a época, além da iniciação nos mistérios de Ísis e Osíris. Com o atroz afastamento de Safiya, sua mãe, Latuf a levava para assistir às lutas e às humilhações dos vencidos. Com isso, você adquiriu intensa aversão a qualquer situação em que a brutalidade aviltasse as criaturas, afastando-se das festas e de outras atividades em torno da corte, dedicando-se às meditações, aos cultos e às atividades do templo. Adveio que, ainda bem jovem, Neith, ou melhor, você, através dos resquícios do envenenamento da infância, adquiriu grave doença. Latuf, em função do genuíno amor que o movia, prestes a perder o que considerava ser o "seu maior tesouro", se curvou à ineficácia de seus sacrifícios e de seu próprio poder perante a possibilidade de sua morte. O desespero transformou-se em gratidão, quando você foi curada no templo. Através do sofrimento e de sua cura, algo diferente brotou em seu tão cristalizado coração, naquela vivência. Compreendeu?

— Mas o que a senhora quer dizer com isso? E quanto a Núbia?

— Somente o amor é capaz de curar as lesões escuras do passado, minha filha. Se a paixão é perigosa pelo temperamento impulsivo e arrebatado de alguns, e em especial, refiro-me ao seu tio Abel e à nossa irmã Núbia, que do invisível tem interferido cruelmente na vida de todos nós, o ódio é bem mais perigoso! Se o amor os levasse a mudar de rumo, poderiam aprender as lições da renúncia, do perdão e lhes seria aguçada a sensibilidade. Em contrapartida, o ódio só poderá lançá-los a novos abismos tenebrosos de dor e sofrimento, de amargura e revolta. Se Núbia provar o sabor amargo da vingança, sentirá que ela corrói mais que a ofensa recebida e que, quando pensamos em justiçar os outros, estamos justiçando a nós mesmos, escravizando a consciência sob o peso do remorso. Isso cabe ao seu tio Abel, igualmente!

Camila prosseguiu:

— Estamos tentando evitar essas cruéis interferências, acompanhando os passos dos dois, oferecendo sugestões pela via da intuição e da sensibilidade, mas deixando espaço suficiente para o pleno exercício do livre-arbítrio. É por esse motivo que estão todos reunidos para que, através da convivência, a via da harmonização se faça mais suave. Essa é a lógica da reencarnação, a mais sublime oportunidade concedida pela misericórdia divina, que opera o ressarcimento e, consequentemente, o aperfeiçoamento de todos. Mas que, infelizmente, muitos ainda deixam escapar propostas assumidas perante os projetos reencarnatórios em função do orgulho, da vaidade, dos interesses imediatistas e do comodismo.

Camila olhou profundamente para Ísis, voltando a discorrer:

— Filha, com o apoio da espiritualidade, conseguiremos suplantar o passado e trabalhar novos sentimentos, culminando em um destino promissor. Abel muito tem errado, e de uma forma ou de outra, é provável que venha a sofrer mais e mais quando os resultados de suas ações o atingirem. Não há crime sem justiça, mas quem pune é a própria vida por meio das leis universais misericordiosas e justas. Os sábios princípios da vida se encarregarão. Agora, preste bem atenção: por seu intermédio solicitei que o seu pai perdoasse Abel, entretanto, infelizmente, no momento é preciso que fiquem alerta. Bem alerta! Isso deverá ficar gravado em sua mente depois que você acordar! Abel está mentalmente imantado de investidas desarvoradas, associadas ao círculo de Núbia.

— Sim, minha avozinha, eu ficarei alerta.

CAPÍTULO 20

Na tarde do dia seguinte, Weneg permanecia em seu aposento, ouviu insistentes batidas na porta.

— Abra, Weneg! Sou eu e Jamile.

— O que fazem aqui?

— Não sabe o que houve? Um verdadeiro alvoroço no palácio! Tentaram assassinar nosso pai.

— Como?

— Veneno! Pediram para que viéssemos para cá, até que tudo esteja esclarecido... Impediram-nos de nos aproximar dos aposentos reais.

— Entrem! E nosso pai? Como está?

— Informaram que ele está bem...

— Desconfiam de alguém?

— Não! Mas há algo que me intriga. Há algum tempo, em sonho, vovó solicitou que fosse dada uma nova chance ao tio Abel, que papai o perdoasse, que o acolhesse, provavelmente para tentar modificar suas cruéis disposições. Ontem, porém, também em sonho, vovó orientou que tivéssemos cuidado! Você tem de se afastar de nosso tio! Há evidências de que ele está envolvido em crimes ocorridos no palácio.

— Por que o acusa?

— Não percebe? Ele o coloca contra nós, meu irmão.

— Do que está falando? Está louca?

Passos acelerados se aproximaram, alguém bateu à porta com força, entrou.

— Por que a discussão? — indagou Ninetjer.

— Ísis é ingrata, Majestade. Persegue o tio Abel, que até já arriscou a própria vida para salvá-la.

— Pai, disseram-nos que houve um atentado contra o senhor. A informação procede?

— Tentaram me assassinar. Mas qual o motivo da discussão?

— Há algum tempo, a vovó solicitou que perdoássemos o tio Abel. Entretanto, visitou-me novamente, esclareceu que o coração dele continua endurecido, que vigiássemos...

— O que mais sua avó disse, Ísis?

— Minha avó estava diferente. Eu a senti amargurada, muito preocupada com nosso destino. Ela tentou nos alertar de algum perigo que eu não pude compreender bem.

— Abel tem cometido faltas graves.

— O senhor tem provas? — perguntou Weneg.

— É exatamente pela falta delas que ainda não foi punido. Mas não faltam evidências!

— E o senhor acha justo impedir a presença de meu tio no palácio em que cresceu e que, também é dele por direito, por simples suposições?

— Não me questione! Mantenha distância de seu tio, rapaz.

— Está bem, Vossa Alteza.

Há muito, foi estabelecido um compromisso familiar entre Ísis e o primo Inyotef.

Abel, porém, através da espionagem, foi informado da paixão envolvendo Samir e Ísis. Então, procurou-o, ameaçou-o, aconselhou-o a fugir com sua sobrinha. Intenção duvidosa, sentimentos controversos, não se sabia se Abel desejava proteger o casal ou despachar a sobrinha para longe, para decepção e enfraquecimento do faraó.

Sob a proteção de uma serva, a tempo de presenciarem o espetáculo de despedida do astro-rei, Ísis e Samir encontraram-se.

A jovem, emoldurada pela luz rubra do céu, vestindo uma túnica bem simples, cumprimentou-o timidamente:

— Eu recebi seu recado. Meu tio Abel o procurou, Samir.

— Sim, Ísis. Acredito que já a espionam.

Ela, vagarosamente, levantou a cabeça, e ele viu na luminosidade daqueles olhos aquilo que a intimidade de seu coração pedia.

Samir, sem conter o impulso, apertou-a efusivamente em seus braços.

Ela deixou-se abraçar. Esquecidos de tudo, viveram aqueles minutos jubilosos, longe de todos. Ela deixou-se ficar assim, em silêncio, temerosa de quebrar o encanto do momento.

— Eu a amo, desde o primeiro instante, Ísis. Tenho lutado contra esse sentimento quanto mais a conheço, mais esse amor se aprofunda.

— Eu também o amo, Samir, embora tudo conspire a nosso desfavor.

— Saberemos vencer os obstáculos.

— Eu o desejo como meu esposo, mas meu pai não permitirá. E, principalmente, preocupo-me com seu destino.

— Zeuro poderá nos ajudar. Ainda que eu sofra os reveses da vida, futuramente, não me arrependo por tê-la conhecido.

— Não fale de coisas infelizes, Samir. Por ora, não revele nada a ninguém. Devemos aguardar alguns dias para conhecer o rumo dos acontecimentos. Tenho muito receio por sua vida. Meu pai anunciou meu casamento.

— Ísis, aqui é um bom lugar para nos encontrarmos. Esta ala é isolada. Fique certa de que jamais lhe faltarei com o respeito.

Permaneceram ali mais algum tempo, a luz do Sol poente podia ser vista como se estivesse transformada numa miríade de cores, em pequenos arco-íris, emaranhados pela atmosfera violeta que descortinava um universo magnífico. Ali mesmo, naquele momento, selaram um pacto amoroso com um beijo afetuoso e apaixonado.

O sol mergulhava nas faixas do horizonte e despedia-se do Egito, enquanto os dois jovens, abraçados, esperavam o nascimento da lua, que viria com sua cor prateada, a inspirar os sonhos dos enamorados.

Mais tarde, em seus aposentos, Ísis viu vultos espirituais.

Súbito, reconheceu dentre eles a "sua deusa", ao lado de sua avó Camila. Agradável surpresa, ela fixou-se no semblante familiar, que lhe sorriu e, ao mesmo tempo, segredou-lhe o pensamento.

— Prepare-se para ser forte, filha. Seja resignada nas provações as quais tiver que passar.

***

Alguns dias se passaram.

Um vasto céu azul, sem nuvens, cobria o horizonte.

O Nilo estava calmo, depois de uma boa inundação.

Ninetjer, após celebrar o ritual da madrugada no templo, avançava pelo grande pátio onde se encontravam as cantoras e as ritualistas.

Ísis avistou o pai, destacou-se do grupo, dirigindo-se a ele, saudou-o.

O faraó deu o braço à filha, e os dois avançaram para uma ala restrita, ladeada de belas plantas.

— A sua mãe aspirou a esta vida no templo, porém o destino impôs-lhe outra.

— Ela estava inserida em vosso destino, para fazer reinar a lei de Maat, combater as trevas e a desordem, Majestade.

— Ísis, há muito a instituição faraônica tem vencido os obstáculos e atravessado as crises por meio de nossos antecessores, que já passaram para o portal do Amenti. Zeuro tem me feito enxergar que o conhecimento do sobrenatural é salutar para que um monarca possa orientar corretamente o cotidiano.

— Não estou entendendo, Vossa Alteza.

— Se a induzi à Iniciação de certos segredos, dos quais sou o depositário e guardião, se necessito de sua natureza espiritual para a vigilância sobre o Amenti — o mundo dos mortos —, para nos proteger, também necessito de sua natureza material para a gestão do reino. Vejo-me cercado por muitos, todos eles envoltos no manto confuso dos interesses.

— Seja claro, Majestade. Eu ainda não entendi o que o senhor pretende.

— Tomei uma decisão: você deverá se casar e assumir a coroa, Ísis. Seu irmão não está apto a me suceder.

— Perdoe-me, eu não serei capaz. Não tenho essa aspiração, tampouco, a vocação.

— Engana-se! Os seres humanos passam longo período dissimulando as próprias tendências, enganando a si mesmos, fugindo dos compromissos.

— Eu tenho a minha fé e gostaria de viver meus dias no templo, Majestade. E no mais, preciso confidenciar-lhe algo importante, muito importante, meu papai.

— Pois, chama de fé o ato formal de ir ao templo dentro do qual passa seu tempo, e dali segue sua jornada com a sensação de dever cumprido. Engana-se mil vezes, Ísis! Deseja ser escutada, mas recusa-se a ouvir-me! Censura-me, considerando-me insensível à dificuldade do povo, sem querer se dar ao trabalho de ajudar-me e a ajudar esse mesmo povo! Pois, guarde suas confidências, pois eu não desejo ouvi-las.

Um pesado silêncio se seguiu às palavras do faraó.

Em seguida, ele retirou-se.

Ninetjer passou os dias seguintes fugindo de Ísis, para não ter de escutá-la, e apressou as providências.

***

Grande animação reinava no palácio real.

Chegara, enfim, o dia tão esperado pelo faraó, no qual se daria um banquete para anunciar a união entre Ísis e Inyotef, seu primo, a ser realizada dali a trinta dias; e os esponsais, oito dias depois. A noiva ficaria três dias recolhida no convívio das sacerdotisas do templo, e o noivo, por sua vez, deveria visitar os templos três dias consecutivos, a fim de preparar-se para a cerimônia. Posteriormente, decorriam os banhos preparatórios e, finalmente, o casamento.

Ísis, contrariada, sentia-se profundamente infeliz.

Pálida, trêmula, a custo reprimia a angústia.

Uma tristeza singular se sobrepunha à sua vaidade de mulher. O rapaz eleito por seu pai era admirado por muitos, ela brilharia onde surgisse, ostentando o poder real e as características perfeitas de seu futuro esposo, no entanto, desejava sumir, desaparecer. Seus pensamentos giravam em torno de Samir.

As pessoas aglomeravam-se à frente dos portões do palácio, esperando a distribuição do trigo e do vinho, conforme era costume nessas ocasiões. A imensa fachada do palácio exibia uma série de colunas pintadas de cores vivas, iluminadas por uma infinidade de vasos, onde se queimavam alcatrão. À esquerda, estendia-se um enorme lago, em cujas águas calmas refletiam-se chamas acesas em altos aparatos de bronze distribuídos em torno da margem. O administrador fiscalizava os preparativos da festa, por toda parte os criados haviam espalhado tapeçarias, esteiras, adequaram guirlandas. Viam-se móveis preciosos, objetos de arte e vasos com flores raras. O copeiro real apresentava iguarias em finas baixelas. Uma sala grande se abria para os jardins. Tochas acesas por todos os lados, em profusão, espalhavam viva claridade, e vários criados, vestidos com um avental de pano grosso e um *claft* grosseiro listrado dos escravos, sob a direção de um mordomo, concluíam rapidamente os preparativos para a refeição de mais de duas dezenas de pessoas.

Rica liteira precedida por lacaios e cercada por portadores de leques deteve-se diante da porta ornamentada por belíssimas flores e plantas. Inyotef, o belo rapaz, desceu, e foi levado à presença de Weneg, que induzido por Abel, tivera tempo necessário para tomar todas as providências a fim de melhor envolver o núcleo em seus sórdidos planos.

— Caro e nobre primo Inyotef. Seja bem-vindo! Somos gratos pelos magníficos presentes que enviou.

— Fico feliz em contribuir para realçar a beleza daquela que é a mais bela jovem do reino. Ísis me dará a honra de vê-la usando as joias?

— Certamente!

— E a corte, já sabe?

— Em breve, o faraó fará o comunicado na sala de audiências, e os escribas colocarão a notícia nas portas dos templos.

***

Enquanto isso, Ísis, em seu aposento, faces rubras, envergava um longo vestido claro, havia retirado um cinto que lhe delineava a cintura. Encolerizada, empurrava as mãos de sua ama, que em súplicas, tentava convencê-la a deixar que colocasse uma coroa de flores em seus cabelos.

— Afaste-se! Você é conivente! Esconderam-me a razão deste banquete! Não vou usar as joias! Nem essa guirlanda!

— Senhorinha, minha amada senhorinha, deixe-me arrumá-la. Os acessórios ficarão lindos!

— Afaste esta guirlanda! Não vou oferecê-la a ninguém!

Weneg, perspicaz, à mercê de irmãos desencarnados mal-intencionados, entrou no aposento.

— Ísis! O que há por aqui? — interrogou-a, tomando as mãos da irmã, levou-as aos lábios para beijá-las, permitindo que a criada pusesse o cinto, e acomodasse a guirlanda na fronte. — Vamos, está encantadora, minha irmã! Sem dúvida, a mais bela moça de Mênfis! — disse, continuando a segurá-la com força.

— Infeliz que sou! Traidor! Saia já do meu quarto!

— Nem pense em falar com Sua Majestade! Embora eu tenha lhe ocultado, nosso pai está muito doente. Se o contrariar, será responsável pelo agravamento de sua saúde!

— Se o faraó estivesse adoecido, eu saberia.

— Eu descobri o estado de saúde dele por acaso, Ísis. Agora, sua teimosa, veja o que seu futuro noivo lhe enviou! Este cesto tem as mais belas joias que já vi... Tesouro digno de uma rainha! Veja, são magníficas!

— As joias são belíssimas, mas não me interessam! Teria todas que eu desejasse sem ter de me submeter a um casamento. No mais, serei uma sacerdotisa, vou me dedicar ao templo. Quanto à saúde de papai... Você tem certeza do que está dizendo?

— Absoluta! Acaso supõe que eu brincaria com algo tão sério? Vamos! Mostre cortesia aos convidados! Quanto ao nosso pai, depois veremos o que fazer...

Weneg, "bem orientado", havia calculado bem.

Ísis conteve-se, fora como que atingida por um raio com a notícia. Seu coração sofria pelo rumo imprevisto que tomavam os acontecimentos.

No momento, encontravam-se nossos irmãos mal-intencionados, do invisível, em macabras gargalhadas, comemorando no lado de fora do aposento.

Ísis não deu importância às palavras de seu irmão, suas aflições fixaram-se na saúde do pai.

***

Sobre um largo estrado dourado havia uma mesa e uma grande cadeira de espaldar alto, forrada de tecido vermelho com ramagens douradas, onde Ninetjer sentou-se. Isadora estava ricamente vestida, com um traje claro bordado de ouro, joias no pescoço e nos braços, e uma coroa de flores lhe enfeitava os cabelos. Os demais convidados se acomodavam cada qual nos lugares que lhes foram destinados, quando Ísis olhou em direção ao pai, fixando-lhe os olhos.

O clima estava tenso.

O soberano submeteu-se ao olhar angustiado da filha, deixando-se conduzir por ela à sala contígua.

— Deseja algo, Ísis? Não está feliz? O que se passa?

— Ah, Majestade, Majestade... Se sente alguma compaixão por meu sofrimento, livre-me deste casamento. O senhor concordou que eu poderia consagrar-me às atividades do templo.

— Acalme-se, minha flor de lótus. Você deverá ser preparada para ser minha sucessora. Onde estão as joias que seu futuro noivo a presenteou?

Sem que percebessem, Weneg se agitava, às ocultas, pouco à vontade. Seguira-os, conseguindo se colocar perto de uma coluneta, a fim de escutar toda a conversa.

— Eu não vou usá-las, pois eu não poderei desposá-lo. Pode devolvê-las ao dono, Majestade. Se ao menos, eu o amasse...

— Seu primo a ama apaixonadamente, desde criança. É imensamente rico e somente viria acrescentar ao brilho de nosso palácio. É meu dever prepará-la. Será a futura rainha. Seu coração ainda não sabe o que é o amor, você foi feita para ele.

Ísis mordeu os lábios.

— Majestade, como pode um homem como o senhor, que controla tudo e todos à sua volta, não conhecer a própria filha? Eu o desposaria se o amasse, mas não o amo! Desejo viver minha vida no templo.

Ninetjer, exasperado, dirigiu-se imperativo à filha:

— Seu irmão não poderá assumir. Eu me manterei sempre fiel às convenções, não aceitarei qualquer ruptura na tessitura social que possa colocar em risco a nobreza de nossa dinastia, conquistada pelos nossos antepassados com muito sacrifício. Você se casará, quer deseje ou não! E não será com "criaturas inferiores", será com seu primo, que traz nobre linhagem.

Ísis sabia da pretensão de seu pai, no entanto, diante da escolha pessoal de enganá-lo ou de lhe revelar seus sentimentos, tentava medir bem as palavras, ainda que não fosse compreendida.

— Tenho tentado me espelhar nos seus bons exemplos, meu pai. Todavia também tenho aprendido que a grandeza do deus supremo, que ilumina este palácio, é generosa, sábia e justa em todas as coisas, e se entrega por igual, sem escolher privilegiados. Assim, não considero correto classificar as pessoas que nos cercam, rotulando-as de criaturas inferiores por sua origem humilde. Considere que será o coração e não o bolso que será colocado na balança no reino dos mortos.

— Insolente! O que está tentando dizer? Você está apaixonada por algum escravo? Eu exijo a verdade!

— Eu lhe asseguro que não, meu pai. Entretanto, se eu estivesse apaixonada por algum desses que pertencem aos povos derrotados em nossas guerras e conquistados pela força de seu cetro ou de nossos ancestrais, ainda assim, vejo-os como seres como nós. São vítimas de preconceito e dos interesses mais mesquinhos, vindos de nós, os "superiores". Nós, meu pai, que pertencemos à "casta superior", por vezes, somos bem inferiores. Por isso, não posso concordar com os conceitos de superioridade ou inferioridade demarcados pelo tamanho da riqueza. Coloco isso, sem pretender ofender a dignidade de nossa família.

Ouvir isso da própria filha era praticamente uma traição, que pelo entendimento de Ninetjer, não poderia ser aceita.

— Não estou aqui para ouvir seus conceitos insanos ou cometer injustiça com os nossos antepassados que deram suas vidas para que hoje você tivesse essa vida. Estou aqui para falar de algo prático e objetivo, ainda que você não concorde.

— Ah, meu amado pai! Quantos casos de bens de pessoas que caem em desgraça e que esses mesmos bens são transferidos para o patrimônio da coroa, não como direito pelo nascimento, mas como consequência de favores e agrados? Será que nossos ancestrais se orgulhariam disso? Eu estou longe de pretender ferir a honra de nossa família, a honra de Inyotef ou de nossos antepassados. Entretanto, volto a dizer que a mim não seduz esse estilo de vida, que desrespeita o sofrimento de pessoas, nem as nossas festas regadas à fartura, enquanto aqueles que nos servem, muitas vezes, passam necessidades. Eu não tenho vocação e não desejo governar com essas regras, meu pai.

As palavras de Ísis caíram como uma bomba para Ninetjer, ele aproximou-se e, indignado, vociferou:

— Você está desequilibrada! Doente! Louca! Não sairá mais deste palácio! Toda vez que desejar sair, dirija-se a mim, que eu designarei alguém para acompanhá-la.

Ísis, lágrimas nos olhos, pediu licença e retirou-se.

Weneg, que se mantinha oculto, deixou-se ver pelo pai, como se tivesse chegando naquele momento.

— Nossa! É pelo fato de ter que desposar Inyotef que Ísis está com esse humor adorável? Ísis é inexperiente, caprichosa, não sabe o que é melhor para ela, Majestade.

— Reverterei as expectativas do noivo. Não haverá casamento! Sua irmã está doente! Precisa de tratamento!

— Ora, Majestade! Não se deixe levar pela rebeldia e pelos caprichos de minha irmã.

— Deixe-me só, Weneg. Retire-se, agora! Preciso pensar...

Neste ínterim, os convidados acomodaram-se.

Inyotef aguardava Ísis na antessala. Ela apareceu, o coração dele acelerou. Expressão aflita, ela curvou-se, com uma inclinação respeitosa, ele saudou-a:

— Eu a saúdo, minha belíssima noiva, e espero que seus lábios me concedam um sorriso e uma palavra de acolhida.

— Ao primo e amigo, eu poderia conceder sorrisos e palavras amáveis, mas a um noivo que deseja me desposar sem me consultar, não! Renuncie a esse desejo e continuemos amigos, Inyotef.

— Não deseja se casar? Mas não foi essa a informação que eu obtive!

— Não me force a repetir diante de todos a minha afirmação: eu não vou me casar, Inyotef. Nem com você, nem com ninguém! Uma amizade é mais importante que um casamento, e não posso fingir perante sua amizade o que eu não sinto.

— Há de me querer, Ísis! Eu a amo! Weneg me prometeu. Tenho certeza de que me acompanhará à sala de banquetes e confirmará a todos que me escolheu por esposo.

— Esse sentimento não é amor, meu primo. Amor é renúncia em favor da felicidade do ser amado. É amizade, respeito, harmonia e compreensão. O que sente por mim é um sentimento de posse, desde criança! Eu jamais serei feliz se me casar obrigada com você, primo Inyotef.

— Não! Não posso perdê-la! E antes de tudo, deve poupar o faraó de contrariedades...

Em breve, todos se puseram à mesa.

Weneg tentava não encarar Ísis, desviava os olhos da irmã, que o desprezava. Tudo faria para que seu pai enxergasse o desequilíbrio dela. Inyotef observava o seu rosto pálido e desfeito. Desde a infância, se apaixonara, sonhava desposá-la.

Ultimamente, acompanhava as aventuras de Weneg, que se tornara um *bon-vivant*, vida libertina, contraíra dívidas, envolvera-se em situações complexas. Eram devotados elementos de um núcleo de amigos, que realizavam incursões noturnas às cortesãs de Mênfis e às tabernas onde se jogavam jogos de azar. Weneg recorria à fortuna e às regalias de Inyotef, que o atendia de bom grado, escondendo seus deslizes de Ninetjer, e o coagindo, agora.

Por outro lado, o faraó se impacientava com o futuro.

Precisava convencer Ísis sobre a sucessão.

As reflexões de Ninetjer foram interrompidas por Weneg, que já havia bebido além da conta, e para provocar a irmã, levantou um copo e exclamou:

— Estimados amigos e convivas, temos a felicidade de anunciar que esta celebração familiar é um compromisso de Ísis, que nos mostrará quem é o escolhido de seu coração.

Os olhares se voltaram à jovem, cuja palidez começou a ser notada, embora não suspeitassem que estivesse sendo forçada a fazer essa escolha.

Ísis ficou imóvel por um instante, não esperava aquela atitude de seu irmão, olhou o pai como que pedindo socorro. Em vão! O socorro não chegou!

Levantou-se, tentou controlar sua ira, retirou a guirlanda que lhe ornava os cabelos e, abruptamente, depositou-a na cabeça de Inyotef, retornou ao seu assento.

Os serviçais se apressaram em encher as taças.

Gritos e felicitações de alguns, comentários em voz baixa de outros, sorrisos imprecisos, olhares polidos, todos começavam a notar a estranha atitude de Ísis, que se mantinha em penosa expressão, sem um sorriso, em um silêncio obstinado.

Foi um alívio, quando finalmente todos se levantaram.

Um grupo de mulheres cercou a jovem para saber detalhes da tão inesperada notícia. Isadora, percebendo o rubor e o mal-estar da filha, aproximou-se e passou o braço em torno dela.

— Prezadas amigas, Ísis está emocionada, é delicada, precisa descansar. Dê-nos licença.

Isadora conduziu-a sem demora ao terraço, que estava vazio naquele momento. A jovem desatou em soluços.

— Ísis, o que está acontecendo? Por que Weneg anunciou o compromisso?

— Mãe, nada tenho a dizer-lhe. Peça esclarecimentos a ele e ao faraó. Volte aos convidados!

Isadora compreendeu que questionamentos ou palavras de consolo seriam inconvenientes no momento, e só conseguiria uma resposta irada, então regressou ao salão. Ísis se estendeu sobre um divã, pensava em Samir. O terraço era cercado por uma balaustrada, ornamentado por uma profusão de plantas raras e arbustos de grande porte, formando pequenos bosques perfumados. Ao alcance da mão, tinha uma mesa de alabastro com pés de bronze trabalhado; dois serviçais haviam se colocado próximos — um, à cabeceira e o outro, aos pés do divã, abanavam a princesa com grandes leques de penas.

Zaira, a bela jovem filha de cortesãos a quem Weneg cortejava oficialmente, amiga de Ísis, dirigiu-se ao terraço.

— O que está acontecendo? Por que não me contou?

— Sente-se. Aqui poderemos conversar à vontade, Zaira.

— Por que Weneg agiu dessa forma? Abra o coração, Ísis!

Ísis ia talvez confessar a verdade, quando Weneg, vermelho, já alcoolizado, irrompeu o terraço. Tomado de receio, colocou-se junto delas, voltando-se a Ísis.

— Por que está atormentando a minha noiva com uma decisão familiar?

— Você se acha tão inteligente e, por vezes, não passa de um tolo!

Aquelas palavras enfureceram ainda mais Weneg.

— Ah! Então a princesinha do faraó resolveu falar...

— Pois, se acha esperto, não é? Não percebe que a intenção do faraó é me casar para que eu me torne a futura rainha?

O jovem preso aos seus sórdidos sentimentos a quem, naturalmente, não agradava nada aquela ideia, cerrou os pulsos, bufando para controlar a raiva.

— Isso nunca! Jamais me roubará algo que me pertence.

— Pois, se eu me casar, e o faraó continuar com essa ideia fixa, não vai ter outro remédio senão venerar a mim e ao meu futuro esposo. Como pode ser tão cego? — concluiu a moça, em tom provocador.

Aquilo foi demais para o rapaz, que de imediato começou a se debater, enquanto dizia frases sem sentido.

Absorvida em amargos pensamentos, Ísis dirigiu-se aos seus aposentos, evitando a sala onde se encontravam os convidados.

CAPÍTULO 21

No dia seguinte, Weneg dirigiu-se para as margens do Nilo.

Um barco luxuoso, pintado com cores alegres, o aguardava. Um barqueiro o conduziu a um bairro afastado, um lugar de má fama, onde vivia uma jovem que ele procurava frequentemente. Ao entrar no pátio da vasta construção malconservada, ouviam-se gritos, vozes rudes e descompassadas.

Tochas presas à parede formavam uma fumaça espessa.

Em torno das mesas, sentados em banquetas de madeira, amontoavam-se soldados, operários, barqueiros que riam, aplaudiam e comentavam abertamente o talento e os atributos físicos das jovens. Mesas repletas de comidas, frutas e canecas de vinho e cerveja, que eram servidas por escravos; mulheres se espalhavam entre os homens, se excediam na bebida e cantavam em altas vozes. No centro, dançarinas e cantoras quase nuas apresentavam-se em uma dança voluptuosa e provocante aos acordes dos instrumentos. O ar se mantinha saturado de elementos tóxicos, entidades inferiores do invisível perturbavam, assediando intensamente, outras jaziam enlaçadas, vampirizando os presentes, apropriando-se de suas forças. Todos eles, agarrados à sexualidade inconsequente, desvestida de qualquer sentimento mais nobre; somente presos às sensações inferiores do círculo em que estagiavam.

Destacava-se, ao fundo, bela mulher, membros robustos, rosto regular, grandes olhos vivos e penetrantes, cabelos muito negros, dentes alvos. Vestia-se discretamente, diferente das demais.

Era Sheila, a proprietária.

Weneg, ao entrar no local, foi conduzido prontamente por ela a outro pavilhão, entregando-se os dois à volúpia.

— Perfeita sua ideia sobre antecipar o noivado de minha irmã. Meu pai enxergou: ela é desequilibrada! Percebeu que Ísis é uma doente! Agora, minha irmãzinha não terá a mínima chance.

***

Os dias e os acontecimentos correram céleres.

Ísis não deixou de se encontrar com Samir e, ainda que não pudesse desposá-lo, continuou participando das cerimônias oficiais no templo. Para ela, não poderia haver existência mais admirável. Os deuses haviam lhe concedido tudo, se não fosse o tal compromisso de casar-se com quem não concordava.

Em determinado momento, a criada trançava os seus cabelos, perfumava-a:

— Mas a senhorinha está de saída para o templo, de novo?

— Sim! Por mais um dia, e espero que em todos, se os deuses assim permitirem. Já pedi permissão ao meu pai. Ele autorizou.

Ninetjer bateu à porta, entrou no aposento, aproximou-se.

— Como tem passado, minha filha?

— Majestade, ainda não acabei de me arrumar. Não pode me ver assim toda descabelada...

— Preciso falar-lhe. O assunto é grave. Diz respeito a você e a paz de nosso reino, que está em jogo!

— Não entendi, Majestade.

— Desfiz o acordo nupcial entre você e Inyotef.

— Sou-lhe grata, eternamente grata.

— Ísis, a nossa situação se complicou. Recebi uma missiva vinda da região da Núbia. Há uma exigência inesperada do nobre Zatar. Ordena que seu filho mais velho a despose.

Ísis levantou-se bruscamente.

— Uma esposa diplomática? Uma aliança entre nós e eles! Essas exigências são um insulto! Almejo me tornar uma sacerdotisa do templo, meu pai.

— Uma recusa equivale a uma declaração de guerra. Esse tipo de casamento tem sido praticado com bons resultados. Não se trata daquilo que deseja, mas daquilo que Kemet necessita! Como faraó, tenho obrigação de fazer com que a lei de Maat perdure além das fraquezas humanas, de viver a Regra, satisfazer os deuses, a fim de que o povo seja feliz.

— Isso quer dizer que eles impõem o que o senhor deve fazer? Não deve se curvar a eles, Majestade! Pretende me oferecer a um povo bárbaro, que trata as mulheres como criaturas inferiores. É isso mesmo que o senhor fará? Tem certeza?

— A situação é delicada, Ísis. Eu tenho colocado seu irmão à prova, para saber se poderia dar continuidade à obra iniciada desde o primeiro faraó. Pelo que tenho apurado, ele não terá condição de me suceder. Impossível!

— E?

— É preciso ampliar as possibilidades de sucessão. E se existe alguém que poderá garantir e selar a paz, este alguém é você, aceitando a proposta.

— Em outras palavras, já tomou sua decisão.

— Não, Ísis. Uma decisão dessa importância exige reflexão e cautela. Pense no que acabo de lhe dizer e constatará a verdade das minhas afirmações.

Os olhos dela encheram-se de lágrimas.

— Majestade, eu precisava contar-lhe algo importante que está acontecendo...

— Seus desejos! Sempre seus desejos! Almejar o que não se pode ter não traz felicidade! A vida de princesa não se restringe a realizar suas necessidades, porém os imperativos de Kemet! Os anos estão passando, é meu dever pensar na sucessão.

E retirou-se.

Capítulo 22

Weneg, oficialmente, cortejava Zaira, porém sempre estava envolvido em aventuras amorosas.

Nádia, belíssima moça de traços perfeitos, foi contratada por Abel como espiã, com o objetivo de seduzir Weneg. Dois sacerdotes, cúmplices de Abel, intermediaram as apresentações.

Entretanto, o inesperado aconteceu!

Os dois apaixonaram-se à primeira vista.

Se por um lado, Weneg entregou-se ardentemente àquele sentimento que até então desconhecia, Nádia, por outro, apaixonada e sem ter coragem de lhe revelar a verdade, teve ímpetos de fugir, pois temia ser descoberta.

Pela primeira vez, Weneg modificara-se. Mostrava-se feliz, animado e conservava esperança de que seu amor fosse aprovado e respeitado por toda sua família. Nádia não mais transmitiu informações fidedignas aos sacerdotes, mas temia represálias, caso descobrissem sua traição.

Abel percebeu a mudança no comportamento do sobrinho, resolveu investigar, descobriu o romance, informando Ninetjer. Em seguida, procurou a jovem, ameaçou-a, exigiu que ela se afastasse, por ordem do faraó. Nádia desesperou-se, solicitou uma audiência com o soberano, mas não foi recebida.

Weneg, percebendo a alteração no comportamento da amada, pressionou-a, e ela, nervosa, confessou que Abel ordenou que ela deixasse o reino.

Weneg procurou Abel. Seguiu-se uma violenta discussão. Abel lhe revelou a verdade: que Nádia fora infiltrada na corte para vigiá-lo. Tio e sobrinho, que anteriormente se davam bem, no momento, atracaram-se e se agrediram lamentavelmente.

***

Samir e Ísis se encontraram.

— Por que tem fugido de minha presença, Ísis? E por que essas lágrimas? Elas me dizem que há algo errado...

— Os deuses me livraram de uma união com Inyotef, todavia, desejam-me conceder outro pretendente, que eu nem sequer conheço.

— Permita que eu fale com Zeuro. Ele poderia nos ajudar...

— Meu pai jamais permitiria qualquer interferência, Samir.

— Deixe-me ao menos tentar...

— Não deve se expor. Eu temo por sua vida. Há muitos interesses envolvidos.

— Não sei o que pensar...

— Esqueceremos o sonho de marido e mulher, mas poderemos manter uma amizade sincera, de companhia espiritual, que nos esperará até a hora em que estejamos livres.

Samir se viu enfeitiçado por aqueles olhos suplicantes, e sentiu como se não fosse possível resistir. Ísis procurava controlar as batidas do coração, terrivelmente aceleradas. Sentiu uma vontade imensa de atirar-se em seus braços, de consolá-lo com palavras amorosas, porém, dominou-se.

Naquele momento, não era a beleza dela que o perseguia, mas sim uma força interior envolvente. Laços invisíveis, que iam muito além de qualquer entendimento, pareciam envolvê-los.

— Ísis, não sei como será enterrar nossas ilusões.

— Torça para que o faraó mude de ideia. É só o que eu desejo — disse-lhe com os olhos banhados de lágrimas.

Com novo ânimo, Samir prosseguiu:

— Meu amor, independentemente de nosso sofrimento, dos acontecimentos que advirão, não se esqueça de que nossa separação será temporária. O que são alguns anos de convivência comparados à vida imortal? No Amenti, as almas se unem pelos sentimentos e, seguramente, nos acharemos e realizaremos o nosso sonho. Se o seu pai a chama a um dever, realize sua tarefa!

Ela, vagarosamente, elevou a cabeça, e ele encontrou em seus olhos radiantes o que seu coração pedia. Esquecidos de tudo, viviam aqueles minutos imensamente felizes, longe de tudo e de todos. Samir, num forte impulso, apertou-a efusivamente.

Suas forças vitais voltavam a se encontrar depois de um longo tempo em um beijo apaixonado. Ela, feliz, deixou-se ficar assim, com receio de dissolver a poesia da ocasião.

Ao separarem seus lábios, olharam-se com ternura.

— Eu te amo, Ísis.

Ela, com a voz embargada pela emoção, à custa, respondeu:

— Ainda que a vida venha destruir-me após esse instante, ainda que eu sofra infinitamente, tudo será recompensado pela felicidade desse momento, Samir.

— Não fale de coisas tristes, minha querida. Eu a quero para minha esposa. Saberemos vencer os obstáculos. Confie!

— Você não está compreendendo, Samir. É a nossa despedida.

Ísis tinha receio do que poderia acontecer ao seu amado, caso alguém descobrisse seus sentimentos por ele, e que viessem a puni-lo. O rapaz entristeceu-se, sentiu que uma brisa suave o envolvia, enquanto uma voz lhe disse intimamente:

— Tenha ânimo e fé, estaremos com você.

Ísis precisava preservá-lo e afastar-se seria o melhor caminho para que abrandassem os sentimentos.

Doce figura a intuía do plano espiritual, perpetuando elos afetivos que a morte não destrói. Sentiu uma brisa fresca a envolvê-la, enquanto uma voz dentro de si lhe dizia:

— Vocês são conhecedores dos mistérios que envolvem a vida na Terra. Estão a serviço no cumprimento de determinações da vida. A renúncia é necessária. Cumpram, pois, suas tarefas. Ânimo!

— Ísis... — disse Samir, cabisbaixo.

— Esqueça-me como mulher, Samir, mas lembre-se sempre da companheira espiritual, que o esperará até a hora em que estejamos livres de nossos compromissos terrestres e de nosso reencontro no Amenti.

Ele contemplou-a e viu seus olhos banhados de lágrimas.

Sem conter-se mais, abraçou-a, selaram o pacto amoroso e trocaram o amargo beijo da despedida.

Depois, ela fugiu deixando o amado profundamente triste.

Ísis, porém, após o esforço que fizera, pôs-se a chorar sentidamente.

Orou fervorosamente, pedindo aos deuses forças para resistir à provação e logo sentiu que a calma retornava.

Seguiu para o palácio.

***

Weneg, em seu posto, percorria uma pedreira próxima onde os trabalhadores exaustos e suarentos tentavam encontrar blocos de quartzito. Havia equipes eficientes de construtores, talhadores de pedra e o mestre de obra. Ísis e Jamile se deslocavam em uma cadeira transportada por carregadores.

Ao longe, notaram uma aglomeração. Aproximaram-se.

Weneg estava no comando, pronunciava duras palavras, chicoteava cruelmente um trabalhador. Intenso ódio se abatia sobre ele. Olhou diretamente para Ísis com um olhar felino de agressão e extermínio, tinha consigo a mais absoluta certeza de que atacando o trabalhador estava também agredindo as duas irmãs.

Elas perceberam o ódio a lhe inflamar o coração e registraram a presença de infelizes hóspedes do plano invisível, que pareciam fundidos uns aos outros, espalhando cinzenta massa. Núbia, em espírito, estava no comando, bradava colérica aos ouvidos de Weneg:

— Mostre às suas irmãs sonsas quem manda aqui! Vamos! Chicoteie mais e mais!

E o rapaz continuava sendo brutalmente chicoteado. Os trabalhadores foram todos convocados a assistir ao ato covarde de açoitamento. Dário, o rapaz punido, era um trabalhador de alta envergadura, e esse detalhe emprestava ao ato um toque excêntrico, já que não se tratava da flagelação de um serviçal comum, que tivesse praticado algum delito. As folhas de palmeira de que era feito o flagelo se aderiram às costas do rapaz.

Weneg agia sem compaixão, seu sangue quente circulava aceleradamente. Ísis, não mais aguentando, se interpôs:

— Pare com isso, Weneg! Pelos deuses! O que o rapaz fez? Por que tamanha agressão?

— Desviou-se das tarefas que lhe foram atribuídas. Recusa-se a trabalhar como deveria. Serei um faraó, o escolhido dos deuses. E quando essa hora chegar, eu exterminarei todos os rebeldes! Como produzir se não sentirem o peso de nossas mãos, os nobres, cujos privilégios são invioláveis?

— É desumano! Um faraó deve ser regido por Maat, a lei da justiça. Encerre esse espetáculo ridículo! Rogo-lhe! — disse Ísis.

— Cale-se, irmãzinha! Ele conhece o castigo dos preguiçosos, nem sequer será necessário o julgamento.

Dário, com um gesto de cabeça, consentiu.

— O príncipe tem razão, eu agi mal, deixei de trabalhar como deveria por sentir-me mal. Adoeci já há algum tempo, não sei bem o que tenho. Estou sem forças. De qualquer forma, aqui não é ambiente para as princesas...

— Afastem-se as duas. — ordenou Weneg.

A voz de Ísis tremia. Weneg, desvairado e desditoso, espumava de raiva perante a intervenção.

— Aplique-lhe outra sanção! Que ele trabalhe como servente de pedreiro no canteiro de obras do novo templo até que esteja terminado, mas não isso! — Suplicou Ísis.

— Quem pensa que é para ordenar algo?

— Seja esperto! Se ele aceitar trabalhar no canteiro de obras até que a construção esteja pronta, serão meses de serviço. Ele terá tempo de se recuperar... E estará favorecendo a Kemet, meu irmão. Em que o nosso país poderia se beneficiar com essa violência desumana? Eu imploro, pare com isso!

— Pois bem. Condeno-o a trabalhar nas construções por duas estações.

— Aceito — consentiu Dário.

Calaram-se as duas. Jamile e Ísis pediram ajuda para remover o rapaz que se encontrava com graves ferimentos.

Estava ali a espiritualidade benéfica em ação junto a Weneg; retiraram alguns hóspedes invisíveis. Como se houvessem recebido fluidos anestesiantes desprenderam-se da vítima, sendo levados semiadormecidos em um sono reparador, embora outros permanecessem a postos.

Passado o primeiro instante, Jamile questionou:

— Quem será esta "alma do Amenti" que carrega tanto ódio dentro de si, Ísis? E por que essa ligação com Weneg?

— A "sombra" não tinha rosto, entretanto, por um momento, achei que se tratava de uma mulher. Mantinha o rosto coberto por um véu negro, não possuía braços, nem pernas ou não deixava entrevê-las, ou talvez aquilo tudo fosse a capa escura de que se revestia. E estava se esgueirando, como se quisesse se esconder...

— Havia três espíritos maldosos.

— O malefício mora no coração de nosso irmão, que está cada vez mais obstinado pelo poder.

— Você percebeu a presença de vovó?

— Sim, eu a vi. Disse-nos que é imprescindível que se plante a boa semente, que com o tempo irá germinar e frutificar, que o bom plantio, por menor que seja, nunca se perde.

Dário foi socorrido por companheiros.

Jamile e Ísis o acompanharam, ele era o serviçal por

quem Jamile apaixonara-se. Temia que o seu sentimento fosse descoberto por seus familiares. Dário era um líder, conhecia verdadeiramente as obras e era admirado. Já Weneg, nada entendia do serviço, não tendo o respeito e a admiração dos trabalhadores.

Ao retornar ao palácio, Weneg pediu uma audiência com o pai, revelando ao faraó que as irmãs o haviam desautorizado frente aos serviçais. As duas foram duramente repreendidas, proibidas de visitarem a construção.

Alguns dias se passaram.

Jamile solicitou ajuda a Ísis para se encontrar com Dário.

Dia e noite, os passos das duas jovens eram vigiados. A rede de espionagem havia se expandido, atuavam empregados dos mais distantes aos mais próximos. Nada acontecia — um sorriso, um olhar, uma mensagem — que antes não fosse submetido aos responsáveis pela função.

No entanto, também havia os que as favoreciam.

Neste dia, Jamile, vestida com roupa de linho grosseiro, como as mulheres do povo, passara despercebida pelas pessoas que andavam na rua, chegando ao encontro com Dário.

— Escute-me, Jamile. Seu irmão desconfia de nossos encontros, pois me ameaçou, disse-me que se descobrisse que está sendo traído, ele me mataria — disse o rapaz.

— Devemos tomar cuidado. Weneg não tem escrúpulos.

— Não temo por mim. Pois, o que mais ele poderia fazer? Humilhar-me, castigar-me, matar-me? Mas temo por você!

— Weneg é perverso, não devemos facilitar.

— Prometa! Para o seu próprio bem, não me procure mais. É provável que esteja sendo seguida.

— Não posso prometer tal coisa. Vou conversar com minha mãe. Talvez ela compreenda o que se passa conosco, e nos ajude.

— Não faça isso!
— Vou pensar...

***

Jamile conversou com sua mãe, revelou a paixão entre ela e Dário, mencionando também a situação entre Ísis e Samir.

A mãe repreendeu Jamile.

Ísis se desentendeu com Jamile, dizendo-lhe que ela não tinha o direito de ter revelado nada sobre seu amor por Samir.

Weneg escutou parte da conversa e deduziu que havia algo errado, sugerindo ao pai que casasse Jamile o mais depressa possível.

CAPÍTULO 23

Os dias passavam céleres.

A tarde foi avançando, o Sol se tingira de vermelho no horizonte, marcando uma intensa movimentação no palácio. Todos especulavam para saber o motivo da festa. Não havia uma cozinheira, uma doceira que não estivesse trabalhando. Uma grande intendência funcionava em uma ala reservada: pintores, decoradores, tudo acompanhado por um responsável. Bebidas diversas foram descarregadas. Isadora, surpresa com a magnitude da festa, sem ser consultada, presumiu que se tratasse de alguma homenagem a ela, por isso não se meteu, fez vistas grossas.

Finalmente, tudo a contento, o grande dia chegou!

Isadora estava radiante. Ísis e Jamile, de forma incansável, se desdobraram para que a homenagem fosse de acordo com o sonho materno. Junto delas, as damas de companhia dando os últimos retoques, além das exímias cabeleireiras. Cada detalhe fora pensado, discutido e realizado para que a mãe pudesse estar exuberante. Já estava tudo pronto, tudo fora verdadeiramente ultimado com vistas à homenagem.

Em instantes, começaria o festim.

Uma ampla estrutura foi montada para receber os convidados. Ninetjer, exuberante, penetrou no salão, olhou em direção ao filho, somente eles conheciam o real motivo do excepcional acontecimento. Havia o propósito oculto de anunciar os esponsais de Jamile e Cyro, um dos convivas. O faraó, conduzindo o convidado homenageado pelo braço, passou em seguida ao salão de banquete, onde os demais o seguiram e os escravos começaram a servi-los.

Weneg recebia rasgados elogios de todos os presentes, ia fazendo magistralmente o papel de digno anfitrião, mantendo-se atento aos mínimos acontecimentos, o que muito causou estranheza a Isadora.

A certa altura, após o jantar, dirigiram-se à sala contígua.

Ninetjer declarou aos presentes que, em breve, ele e Cyro formariam uma só família, pois o jovem seria o futuro esposo de sua filha mais nova, causando espanto aos convidados. Ísis e Jamile entreolharam-se, estarrecidas. Isadora irritou-se profundamente com o supremo comandante de todas as ações do Egito. Não era possível! Como pôde o esposo tomar inusitada decisão, sem consultá-la?

***

A noite cobria com seu manto estrelado o céu de Mênfis.

O silêncio reinava no palácio; todos dormiam.

Em contraste com a serenidade do céu, as mentes de seus moradores agitavam-se tormentosas, prenunciando embates perigosos de grande desordem.

Logo à manhã seguinte, Jamile, acompanhada por Ísis e uma escrava, driblou os seguranças, deixou o palácio, rumo ao mercado da cidade. Dário enviara uma mensagem a Jamile, marcando um encontro. Delineariam um plano de fuga. Atravessaram um agrupamento de pessoas, dirigindo-se a uma galeria de pedras, que dava num pátio ajardinado.

Ísis aguardava Jamile, quando Samir surgiu. Conversaram.

Espiões do palácio, a mando de Abel, haviam seguido as duas jovens. Mais tarde, o faraó procurou Ísis:

— Filha, tomei uma decisão. Você se casará com o herdeiro do trono da Núbia. Com o tempo aprenderá a amá-lo.

— Majestade, por favor, o senhor me prometeu.

— Não me olhe assim, suas súplicas serão inúteis.

— É injusto, Majestade.

— Há circunstâncias em que a vida é injusta até com os reis. Não é a única nem a última que passará por isso. Tente compreender as necessidades de nossa nação.

— Eu me apaixonei, Majestade. Não peço que me permita casar com meu amado, somente que não me case com ninguém e me consagre ao templo.

— Quem é o desgraçado que tenta me apunhalar pelas costas?

— Ninguém, Majestade.

— Os interesses de Kemet estão acima dos interesses dos homens, e como representante de Hórus hei de velar por eles. Está decidido! Queira ou não, irá se casar, Ísis!

***

Era noite. Ísis estava com o coração oprimido. Seu pai fora contundente. Não tinha palavras para expressar sua indignação. Como se arrependera! Não deveria ter lhe revelado que se apaixonara. Não poderia acreditar que seu próprio pai a havia ofertado como moeda de troca a um homem conhecido por tão baixo caráter e, ao mesmo tempo, faria tudo para impedir que ela se unisse a um homem honesto e bom, simplesmente por não lhe trazer vantagens.

Temia que ele descobrisse a identidade do amado.

Poderia persegui-lo, fazê-lo sofrer. Por isso, deveria proteger sua identidade. Afinal, eles haviam renunciado ao amor, ela tão somente desejava viver no templo.

Abel, astuto, traçou um plano.

Sabia que Ísis exercia forte influência sobre o pai, contudo, conhecia bem o irmão: ele não admitiria uma traição por menor que fosse! A solução parecia-lhe cada vez mais fácil.

Então, resolveu contar a Weneg que espiões mantinham vigilância sobre Ísis, e que ela e Samir estavam apaixonados. Por mais que tivesse afeto sincero pela sobrinha, seu objetivo era desmoralizá-la perante o faraó, para afastá-la do trono.

Em seguida, Weneg revelou ao seu pai, a seu modo, o romance entre Ísis e Samir.

Abel, às ocultas, ouviu a conversa.

Ninetjer, ao ser informado, enlouqueceu.

Colérico, esbravejava, gritava, ficou fora de si...

— Filha indigna, nem sequer merece a honra de uma sepultura real, e cujo nome deverá ser varrido e esquecido pela posteridade! Ingrata! Vai se casar, mas não com quem deseja! A minha vontade inalterável colocará fim à vergonha que ela trouxe à Casa de Raneb e, assim, honrará, a despeito da mácula, o sangue do deus que corre em suas veias! O homem terrível que a enfeitiçou terá uma morte merecida, uma vez que ousou, sabendo-se impuro, macular uma filha do faraó.

Abel, depois de secretamente ouvir as ordens do faraó, retirou-se. Finalmente, realizaria seu sórdido plano. Algumas horas depois, instruiu dois homens de sua confiança.

— Continuem a vigiar minha sobrinha! Ela está completamente desacreditada. Ninetjer ocupa um lugar que por direito é meu! Ele deseja Ísis como sucessora. Jamais haverá tal coroação!

— E Weneg?

— Eu me incumbi pessoalmente de desmoralizá-lo. Tive que me assegurar que assim fosse, ainda que para isso tenham sido necessários tantos e tantos anos... Essa batalha, eu venci, mas não esperava que meu irmão desviasse os olhos para Ísis.

— Então, quer dizer que passou todo esse tempo fazendo intrigas? — o subalterno atreveu-se a perguntar.

— Dediquei minha vida a isso. Até que Ninetjer só tivesse a mim como opção...

— Sei que o senhor sonha com seu dia de glória e espero ser reconhecido. Desde a morte do faraó Raneb, a minha vida e a de meu companheiro correm constante perigo.

— Sim, meu caro, eu conspirei, mas quem sujou as mãos não fui eu. Agora, chega de questionamentos! Serão bem remunerados!

— Conte conosco. Cumpriremos o combinado.

Ao redor dos sombrios planos, havia um cortejo de entidades mal-intencionadas do invisível.

Finalmente, os seus dias de glórias estavam mais próximos, pensava Abel. Desde o nascimento, conquistara o sobrinho, conhecia cada uma de suas fraquezas, seria fácil destruí-lo. Com relação a Jamile, não seria difícil igualmente tirá-la de seu caminho. Com o casamento próximo, foi informado de que ela se preparava para uma fuga. E assim, seria uma a menos, estaria mais próximo de exercer a posição que lhe cabia por direito! — refletiu.

Capítulo 24

Era tarde. Um calor sufocante torturava os habitantes de Mênfis. Ninetjer havia sentenciado: Samir seria preso, julgado e, possivelmente, executado.

Ísis tentou argumentar com o pai, protestando inocência, negou qualquer comprometimento, jurando pureza. Em vão! O faraó mostrava-se ultrajado, repudiando a veemência da jovem.

Ela, então, decidiu agir. Teria que burlar os seguranças e avisar o amado. Se lhe acontecesse algo de ruim, ela seria a única culpada. Então, saiu à busca dele e nada! Nem dentro, nem fora do templo. Não percebeu que dois homens de confiança de Abel a seguiam. Teria de ser rápida! Mas onde estaria Samir? Seria sentenciado! Teria que impedir, custasse o que fosse!

Um turbilhão de pensamentos se arrastava com ela.

Caminhava apressada, chorava, repelindo a presença espiritual benéfica de sua avó e de outros que se avizinhavam, em demonstrações de consolo e ternura. Nenhuma ideia favorável ela retinha. Sobretudo era preciso achá-lo e salvá-lo!

Além dos dois espiões encarnados e dos espíritos benevolentes que a seguiam, havia outros que insinuavam palavras maldosas ao seu ouvido espiritual, que se aproveitando de seu abatimento, sussurravam:

— Samir perderá a vida. Você é a única culpada!

Trêmula, sentiu-se mal, como que envolvida por um torpor. Um frio intenso percorreu suas veias. O tempo passava e nada de encontrá-lo. Soluços convulsivos impediam-na de refletir.

— Sou culpada, digna de todos os sofrimentos, que os juízes do mundo subterrâneo condenem minha alma a uma terrível expiação, mas que os deuses salvem Samir! — suplicava.

Alcançou o templo novamente. Chegou aos corredores. Sentiu-se absolutamente sozinha, completamente desamparada. Procurou os sacerdotes e nada! Nenhuma notícia! Ninguém sabia do paradeiro de Samir. Caminhava, então, para o interior. Ideias tumultuadas, entendimentos contundentes se entrechocavam na mente atribulada, sem encontrar saída.

Súbito, um pensamento! A prece. Orou, fervorosamente, pedindo às potências divinas proteção, forças para resistir à provação e logo sentiu que uma serenidade lhe tomava, uma tênue claridade a envolveu, então, deu-se algo inesperado.

Espíritos desequilibrados, que pouco antes a envolveram com seus pensamentos de temor, agora se afastavam, encolhendo-se.

Camila, a avó amorosa que vinha acudir as angústias da neta, acompanhava a equipe espiritual abastecida de recursos necessários com o intuito de isolar o ambiente.

Ísis acalmou-se, percebeu a presença benéfica.

Os benfeitores, recém-chegados, ampararam os sofredores, retirando-se com eles.

Sucedeu, então, algo imprevisto.

A jovem, em desespero, na ânsia de encontrar o amado, resolveu submeter-se ao transe profundo, ainda que sem o auxílio de algum sacerdote. Precisava saber de seu paradeiro, encontrá-lo e salvá-lo! O coração batia célere. Se algo ruim acontecesse com ele, não se perdoaria! Ísis desceu a longa escadaria, entrou nas galerias subterrâneas, iluminadas fracamente pela luz dos archotes. Por fim, parou frente a um compartimento, cuja porta de madeira pesada rangeu ao ser aberta.

Respiração opressa, ela entrou.

Ingeriria uma beberagem que a mergulharia no processo de transe almejado. Seria arriscado! Mas exausta de tanto procurar por Samir, concluiu que não existia método mais eficaz para saber de seu paradeiro, utilizar-se-ia das forças ocultas e, assim, decifraria o mistério. E tomou!

De início, brando torpor anestesiou-a.

E ali estava ela, imóvel, quase sem respirar.

Depois, um estranho estado.

Sentiu-se leve e ágil, o seu corpo sutil, o veículo de sua alma, denominado *ka,* a levantar-se de seu corpo e a levá-la.

Avistou Samir num lugar malcheiroso, frio.

Assustou-se! Tudo escuro, asfixiante...

Permaneceu num sono profundo.

A sua consciência estava em uma masmorra escura.

Na espiritualidade, providências foram tomadas por benfeitores espirituais para que o espírito de Ísis não se afastasse tanto do corpo desgovernado, entorpecido.

Passes reconfortantes nos centros de força, estímulos

variados em diversas direções do campo cerebral, operações minuciosas e demoradas, sem resultado. A beberagem tivera um efeito profundo.

Dois homens, cúmplices de Abel, encontraram-na no laboratório. Eles iriam raptá-la, entretanto, ela estava imóvel, parecia morta. Não obstante estivesse viva, assustaram-se e deduziram que ela estava morta e que seriam acusados de assassinato.

Súbito, tiveram uma ideia! Havia um compartimento com dois répteis, soltaram-nos próximo dela, que adormecida, foi picada pelas serpentes.

Atordoada, Ísis retornou ao corpo, mas rapidamente o organismo absorveu o veneno fatal, sem que compreendesse o ocorrido. Sentiu-se num pesadelo. Localidade escura. A sensação de entorpecimento... As serpentes a circundá-la.

Em espírito, intentou gritar, a voz esmorecera.

Ergueu-se aterrada, cambaleante.

Avistou sua avó Camila, que a convidava ao repouso.

A neta, porém, com a morte inesperada, aturdida, não assimilara a sugestão, repetindo desesperadamente que precisava salvar a vida de Samir. Benfeitores do plano espiritual articulavam providências. A equipe aplicava-lhe passes anestesiantes. Um médico, que se incorporava à equipe invisível, cortava os últimos ligamentos que ainda retinham a alma de Ísis ao corpo sem vida. Então, ela aquietou-se.

A carga emocional pesava em demasia.

Um benfeitor, erguendo as mãos, levantou os olhos e orou em voz alta:

— Deus de amor infinito! Dai-nos o auxílio necessário para conscientizar esse espírito de que foi expulso de seu corpo, ao acaso, sem que fosse chegada sua hora, sem nenhuma preparação. Deus de amor, dilate sua consciência para assimilar a realidade espiritual, recordando-a de que é um ser imortal, filha de Deus, que é amor; uma cidadã do Universo em busca da perfeição, fulgurada pelas estrelas incomensuráveis do Pai!

Naquele momento, fontes de energia abençoadas jorraram do infinito banhando os presentes.

Camila acolheu a neta maternalmente.

***

O que realmente teria acontecido com Samir? Onde ele estaria?

Para encontrá-lo, voltemos algumas horas antes do trágico acontecimento acima.

Logo pela manhã, o jovem sacerdote foi surpreendido por mãos que o agarraram à força, quando saía do templo.

Tentou se desvencilhar, não conseguiu.

— Está preso, em nome do faraó. Tenho ordens para levá-lo!

— Mas acusado de quê?

O lanceiro ordenou que se calasse e o arrastou à masmorra do palácio. Por que o prendiam? Esforçava-se por compreender. Nada fizera de condenável que merecesse ser punido. Aquilo era um engano, e provavelmente seria desfeito!

Chegando lá, fizeram-no penetrar na masmorra, empurrando-o com brutalidade indisfarçável, em uma cela escura e úmida.

Os carcereiros riam de forma escandalosa, enquanto ouviam-se os gemidos e o estalar dos chicotes a ressoar.

Enquanto seu sangue escorria e lhe empapava as vestes, ouvia:

— Peça aos deuses que lhe concedam a morte, que lhe será uma libertação! Antes de se apresentarem ao tribunal, todos os desgraçados passam por terríveis interrogatórios e o seu caso não será diferente.

— Torturam os presos?

— Quando se trata de traição ao Estado, recebem em média duas centenas de chicotadas, e isso faz com que abram a boca, antes de serem sentenciados, sem dar margem a dúvidas, o que consiste em serem queimados vivos.

— Isso é monstruoso!

— Os deuses do país abominam os criminosos. São eles que ditam a sentença!

O carcereiro virou as costas, retirou-se.

Havia fornos e, na presença do povo, os réus eram incinerados em meio a gritos horríveis de agonia. Quando os corpos se encontravam carbonizados, os verdugos recolhiam seus restos e os depositavam em sacos, que eram espalhados pelos caminhos das terras egípcias.

Diante do rumo que as coisas tomaram, Samir, esperançoso, aguardava que alguém viesse até ele, e pudesse dar-lhe alguma explicação.

As horas sucediam-se e nada! Ninguém!

Bem mais tarde, Samir ouviu um barulho de portas que eram abertas e de passos fortes. Vários homens com tochas nas mãos se posicionaram do lado de fora, o chefe superior da guarda penetrou no local.

O rapaz mal teve tempo de se levantar, quando uma figura encapuzada entrou na masmorra escura, com uma lamparina nas mãos. O visitante fez um gesto para que o chefe da guarda se retirasse e fechasse a porta. Então, ele se aproximou até ficar frente a frente com o jovem sacerdote.

— Eu não sei por que me prenderam. Nada fiz de errado.

— Então, pensou que poderia se casar com Ísis?

— Ambos renunciamos ao nosso desejo de nos casar.

— Você será punido por desonrar o faraó. O deus não castiga todos da mesma forma, muito menos aos membros do templo. Entretanto, é Maat que dá a última palavra.

— Eu amo Ísis, mas nada fiz que pudesse desonrar o faraó. Alguém tramou essa intriga. E se é Maat que haverá de decidir, estou tranquilo, pois sou inocente.

Antes de terminar a frase, Samir foi atingido friamente, pôde ver o homem retirar o capuz preto.

— Então, foi você que tramou contra mim...

— Na verdade, não, fui só um colaborador. Nada pessoal, mas os interesses de nossa nação estão acima de qualquer consideração.

Samir sentiu um incômodo no abdome.

Pareceu que algo o havia perfurado. Fora brutalmente atingido. Desfaleceu na masmorra fria e escura. Depois, seria colocado na fogueira que o purificaria da traição cometida. Abatido, sofrido, ele ruiu no solo. Forte cheiro de carne queimada tomou o ambiente. Posteriormente, os despojos foram retirados solenemente para ser levados ao templo, para abrandar a fúria dos deuses, provocada pelo suposto crime cometido. Samir ficara caído no chão. Tentou se levantar, não teve força. Teria sido abandonado à própria sorte? Ou quem sabe os carcereiros voltariam, sabendo-se equivocados? Estava só, desesperado, desanimado, com a possibilidade de orar, acalmar os ânimos, convencendo-se de que sairia com dignidade daquela confusão. Sentiu-se esquisito, não havia se dado conta do acontecido. E então, em torno dele, formou-se uma luz, vasta luz.

Eram seres alados que vinham acolhê-lo.

Uma emissária espiritual lhe afagou a fronte suarenta, rogando-lhe calma, resignação e fortaleza.

Endereçou-lhe palavras de carinho, qual abnegada mãe.

Samir adormeceu.

***

Anoitecera. Jamile preparou-se para deitar. Estranhou não encontrar Ísis à sua espera como de hábito. Perguntou por ela Nathifa, e soube que se ausentara o dia todo e não regressara.

Em seguida, solicitou que os pais fossem avisados.

Logo no dia seguinte, se daria a programada fuga dela e de Dário, mas antes, precisava ter notícias de sua irmã.

Ninetjer preocupou-se, entretanto, não estranhou tanto a ausência da filha, supondo que talvez ela houvesse descoberto sobre a prisão e a execução de Samir, e contrariada, estaria refugiada em algum lugar, provavelmente para afrontá-lo.

Ao amanhecer, sem que Ísis houvesse regressado, Ninetjer dirigiu-se pessoalmente ao templo. Logo à chegada, um grito apavorante se fez ouvir ao longe. Uma voz masculina gritava aterrorizada, pedindo por socorro. Os sacerdotes corriam sobressaltados ao encontro da movimentação. Os gritos continuavam aterradores.

— É do laboratório! — alguém sugeriu.

Todos correram para lá.

Ísis estava estendida no chão.

Ninetjer, petrificado, soltou um grito.

Zeuro estava presente, tentava acalmá-lo.

A cena era apavorante! Havia duas serpentes ao redor de Ísis. Ambos, estarrecidos, se precipitaram para a jovem e a ergueram, apalpando-a ansiosamente para ver se sua vida se extinguira.

— Uma tragédia — Zeuro articulou com dificuldade. Um drama pavoroso. Ísis... Ísis... está morta!

— Rápido! Alguém corra! Vá chamar um médico!

— Acalme-se, Majestade. Ela está morta.

O faraó gritava sem parar, enlouquecido, com os olhos fixos nos répteis. Era castigo dos deuses! — gritava.

— Ísis, minha filha! Acorde! Tirem estas malditas serpentes! Maldição! Como isso pôde acontecer?

Um sacerdote munido de um pau saltou rápido sobre as serpentes, tentando acertar-lhes a cabeça. Conseguiu golpeá-las, um líquido vermelho espirrou. Ninetjer levantou Ísis, chacoalhava-a desesperadamente, levou-a para um quarto onde a estendeu num leito. Em vão! O espírito de Ísis havia partido. Abandonara o corpo de regresso à dimensão espiritual.

Desesperado, o faraó estava em estado de choque, aterrado, em cima do corpo da filha, solicitava que Zeuro fizesse alguma coisa.

Zeuro, aflito, solicitou que chamassem Samir, que ainda não viera encontrá-los, apesar de toda a gritaria, pediu que o procurassem por todo o templo. Diante do acontecimento, o faraó não se movia, o choque provocara-lhe um fortíssimo abalo. Seus olhos fitavam a filha sem vida, com um amor infinito. Permaneceu ao seu lado por longo tempo, por fim, mandou chamar Isadora.

Zeuro acercou-se dele, solicitando que se acalmasse, clamando por Samir. Algo deveria ter sucedido! Impossível que tivesse sumido logo naquela situação! Sem esperar mais, ordenou que o achassem onde quer que fosse e o prevenissem do ocorrido, suplicando-lhe que voltasse imediatamente.

— Samir não voltará! — proferiu Ninetjer.

— Em breve, encontrá-lo-ão. Ao menos, ele poderá nos ajudar a entender o que houve por aqui, Ninetjer.

— Filha! Minha menina, perdoe-me. Diga que me perdoa! Eu juro pelos deuses! Não a obrigarei a casar-se para obter vantagem, mas a liberarei para casar-se por amor. Perdoe-me! Acorde, eu lhe suplico! Não posso crer que tenha se matado...

Seus olhos fitavam o corpo inerte.

O faraó sofria verdadeiramente.

A convicção de que a filha se suicidara consumia-lhe o coração. Aquele corpo abatido, inerte, não poderia ser o de sua menina. Sentia-se arrasado.

Ísis, em espírito, aturdida com o inesperado acontecimento, foi atraída pelo desespero de seu pai, ajoelhado sobre seu corpo físico inerte.

Zeuro, em prece, sentiu que suave afago acariciava-lhe a fronte, enquanto parecia avistar Ísis, desesperada, ao ver o estado de seu pai. Camila, em espírito, estava presente.

Surpreso e comovido, fechou os olhos. Maravilhado, sua visão se tornou mais clara. Ísis estava viva, ainda que sem compreender o ocorrido, e Zeuro se concentrou em Camila:

— Zeuro, meu velho amigo de todas as horas, diga a meu filho que tenha ânimo! O que ele enfrentará será temporário. Peça que não se martirize pensando no sofrimento de Ísis, não fique impressionado pela forma trágica de sua morte, pois ela pouco ou nada sofreu. Não foi suicídio! Ísis estará comigo na vida verdadeira e velarei por ela e por todos vocês. Confie!

O sacerdote, ainda comovido, viu que após um último aceno de Camila, as duas foram desaparecendo até que nada mais avistou. Discorreu um olhar à sua volta, aproximou-se do faraó.

— O soberano da vida e da morte reserva-nos dias melhores, Ninetjer. Esse sofrimento será temporário. Tenha bom ânimo, meu amigo. Infelizmente, não há o que fazer! Uma tragédia se abateu sobre nós, mas o espírito de Ísis vive. E continuará a viver na vida verdadeira. Ela pouco sofreu. Eu tenho certeza. Acalme-se. Confie.

— Os deuses me puniram, Zeuro.

Penalizado, o sacerdote voltou-se ao faraó.

— Os sofrimentos e as dores, as perdas e as desilusões são comuns a todos os seres humanos. Desde ontem, foi um entra e sai extraordinário aqui no templo. Ísis estava desesperada. Confidenciou-me que Vossa Majestade expediu a sentença de morte a Samir, baseado na desonra, o que de fato não aconteceu! Samir havia desaparecido. Ela, aflita, repetia que precisava salvá-lo a qualquer custo. Algo errado deve ter acontecido. O fato é que ela morreu fisicamente, mas está viva em espírito. Agora, acalme-se! Tudo deverá ser apurado!

— Samir está morto, Zeuro! Quero que saiba pela minha boca. Quando chegar o momento da pesagem do coração, os deuses não poderão me acusar de não ter lhe contado a verdade.

— Eu não posso crer... O que está tentando dizer-me? Mandou executá-lo? Uma injustiça contra um cumpridor do Maat! Samir é uma excelente pessoa. Por que não me procurou? Jamais eu teria permitido tal barbaridade...

— O assunto é delicado, creio que você também foi ludibriado. Eles estavam apaixonados.

— Eu sabia. Eles renunciaram à vida em comum, embora o sentimento fosse puro e verdadeiro.

— Você também me traiu? Eu não o perdoarei, Zeuro! E essas malditas serpentes? Quem esclarecerá essa tragédia que se abateu sobre nós? Exijo que alguém o faça!

— Estranha-me assaz a presença dessas serpentes. Estavam muito bem trancafiadas! Como se soltaram? Isso não faz sentido!

— Havia uma caneca no chão ao lado do corpo de Ísis. Ela bebericou algo, provavelmente uma poção. Suicidou-se!

— Ísis não se matou! Eu lhe dou essa garantia. Se alguém depositou esses répteis, atentando contra ela, é porque ela não estava morta!

— Está suspeitando de crime?

— Sim! Houve um crime aqui! Eu não tenho dúvida, Alteza.

— Os deuses amaldiçoaram-me.

— Somente ela poderá nos esclarecer. Nada mais natural que um espírito livre do corpo pesado, liberto agora, um dia venha nos falar o que aconteceu. Dê tempo ao tempo! Venha! Vamos comunicar Isadora.

***

Desta feita, as coisas não haviam ocorrido como Abel planejara.

Havia proposto que dois de seus homens de confiança raptassem a sobrinha e, posteriormente, seguiria com um plano. O certo é que não desejava machucá-la, pois sinceramente tinha por ela um sentimento puro. E tudo fora feito rigorosamente, porém os cúmplices de Abel não esperavam deparar-se com Ísis "morta", o que na verdade, não havia ocorrido.

Ísis fizera uso de uma beberagem para entrar em transe, com o fim de projetar-se fora do corpo, e descobrir o paradeiro do amado. Acostumara-se às práticas do templo, mas sempre sob a condução de Zeuro. Como os dois homens haviam sido vistos entrando no templo, desesperaram-se, supondo que os culpariam pela "morte" da princesa, foi aí que soltaram as serpentes para parecer acidente, sem que se comprometessem.

Weneg, aturdido com a morte de Ísis, procurou seu tio Abel.

— O que o senhor fez com minha irmã? Os répteis estavam presos no laboratório. Além disso, Ísis jamais se mataria!

— Sinto muito! Nada disso foi planejado. Você sabe, eu me afeiçoei a Ísis, jamais pretendi fazer-lhe algum mal. Foi um acidente. Ela seria somente raptada. Eu estou sofrendo, igualmente. Sinceramente, estou inconformado. Os meus homens se precipitaram, agiram por conta própria! Imbecis! Pagarão caro!

— O senhor não tem escrúpulos, meu tio.

— O que está feito, está feito! Não há como voltar atrás. Mas não deixarei que logo você me acuse! Depois de tudo, quer vestir a carapuça de bom moço?

— Eu estou assustado e arrependido por ter confiado no senhor.

— Tarde demais! E devemos ficar, sobretudo, unidos! Chegou o momento de você saber toda a verdade sobre sua origem. Revelação essa desconhecida por todos.

— Do que está falando?

— De seu nascimento.

Abel, então, lhe fez a confidência: ele era seu filho biológico e não filho legítimo de Ninetjer.

O rapaz revoltara-se, deixou o local frustrado, irado mesmo.

***

No palácio, as horas que se seguiram foram de angústia e sofrimento. Era de cortar o coração ver o estado de Ninetjer. Isadora sentiu o que se passava com ele, que estava arrependido e que, sobretudo, se precipitara na sentença de Samir, por saber, posteriormente, que nada havia de concreto entre os jovens, além de afinidade e amor.

Inconformado com a morte da filha, ele deixou-se conduzir pela esposa carinhosa a um banco, no jardim.

Foi com lágrimas que Isadora, compadecida, expressou-se:

— Ninetjer, quero que saiba que eu não o culpo.

— Há evidências de assassinato, Isadora. Os répteis foram retirados dos compartimentos em que ficavam preservados para as experiências de antídotos. Mas quem poderia ter feito isso com nossa filha? Perdoe-me, por favor, pois eu jamais conseguirei me perdoar. Estou exausto...

Isadora ia dizer algo, mas abafou as palavras.

O faraó, um homem acostumado a tudo conduzir, a mandar e ser obedecido, a manter seus pontos de vista mesmo quando equivocados, estava sem rumo, quando ouviu:

— Perdoar de quê? Sempre a amou mais que a todos, na verdade, foi o maior protetor de nossa filha.

— Isadora, Isadora... Quem a matou? — perguntou, deixando seus olhos precipitarem um pranto incontido.

As lágrimas brotavam copiosas em sua face. Ela o abraçou.

— Talvez, a verdade o magoe ainda mais profundamente.

— Não estou entendendo...

— Abel jamais aceitou a escolha de seu pai, tudo tem feito para desviar Weneg do bom caminho, em parte conseguindo. Posteriormente, voltamos os nossos olhos a Ísis, para sucedê-lo, e agora essa maldita tragédia com indícios de assassinato. Não lhe parece que há algo estranho? Mesmo relutando contra as suas ordens, ela se casaria, e a dinastia prosseguiria...

Ninetjer fez uma pausa.

— Isadora! Isadora! Por acaso, você desconfia de que Abel possa ser o responsável por essa tragédia?

— Perdoe-me, se estou sendo cruel num momento de tanto sofrimento. Eu seria leviana se afirmasse. Mas é o que tudo indica.

— Agora, fale até o fim...

— Por que Abel instigou Weneg a contar-lhe sobre os encontros de nossa filha com Samir? Qualquer pai reagiria como você reagiu. Eles se amavam, o rapaz era digno, respeitava-a. Nada fizeram de errado. Foi doloroso renunciar ao amor, mas sabiam que nada poderiam esperar. Por fim, conformaram-se. Decidiram usufruir da amizade mútua. Era só o que ansiavam, meu querido. Nada mais! Por que Weneg o instigou a executá-lo? Será que Abel não estaria manipulando nosso filho? Qual a razão, se os dois estavam conformados com o próprio destino?

Ninetjer baixou os olhos, o pranto embargava-lhe a voz que mal conseguia sair.

— Não é possível que meu irmão me odeie tanto! Só de pensar, sinto-me sufocar, o corpo todo me dói de tanto ódio.

— Abel é um criminoso, capaz de tudo! Não deveríamos ter deixado transparecer nossas intenções quanto ao futuro de Kemet. Quando as forças do mal decidem unir-se...

— Se ele foi o responsável, pagará com a própria vida!

Seu pensamento ia por esse caminho sinuoso, quando tocando sua fronte com mãos carinhosas, Camila, em espírito, o auxiliava naquele momento difícil e fez com que ele se lembrasse de sua própria conduta com relação a Samir.

Acariciou maternalmente os cabelos do filho, em desalinho:

— Filho, perdoe seu irmão... Perdoe! Fraco e imaturo, ele está doente da alma. Embora os erros do passado não estejam vivos na lembrança dos encarnados, experiências vividas vêm à tona e nos tornam vulneráveis, tudo se mescla entre mágoas, ressentimentos, revolta ou até mesmo ódio. Vigie seus sentimentos e pensamentos. Somos ainda guiados pelas convenções, pelos interesses imediatos, pelas satisfações dos sentidos, pelo desejo do poder a qualquer custo. Finalmente, saiba: Ísis não morreu! Está bem e ao meu lado!

CAPÍTULO 25

O palácio majestoso, tendo como pano de fundo um céu azul, compunha a bela paisagem. Um sopro quente indicava o itinerário do vento, não obstante, em rajadas espaçadas. Os acontecimentos encadearam-se em vertiginosa sequência. Os dias tristes decorreram longos, intermináveis...

Como que miraculosamente, Abel desaparecera tal qual fumaça.

No palácio, os familiares permaneceram desolados.

Tudo fazia crer que Abel fora o responsável não somente pela morte de Ísis, mas por outros crimes. Embora esse, aparentemente, lhe pesasse profundamente.

Dessa feita, o faraó não daria provas de clemência, além da suspeita do assassinato de Ísis, ele próprio cometera grande injustiça, baseando-se em falsos e graves informes sobre Samir, todos eles transmitidos por Abel ao seu filho Weneg.

Ninetjer ordenou a organização de verdadeiros planos de captura, esquadrinhando os recantos. A ordem era capturá-lo e trazê-lo, vivo ou morto! Seria a desgraça, a humilhação pública; na melhor das hipóteses, o exílio; na pior, a condenação à morte!

Muitos espíritos desencarnados, em especial Núbia, se adensavam cada vez mais ao redor de Abel, todos eles, inaptos pelo abuso do livre-arbítrio que lhes foi confiado.

Sentimentos e ideias perturbadoras multiplicavam-se em sua mente, favorecendo a ação desses adversários espirituais, que o perseguiam e lhe exauriam as forças. Não percebia que era um campo aberto à manipulação das sombras, assimilando as ideias negativas. Seu comportamento beirava a alucinação.

Abel, sem rumo, na calada da noite, escondia-se pelos cantos da cidade. Não obstante seu plano traçado, a princípio, não incluísse a morte da sobrinha, o remorso já lhe enaltecia a imaginação, acusando-lhe. Numa sucessão de imagens, recordava-se de alguns passos desde a juventude. Escondia inconfessáveis segredos sob a discreta máscara: mortes, estupros, brutais instintos, iludindo-se com uma pretensa supremacia, ocultando o medo da solidão e a dor da rejeição. Imerso em suas atribulações, indagava-se. Por que, justamente agora, não conseguia colocar a razão e seus interesses à frente de tudo, como sempre fizera? Sentia remoer em seu íntimo o peso do delito cometido. A culpa pesava-lhe profundamente. Um sentimento de horror o dominava.

Sua cabeça atordoada impedia-o de pensar com clareza.

O melhor seria levar a vida naturalmente, sem levantar suspeitas, porém em face de seu estado, manter-se-ia afastado.

Alguns dias e o mal-estar haveria de passar! — concluiu.

E os dias passavam com grande excitação! Ledo engano!

Em alguns momentos, sufocava-o a consciência da culpa.

Sobressaltava-se ao menor ruído.

Embora tudo corresse aparentemente bem, permanecia profundamente irritado. Vigiava à sua volta, privando-se do sono, temendo ser eliminado, deixando de se alimentar adequadamente, por receio de que a comida estivesse envenenada, testando a água e o vinho nos indefesos animais, apavorado com a possível perspectiva de traição e morte.

As suspeitas, as fobias e os cuidados redobraram.

Abel, sem perceber, enlouquecia, em contínuo processo auto-obsessivo, agravado pelos adversários invisíveis por ele prejudicados, sob o comando de Núbia, inclusive companheiros mortos, inspirando-o em caminhos tortuosos.

Inteligente e racional, ele preparava agora uma fuga.

Se suspeitassem de algo, não daria tempo para que o prendessem. Iria para bem longe, pois com a fortuna em joias e objetos que tinha, poderia viver bem em qualquer parte!

Weneg, o sobrinho, há muito não estava mais em seu caminho! Principalmente, após a tragédia, o rapaz embriagava-se constantemente, metia-se em confusões, tornara-se desacreditado por todos.

Em Mênfis, não havia outro comentário senão a morte de Ísis, uns julgavam tratar-se de suicídio, outros, de assassinato, todos ansiosos para saber a verdade.

***

Abel, trôpego, esgotado e extremamente apreensivo, não confiava em ninguém. Se o seu envolvimento fosse descoberto, certamente seria a pena de morte! No momento, refugiara-se na taberna de Sheila para planejar a fuga. Hóspedes noticiavam a morte de Ísis, informavam que no palácio suspeitavam de assassinato e que dúvidas pairavam sobre o faraó, por não crer em suicídio, recusava-se a falar em público e caíra adoentado. Extrema angústia lhe confrangeu o peito e um terrível pressentimento abalou-o, muito embora não conseguisse exprimi-lo em palavras. Eram as vozes íntimas que tentavam despertá-lo para recordações do passado.

Lembrou-se da sobrinha, um sentimento de afeto puro lhe sufocou o raciocínio, e ele teve certeza de que em algum momento do passado ela resumira sua razão de viver. Mas agora era tarde! Não! Tentou afastar aquele sentimento! A custo, passou a raciocinar! Tinha que comemorar! Agora, a certeza de que Ísis não mais interferiria em seu futuro! Os dois cúmplices haviam fugido de cena e, assim, seu segredo seria sepultado com ele. Seguiria em frente!

Por mais que Abel tentasse ver o lado positivo dos acontecimentos, o seu estado íntimo piorava.

A partir daquele dia, principiou para ele, um terrível pesadelo.

Ele não via, mas sentia a presença dos invasores espirituais, ouvia vozes. Hora após hora, pressentia como se guardas do reino fossem invadir a taberna para prendê-lo. Sobressaltava-se ao menor ruído e irritava-se, sobremaneira, com tudo. Abatido e magro, transformado fisicamente, caíra num abismo constante, dia e noite.

As noites insones, sombrias, tenebrosas, intermináveis, intensificaram-se. As poucas horas de sono compunham-se de sonhos terríveis. Sentia-se preso, amarrado, sem poder mover-se.

Sonhava que serpentes o enrolavam, e acordava sufocado.

Os acompanhantes espirituais, sem a menor compaixão, o hipnotizavam, acercavam-se dele e gritavam encolerizados:

— Assassino! Assassino!

Abel sentia-se sufocar.

Julgava o aposento invadido por malfeitores encarnados, quando numa investida estavam ali os desencarnados.

— Você matou sua própria sobrinha! Desgraçado! Assassino!

Aquela incriminação lhe repercutia fundo.

Ignorava a presença das inteligências que dividiam o ambiente com ele. Amedrontado, tentava afastar o remorso que se infiltrava em sua consciência. Impossível provar o meu envolvimento! — Refletia.

Não haveria de se preocupar! Não havia meios de descobrirem! Por que, então, tamanho receio? Era a lembrança da culpa e o possível remorso de seu crime, talvez boa sinalização, pois até então, ele não despertara para a culpa em seus crimes anteriores.

Seria realmente o remorso? Recusava-se tenazmente a admiti-lo, intuindo que a admissão da culpa destruiria seu sonho de poder, sua quimera existencial. Esforçava-se por sepultar a lembrança, vezes sem conta, arquitetou maquiavélicos planos, resultando em mortes e malefícios.

Que lhe importavam as consequências, desde que conseguisse o almejado?

Orgulhoso, tentava sufocar as últimas lembranças, escondendo de si mesmo a aflição que lhe atormentava as horas.

Pobre criatura! Sentimentos conflitantes, pesadelos repletos de mil aguilhões, algo começava a mudar em sua intimidade, amargando o resultado de suas atitudes.

Sentia-se só, abandonado, visivelmente, ele sofria.

À medida que os obsessores o censuravam, aderia às suas ideias, por saber-se culpado.

O mal-estar somente aumentava.

Acreditava estar sendo castigado por seus erros.

Não sabia que seu sofrimento não era castigo dos deuses, entretanto, a medicação necessária de que necessitava para libertar-se das ilusões e aprender.

Espíritos benevolentes e amigos tentavam se aproximar.

Raramente, sua mãe conseguia transmitir-lhe fluidos benéficos, todavia, quando isso acontecia, Abel recordava-se da infância, cheia de sonhos e ilusões. Ela, carinhosa, ainda que o repreendesse constantemente, esforçava-se na tentativa de mostrar-lhe o caminho reto.

Nesses raros momentos, arrependia-se sinceramente do mal praticado, porém em todos os demais, a fantasia não o abandonara. A diferença é que agora, gradualmente, algum pesar aflorava em seu ser depois de tantas coisas erradas realizadas...

Por fim, procurava por todos os meios apagar de sua mente a cena envolvendo a sobrinha, contudo, não conseguia deixar de sentir o arrependimento que, naquele momento, se tornava maior que os seus crimes.

***

Os funerais de Ísis foram grandiosos.

O próprio Ninetjer praticara na múmia os rituais de ressurreição.

Escolhera pessoalmente as peças do mobiliário funerário, um grande leito de madeira dourada, caixas contendo metais e joias preciosas, perfumes, unguentos, tecidos e alimentos mumificados, cetros, coroas, capelas de tamanhos diversos, barcas, altares de oferendas, papiros, móveis e muitas obras-primas criadas pelos artesões do templo de

Ptah, destinadas a acompanhar a "alma da morta" pelos sublimes caminhos da eternidade.

Os objetos foram depositados na entrada da tumba, iluminada por centenas de lamparinas.

Acabada a cerimônia, o faraó permaneceu sozinho na capela aberta, desempenhando a função de sacerdote do *akh* (espírito) de sua filha.

Deprimido, depositou flores de lótus sobre o altar, dirigiu a delicada manobra da colocação da tampa de pedra, que selava o destino póstumo de Ísis.

O culto do *akh* da princesa estava assegurado por um grupo de sacerdotes e sacerdotisas, que se encarregariam de fazer sua memória viver. O faraó pôs uma lamparina na altura da cabeça do sarcófago. Segundo a tradição, a luz permitiria à "alma-pássaro" alimentar-se antes de passar pela provação da noite e se lançar na direção do sol.

Finalmente, Ninetjer pôs o lacre na mastaba.

A cerimônia, finalmente, chegara ao fim.

O faraó, abatido, sentiu-se só, sentou-se e chorou.

Camila, em espírito, se aproximou:

— Meu filho amado, não torture o seu coração. Ísis não é aquela múmia que os seus olhos contemplaram. Ela está comigo!

Ninetjer levantou-se.

Sem saber o porquê, sentiu-se melhor.

No dia da tragédia, Jamile vendo que a irmã não retornara, saiu à sua procura. Sentia o coração envolto em fúnebres pressentimentos. Terrível angústia a dominava. Aquele seria o dia de sua fuga.

Entretanto, encontrou Dário sendo chicoteado, ordenou que parassem, todavia, o rapaz já estava sem vida, não resistindo aos graves ferimentos.

Weneg comandava a ação.

Jamile desesperou-se, de uma só vez perdera sua irmã e seu amor.

***

Abel já possuía um bom número de vítimas de suas intrigas e ações. Mas o delito contra a sua sobrinha foi o máximo que poderia suportar!

Finalmente, o seu espírito despertava para os primeiros sinais de arrependimento. Aterrorizado, com a consciência o acusando, avançou ouvindo os ruídos e as vozes:

— Assassino! Assassino!

Pensou em procurar o irmão e oferecer as condolências, todavia, desistiu. Poderiam pegá-lo!

Finalmente, Abel negociou algumas joias, e partiu levando consigo parte da fortuna.

Caminhava pela ensolarada e poeirenta estrada.

Tinha como companheiros dois jumentos.

Mentalmente, ainda preso às teias da ignorância e da maldade, alçava novos planos. Poderia dirigir-se a outras terras e, certamente, algum rei se interessaria em obter seus serviços — calculava. Conhecia muitos segredos militares do exército de seu país e poderia vendê-los em troca de alguma privilegiada posição na corte. Um dia retornaria a Mênfis vitorioso!

Vestiria o manto sagrado dos reis e a grã-pedra no peito; governaria o Egito. Sim! Voltaria! Então exterminaria os que restaram em seu caminho! Só assim, poderia assumir o que era seu por direito!

Abel prosseguia. E com ele suas conjecturas e uma falange de espíritos desencarnados, que vibrava na mesma sintonia.

***

Abel continuava em fuga.

Camila, sua mãe, tentava acessá-lo.

Ele caminhava em marcha rápida.

Os dois jumentos o acompanhavam levando sua bagagem.

Os benfeitores espirituais tentavam intuí-lo. Uma voz tentava persuadi-lo, era sua mãe:

— Filho, meu filho querido, acorde! Você foi desleal! Traiu seu pai, depois seu irmão! Depois dessa tragédia envolvendo Ísis, pensa agora em trair o seu próprio país? Modifique seus pensamentos antes que seja tarde, Abel!

— Quem me persegue? Ouço vozes que me perturbam... Ah! Estou esgotado! Este sol inclemente, talvez seja isso... Preciso descansar um pouco...

— Pobre filho! Que os deuses o fortaleçam — disse Camila, afastando-se em seguida.

A verdade é que Abel inspirava piedade.

A partiu daí, deu-se o imprevisível.

Abel, perplexo, incapaz de montar os animais pela excessiva carga que transportavam, tentava empurrá-los — alheios que estavam aos tormentos do dono —, procurando algum lugar para se instalar aquela noite, quando ouviu um ruído de pessoas se aproximando. Assustou-se! Tinha certeza de que se tratava da guarda do faraó. Entretanto, eram os seus cúmplices que lhe armaram uma emboscada.

Num momento de distração, não teve tempo de se defender, sentiu uma lâmina fria que lhe cortou o corpo. Diante da fúria dos oponentes, Abel movimentava-se com rapidez, evitando os golpes. Os sacerdotes, seus ex-comandados, covardemente procuravam abatê-lo:

— Maldito! Acha-se invencível! Entregou-nos à corte, não é mesmo? Brincou com sua sorte! Vamos despedaçá-lo!

— Quanta coragem! Homens covardes! É necessário ter muita habilidade para aniquilar alguém desarmado.

Os insultos de Abel serviam para enfurecê-los ainda mais.

— Chegou sua hora, rei dos abutres! Morrerá! Ordens do faraó! Conhece a lei que condena a morte a qualquer um que atenta contra a vida de outro? Ainda mais se tratando da própria sobrinha...

Um deles, sem delongas, o apunhalou em pleno peito.

— É assim que foi encomendado: um extermínio lento e doloroso!

Subitamente, Abel caiu de joelhos. Perdeu-se numa pesada inconsciência. O seu corpo ferido foi jogado no lombo de um terceiro animal. A certa altura, recobrou os sentidos, contudo, estava muito fraco, perdendo muito sangue e aguardando a morte.

Entrara nos derradeiros episódios da decadência orgânica, urrava de dor, consternado.

As horas passavam...

Quanto tempo encontrava-se naquela terrível condição, não o saberia dizer. Aprisionado aos delírios e às alucinações, Abel, que vivera para satisfazer suas ambições de riqueza e poder, temia a morte. Jamais se interessara pelos problemas do destino. E justamente por isso, aterrorizava-o o fato de pensar que se tornaria pó no sepulcro.

Os homens o atiraram no chão do deserto.

Desejava o descanso. Achava-se envolvido por torturantes pesadelos, porém, percebeu que tudo o que lhe acontecera fora real.

Exausto, perdeu os sentidos.

Algum tempo depois, voltou a si, febril e delirante, compreendeu que estava só, que fora abandonado à própria sorte, preso às recordações dos crimes que cometera.

O sol causticante não o deixava abrir os olhos.

Sua pele queimava nas areias escaldantes.

Seu corpo mantinha-se quase sem vida, enquanto o espírito debatia-se em terríveis pesadelos, refletindo o pavor que lhe ia no íntimo.

Ao perder sangue pelos ferimentos, sua mente fora envolvida por reflexões que jamais haviam lhe visitado os pensamentos. Sem converter-se à expectativa dos benfeitores espirituais, longe de se harmonizar com o núcleo familiar, sua experiência terrena findara nas areias do deserto.

Conquanto imóvel, sentia-se lúcido.

E crendo-se vivo, ali permaneceu, observando os urubus se aproximarem a lhe dilacerar a carne. Sentiu a dor de ser exterminado vivo.

O seu combate não poderia ter sido inútil! Tentava espantar os abutres, todavia, eles o atacavam, e o possuíam, mais e mais.

À sua volta, sombrios espíritos desencarnados agarravam-se alucinadamente a ele, alguns lamentando a perda de um aliado, instigando-lhe mais ódio ao pensamento.

Outras figuras desprezíveis e sarcásticas, em especial Núbia, gritavam-lhe insultos aos ouvidos. Legião de espíritos vampirizadores atirava-se à poça de sangue e aos ferimentos, empenhada em absorver os fluidos vitais que ainda impregnavam seu corpo.

Ao quadro já deprimente, juntavam-se as aves rapinas a lhe devorar os restos.

Abel, finalmente, conseguiu chorar as primeiras lágrimas.

Tudo vacilava e se confundia, como num sonho ou pesadelo, num caos de luzes, sons e cores.

Por um tempo indeterminado, ficou ali, desfalecido.

Não entendia o que acontecera...

Sentiu-se vagar no vácuo, desesperado, como se estivesse morrendo sozinho e abandonado, sem assistência, sem os pais, sem ninguém. Percebia vagos zum-zuns assustadores: vozerios, gemidos agonizantes, brados de horror e gritos de socorro. Tudo vivo e profundo dentro de si, tais como os olhos humanos haviam presenciado. Entorpecido, tomado por sinistra angústia, meio morto-vivo, sentia-se crivado às dores do corpo que o afligiam. Reconhecendo-se exausto, necessitado de repouso, começou a procurar um lugar para se abrigar.

Não sabia precisar quanto tempo havia se passado.

Irritadiço e hesitante, revelando sua própria condição, fugia apressado em busca de esconderijos tenebrosos, lugares úmidos e escuros, dentro dos quais poderia cultivar suas ilusões.

Pobre Abel! Guiado pela cegueira e imaturidade do espírito, um dia entenderia o que a vida desejava lhe ensinar, pouco ou muito tempo depois, segundo seu próprio esforço.

Capítulo 26

O tempo corria.

Zeuro havia desencarnado e fora recebido pelos benfeitores responsáveis pelo núcleo.

Ísis encontrava-se confusa na espiritualidade, ignorava o que se passara. Alma opressa supunha-se ainda em transe. Que leito era aquele? E o cômodo diferente? Quem a transportara? Buscava atenção, reclamando o socorro, no entanto, sentia-se diferente ao se comunicar. Reconhecia-se consciente. Um sentimento de aflição a dominou. Em sua mente, somente a ânsia de salvar Samir. Teria de alertá-lo, protegê-lo da acusação. E estava ali, dormindo... Se não fizesse algo rapidamente iriam prendê-lo! Tinha de se levantar! Tentativas em vão! Não conseguia. Faltavam-lhe forças!

Ambicionava se comunicar com alguém.

Sentia medo, o coração palpitava, um pressentimento ruim.

Lembrou-se! Recordou os acontecimentos que lhe haviam inspirado o processo do transe. Havia tomado uma beberagem para entrar em sono profundo, e pelo desprendimento do corpo tentar ver onde Samir estava. Sentia-se entorpecida! Quem sabe talvez tivesse exagerado na dose? Lembrava-se de ter sentido um sono intenso e resolvera deitar-se. Pelos deuses! Dormira demais!

Sua cabeça, atordoada, impedia-a de pensar com clareza.

Por mais que chorasse desoprimindo-se, as lágrimas ficavam contidas no peito, traduzindo-lhe a agonia de não saber o paradeiro do amado. Escutou passos e registrou uma presença, mas sem possibilidade de identificação.

Em vão, exigia explicação.

Sentiu uma mão terna, tão fluídica que a fez pensar no orvalho da primavera. Adormeceu novamente. Familiares queridos, ternas afeições, amorosamente, acompanhavam seu restabelecimento.

Na tarde daquele dia, Ísis experimentou, finalmente, o alívio:

— Ainda bem que despertou, minha filha.

— O que há? Diga-me, por favor... Onde estou? Que pesadelo horrível! Vi pessoas conhecidas chorando a morte de alguém. Alguma pessoa de minha família morreu?

— Não há morte, Ísis.

— O senhor é o novo médico da corte?

— Sim, eu sou. Fui chamado para aplicar-lhe alguns recursos benéficos.

— Eu me sinto bem, senhor. Uma calúnia espalhou-se com extraordinária rapidez. Talvez tenha sido meu irmão. Eu estive no templo... Samir havia saído... Não o encontrei. Ele é inocente! Eu preciso falar com meu pai, contar-lhe a verdade! Ajude-me, por piedade, antes que o executem...

— Eu a ajudarei. Sentir-se-á cada vez melhor.

— O senhor não está entendendo. Samir está correndo risco de morte. Não sei ao certo onde ele se encontra. Tive um entorpecimento, em meio a um pesadelo, vi-o numa masmorra escura... Um lugar frio... Talvez um cárcere em nosso próprio palácio. Asseguro-lhe de que nenhuma prisão, nem mesmo a morte, poderia fazer com que eu deixasse de amá-lo. Nenhuma ameaça poderia fazer com que eu abdicasse do afeto que sinto por ele, mas, juro pelos deuses que aceitei resignadamente o nosso destino. Faria tudo para salvar-lhe a vida, senhor.

— Ísis, ele já foi encontrado, minha filha. Está salvo, aqui conosco, e aguarda ansiosamente para vê-la. Posso chamá-lo?

— Nossa! Pelos deuses! Muito obrigada, senhor.

O rapaz entrou. Ísis reconheceu-o. Amava-o! Sedenta de carinho e proteção, sem poder pronunciar uma palavra, levantou-se, abraçou-o fortemente. Soluçava sem poder conter a emoção.

Permanecerem assim enlaçados, mudos, temerosos, de que algo pudesse quebrar o encantamento do momento.

Levantaram o olhar e seus olhos se encontraram.

Foi o bastante. Compreenderam-se.

— Eu tive medo de que algo ruim lhe acontecesse.

— Tranquilize-se, Ísis.

— Sua Majestade, o faraó, ordenou sua execução. Graças aos deuses, está bem, meu querido.

— Ísis, posteriormente, você saberá com detalhes o que houve. Por ora, saiba, que está tudo bem. Não se aflija. Vencemos as sombras, meu amor. Deixemos o passado para trás.

Nada havia mudado entre eles.

O amor puro os unia.

Na dimensão espiritual, Camila, Raneb, Zeuro, Ísis e Samir estavam reunidos e bem orientados, benfeitores buscavam auxiliar seus protegidos de coração. Em especial, o devotado benfeitor com adornos de faraó oferecia-lhes palavras de bom ânimo e confiança.

Quanto a Abel, permanecer ou não em regiões onde se aglomeravam espíritos perversos e sofredores, seria uma questão de sintonia vibratória, que somente sua consciência poderia modificar, segundo a própria vontade.

As criaturas desencarnadas que o aguardaram eram semelhantes àquelas que lhe perseguiam na Terra. Seria preciso que ambicionasse sinceramente se despojar daquela atmosfera ameaçadora, de tais companhias, reformando-se intimamente, renovando as associações.

Pobre Abel! Alma dilacerada, via-se maltrapilho, coberto de lodo, cabelos desgrenhados, assaz angustiado, destituído de tudo.

Amargou durante muito tempo nos sombrios antros de sofrimento.

Permaneceu em regiões densas, em dor e agonia.

Construções estranhas de terríveis aspectos, feições rudes, vestimentas surradas, entidades em deploráveis condições, olhares desconfiados, mãos esqueléticas, gemidos, frases dolorosas pronunciadas a esmo... Seres desarvorados a perambularem pelas ruas à procura de companhias que se afinassem, agregando-se naturalmente uns aos outros, com toda a bagagem de paixões. Um verdadeiro reino de misérias, uma aglomeração por força da lei de sintonia, devido à fixação mental, vítimas da própria consciência.

Eis que em dado momento, Abel começou a desentorpecer-se lentamente, invadido por terríveis angústias.

Utilizando-se do livre-arbítrio decidiu-se, pela prece, pedir socorro ao Alto.

Agressivo, dono de vontade férrea, dominou o orgulho próprio, suprimiu a vergonha e, verificando o próprio estado, chorou abundantemente, abatido e sofredor, informando que sua situação havia se agravado:

— Oh, deuses! O que fazer? Tenham compaixão. Perdoem-me. Eu imploro! Eu muito errei. Mas, verdadeiramente, peço-lhes clemência, não aguento mais...

Naquele instante, ouviu uma voz conhecida e santa de alguém que o socorria. A voz ecoava nos recessos de sua alma:

— Levante-se, filho.

Abel levantou-se cautelosamente. Seu primeiro gesto foi procurar a socorrista, a fim de agradecer-lhe, mas já havia desaparecido.

Uma vertigem acometeu-lhe a consciência aturdida.

Súbito, avistou um raio de claridade, qual se uma pequena luz penetrasse nas trevas, atraindo-o, indicando-lhe a saída daquele apavorante lugar, do qual não sairia se alguém bastante complacente e amoroso não o auxiliasse, dado o estado de perturbação em que se encontrava.

Graças à intercessão materna e a de espíritos familiares, as primeiras luzes se acenderam para nosso personagem.

Camila aproximou-se.

Penalizada, ajoelhou-se ao seu lado pedindo ajuda aos espíritos amigos, para que aliviassem o sofrimento de seu filho.

— Filho, meu filho tão amado... Quase nem o reconheço. Quanto eu tentei alertá-lo! Mais valiosos que os títulos nobiliárquicos são os títulos de nobreza de caráter. É o que eu tenho aprendido, é o que deverá aprender em novas experiências. Como desejava guiar um povo, sem ao menos conseguir guiar a si mesmo, meu querido?

Em seguida, Abel lembrou-se com saudade do seu lar, do luxuoso palácio real, e assim, sendo levado pela força do pensamento, encaminhou-se para lá, meditando que necessitava se recompor e tomar o lugar que lhe pertencia.

Com efeito, ainda vagando em confusão mental, sem atinar à verdadeira situação em que se encontrava, ignorante que o seu corpo já não estava vivo, que era um ser espiritual, obedecendo aos automatismos mentais, viu-se imprimindo em si mesmo sua vestimenta favorita, envergando seu belo traje de filho do faraó.

Uma vez composto, visitou os aposentos do palácio.

Indagou alguns habitantes que iam e vinham, sem que nenhum deles lhe respondesse. E então, nervoso, dirigindo-se a passos largos, encontrou seu irmão em seus aposentos reais.

A lamparina espalhava uma claridade difusa, iluminando o local vagamente. A escuridão era grande.

Ninetjer sentiu-se mal.

Tentou levantar-se, não conseguiu, como se estivesse preso ao leito.

Não sabia se estava sonhando ou se aquilo era um pesadelo.

Aos poucos, a pouca claridade permitiu que ele contemplasse a figura que estava ali à sua frente. Sobressaltou-se, era seu irmão, parecendo ser uma alma condenada, vinda diretamente do Amenti:

— Que tipo de brincadeira é essa? Como entrou aqui, Abel?

— É o regresso do inesperado, meu irmão! Voltei para tomar o lugar que sempre foi meu! Vou assumir o trono!

— Eu mandei matá-lo!

— Venha, toque em mim! Parece que vê um fantasma? Ilude-se! Estou vivo! Tão vivo quanto você! Como sempre, você fracassou!

— Gostaria de saber por que tanto ódio, Abel!

— Nossa guerra iniciou-se desde seu nascimento, Ninetjer. Jamais você deveria ter nascido!

— Você foi o primogênito, o inteligente, o simpático, o cativante.

— E você, o insuportável!

— Jamais interferi em sua vida — argumentou o faraó.

Abel, irônico, deu uma gargalhada.

— Eu diria que não fez outra coisa, senão isso! Não apenas interferiu, como se apossou de meu destino. Roubou as duas mulheres por quem me apaixonei, roubou meu trono, roubou a afeição de meus pais, roubou os filhos que deveriam ser meus...

— Seu ódio vai muito além do racional. Vingar-se em sua própria sobrinha?

— Talvez esse seja meu único arrependimento... E no caso, fiz muito mais que isso! Envenenei nosso pai, tentei envenenar você, desvirtuei Weneg, que é meu filho legítimo. Por que não tiraria uma sobrinha de meu caminho?

— Como Weneg é seu filho legítimo? Enlouqueceu? Do que está falando?

— Todos sabem, menos você, seu otário! Weneg é meu filho com Nathifa! Eu sairia do inferno para ver a sua cara quando soubesse disso...

— Cale-se! Como se atreve? Não acredito em uma só palavra. Sua ambição é desmedida. Você é um ser execrável.

— Se desejar saber a verdade, converse com Isadora ou com a própria Nathifa. Elas o traíram e não terão como negar! Vá! Pergunte-lhes! Tem medo de se deparar com a verdade?

— Suma daqui! Afaste-se de nós! Guardas! Socorro!

Em um esforço impetuoso, reunindo suas forças, tomado de ira, Ninetjer quis reagir, arrojar-se sobre o irmão, não conseguia.

Era algo que fugia de sua compreensão. Estaria sonhando? Aquilo seria um pesadelo?

Sentinelas que o guardavam entraram.

Ninetjer, sobressaltado, gritava. Sua cólera atemorizava os velhos servidores que conheciam o monarca, desde a juventude; jamais o tinham visto tão furioso e enlouquecido.

— Abel esteve aqui! Invadiu meu aposento!

— Ninguém passou por nós, Majestade.

— Incompetentes! Inúteis! Não foi sonho! Foi real! O desgraçado não poderia ter fugido! Não estavam em seus postos?

— Sim, Vossa Majestade! E ninguém passou por nós.

— Mentirosos! Estão demitidos! Saiam!

Abel sorriu.

Então, sua figura se desvaneceu nas trevas.

Capítulo 27

O tempo transcorreu...

Abel não poderia medir o tempo em que se encontrava naquela situação. Os minutos afiguravam-se séculos, as horas pareciam milênios...

Por mais que recebesse auxílio, a situação dele era complexa, seu padrão vibratório situava-se no vasto domínio das sombras, sem conseguir desvincular-se. Encontrava-se corroído pelo remorso, em condições vibratórias desesperadoras, sem poder se apartar da tragédia envolvendo sua sobrinha.

Súbito, revia mentalmente suas vítimas, desenrolavam-se cenas dos crimes cometidos, e visões similares aos atos praticados se sobrepunham às suas alucinações. Seus pensamentos reviam os autênticos dramas e as tragédias, mergulhado num estado mental infernal.

Então, crises nervosas prolongadas seguiram-se, até que nosso personagem, tomado por inquietações e pela dor das incertezas, bradava mais do que nunca pelo amparo dos deuses que o guiassem...

Assim, foi socorrido por trabalhadores a serviço do bem.

Não faltaram os apelos santificantes e a intercessão familiar fora essencial em seu processo regenerativo.

Benfeitores removeram-no daquela região de baixíssima vibração, conduzindo-o a um posto de serviço regenerador.

Abel, porém, achava-se muito fraco, sem força mental para desvincular-se de seus feitos, sem ter acesso aos recursos tão eficientes que os benfeitores desejavam lhe oferecer, encontrando-se preso ao leito.

Entidades superiores reuniram-se para estudar o caso.

O caso de nossa irmã Núbia era mais complexo.

Gravemente enferma psiquicamente, a infeliz, dominada pela ideia fixa de vingar-se, esquecia-se de tudo o mais, passando a viver exclusivamente em função de Abel.

E na execução de seus planos, o seu estado e sofrimento se agravaram, proporcionalmente, às torturas que infringiu ao seu alvo, o que ocasionaria para os seus dias futuros pesado ônus do qual não conseguiria escapar, senão pela reforma íntima. As dores morais e físicas que transmitira à sua vítima repercutiam nela própria.

No momento, porém, ela se mantinha inacessível.

Os benfeitores propuseram-se, então, a tentar algo mais eficiente com relação a Abel, desde que ele aceitasse.

De início, iriam encaminhá-lo ao estudo da própria situação.

Na sequência, para libertá-lo em parte da influência nociva, fruto de seus próprios atos e para atingir a aurora do progresso, deliberaram que ele deveria reencarnar. Não obstante, seria impraticável qualquer tentativa de reajuste, caso Abel não aderisse ao projeto.

Sua vontade sincera seria essencial.

Assim foi, portanto, que Camila e Ísis, acompanhadas de dois benfeitores, foram levadas à presença dele.

Já se encontrando aos pés do leito, observando o homem que outrora se mostrara forte e poderoso, um misto de surpresa e compaixão traduziu a feição das visitantes.

Ísis aproximou-se lentamente de seu tio, obedecendo ao olhar compassivo de sua avó. Ele, percebendo a presença familiar, pensamentos desordenados vieram-lhe à mente, sempre embasados em sua compreensão odiosa de tudo e todos.

— Outro pesadelo novamente? Estou louco! Saiam daqui, sombras vingadoras! — gritou agarrado ao leito. — Quem permitiu que entrassem? Quero sair daqui! Socorro. Alguém me ajude!

Abel experimentou uma crise de grandes proporções.

— Ah! Meu filho! A que miserável situação suas inconsequências o reduziram! Acalme-se, querido. Você vê o que lhe restou? Uma alma culpada! — disse Camila, amorosamente.

— O que pretendem? O que fazem neste lugar? Vieram debochar de meu estado? Será que já não basta tudo o que eu tenho sofrido? Afastem-se, por misericórdia!

— Ah, meu querido! Sou eu, sua mãe, e jamais deixaria de estender o socorro a um filho carente de proteção. Engana-se, se supõe que eu tenha desistido de você.

— O que desejam? Veio tripudiar, Ísis?

— Não, tio! Eu estou aqui pela solicitação de vovó e de amigos que desejam o nosso bem.

Abel, envergonhado, olhou para a sobrinha.

— Sei que me odeia e dou-lhe razão, Ísis. Quando os membros do Conselho de Osíris pesarem o meu coração na balança da justiça, serei eternamente condenado.

— É vão o seu receio, tio. A ordem prevalece no mundo póstumo, onde há conselhos e assembleias formados por sábios benfeitores que supervisionam o que fazemos, não com o objetivo de punir ou lavrar sentenças. Entidades sábias, além de nossos guias espirituais, nos orientam a fim de que entendamos e respeitemos o mecanismo das leis cósmicas que precisam ser obedecidas em favor de nossa própria evolução.

— Cometi muitos erros...

— Mas está arrependido. É o que importa...

Um choro convulsivo ecoou pelo quarto. Sufocado pelas próprias lágrimas, conseguiu levantar-se lentamente, atirou-se aos pés de sua mãe e de sua sobrinha, a filha da anterior experiência reencarnatória, cuja saudade se conservava latente. Cobriu de beijos as mãos delicadas das duas, enquanto bradava inconsolável:

— Perdoe-me, minha mãe; perdoe-me, Ísis. Eu suplico, perdoem-me...

— Venha! Levante-se, tio...

— Ísis, eu supus que o poder, o prazer, a imposição de meus caprichos, atravessariam as fronteiras do Amenti — além-túmulo — e vigorariam aqui. Em tudo fui o culpado! Mas de uma coisa arrependo-me do fundo de minha alma, o remorso me corrói... Preciso esclarecer algo... Eu juro, não tive a intenção!

— Tio, acalme-se. Eu tenho aprendido com os benfeitores que Deus possui a paciência infinita. Suas leis são rigorosas, subentendida uma justiça incorruptível, que tanto pune quanto premia. Ele é também a graça da misericórdia que concede tempo e habilitação para a dissolução de nossos débitos. Recentemente, eu soube de nossa história completa. O senhor vem atravessando inúmeras experiências, alimentando intimamente ódio contra meu pai, que já pagou há muito uma dívida contraída com o senhor, mas que, infelizmente, o senhor não soube compreender e perdoar. Todo esse sentimento inferior voltou-se contra si, porque meu pai estava espiritualmente protegido pela sua maneira renovada de ser. Quanto à minha pessoa há um sentimento, que muitas vezes o senhor não pôde compreender. Esse anseio enraíza-se num amor verdadeiro de um pai que muito já amou sua filha...

— Ísis, eu não estou compreendendo...

— Tio, o senhor já foi meu pai, em uma existência anterior.

Abel verteu lágrimas, prosseguiu:

— Perdoe-me... Mil vezes, peço-lhe perdão, Ísis.

— Filho — prosseguiu Camila — para curar nossos espíritos, para corrigir determinados desequilíbrios do sentimento, chegará o tempo em que voltaremos todos para novas provas, pela via da reencarnação. Eu sei que você já foi esclarecido...

Abel ouvia a sua mãe e sua sobrinha, sem duvidar, pois, no íntimo, sentia a veracidade de suas palavras. Tudo parecia começar a lhe fazer um sentido diferente. Seus olhos estavam úmidos, desejoso de externar verbalmente o que lhe ia no íntimo.

— Ísis, eu prejudiquei muita gente. Arquitetei sórdidos planos. Quanto ao meu pai... Envenenei-o! Ordenei que colocassem antimônio em seu vinho. Desvirtuei Weneg. E quanto a você, eu nem sei se me encorajo a confessar...

— Conhecemos a extensão dos dramas cruéis desse tempo que se findou, tio. Há atenuantes, em seu caso. Em breve, o senhor será esclarecido. Iniciará uma nova fase. Confie!

— Perdoe-me, por favor. Perdoe-me.

Abraçaram-se.

Abel sentiu uma energia carinhosa invadir-lhe a alma, como se tivesse encontrado algo novo. Aguçaram suas percepções e sentiu-se como que banhado por um bem-estar inefável. E como se violenta descarga elétrica sacudisse cada fibra íntima de seu perispírito, comovido, aliviado e feliz, em pensamento formulou um agradecimento aos deuses de sua predileção. Os dois benfeitores presentes, em silêncio, endereçaram-lhe eflúvios magnéticos à determinada área correspondente à região cerebral.

Uma sensação revigorante, como há muito não experimentava, penetrou-lhe o ser. Retornou ao leito. Vencido por agradável sonolência adormeceu, calmo e sereno. A operação magnética prosseguiu.

Afigurava-se não somente a piedade materna, mas também se reunia ali o amor e a esperança, formando uma base aos próximos passos.

Camila e Ísis sentiam-se mais aliviadas, deixando para trás as dores morais que iam se apagando pela força do perdão.

No momento, delineava-se um projeto reencarnatório benéfico para Abel. Camila intercedera junto às entidades espirituais competentes para que lhe fosse concedida a graça de seguir ao lado dele, com finalidade educativa, numa nova tentativa de fazê-lo melhorar.

E caso houvesse o arrependimento e a vontade sincera dele em se aperfeiçoar, a graça lhe seria concedida.

Horas depois, Abel acordava mais leve.

Clamando por banho e comida, levantou-se, solicitando ver a sobrinha. Ela não se encontrava mais por ali.

Queria lhe falar, talvez confessar o mal com o qual a atingira.

Monologava baixinho, andando de um lado a outro.

O remorso! Desejava livrar-se daquele peso. Almejava exprimir o arrependimento sincero por seus planos que suscitaram a morte da sobrinha e, na primeira oportunidade de encontro, rogaria o seu perdão novamente, somente assim livrar-se-ia da carga pesada da culpa.

Enfrentava esse dilema, quando alguém se dirigiu a ele, saudando-o.

— Seja bem-vindo, nesta nova fase, Abel.

— Quem é o senhor? É do Conselho? Veio para me julgar?

— Como você se sente?

— O remorso me corrói. Sei que serei condenado.

— Não estou aqui para condená-lo. A nossa intenção é fazê-lo entender as consequências de seus atos, particularmente aqueles que afetaram seu próximo. Você próprio terá a chance de analisar cada procedimento e chegar às razões pelas quais falhou, quando, como e por quê. Para tal, terá o apoio necessário na elaboração de sua estratégia evolutiva, a fim de corrigir erros persistentes. Estaremos ao seu lado, estimulando-o para que permaneça atento e devotado aos novos rumos que lhe serão oferecidos. Aguarde e confie!

Abel, emocionado, consentiu e tudo faria para tentar melhorar-se.

Capítulo 28

Logo após a morte de Ísis e a punição física de Dário, resultando em sua morte, Jamile sofreu uma crise nervosa e adoeceu gravemente.

O faraó, inicialmente, considerou tratar-se de um ataque de coração contrariado, próprio das mulheres.

No leito, Jamile, diante do trauma emocional, não tinha forças nem coragem para agir deliberadamente no sentido de tirar a própria vida, mas deixou-se levar pelo abatimento como que desistindo de viver. A jovem fora levada a acreditar que era a culpada pela morte de Dário.

No momento, achava que a punição que merecia era o sofrimento, e na idade juvenil que se achava, não possuía eficazes recursos para fazer frente às agressões dos encarnados e dos desencarnados, que lhe induziam a pensamentos desajustados. Transfigurada em convulsos acessos, debatia-se a frágil criatura. Queimava de febre!

Aos brados, o faraó ordenou que providenciassem um médico, o melhor do reino, enquanto gritava às devotadas servas por compressas frias, para refrescar a ardência do corpo da enferma. Isadora e Nathifa não a deixavam só.

Moléstia de origem desconhecida! Desesperou-se o pai, moveu mundos, trouxe inúmeros médicos, sacerdotes...

Naquele momento, diante da possibilidade da morte de Jamile, todas as convenções deixaram de ter o valor que a transitoriedade humana lhe impunha e a inexigibilidade da partida para a outra vida, como fato real na trajetória de todos os seres, assentava por terra os mais ilusórios palácios e o convencionalismo.

Os esforços para manter a vida de Jamile redobraram.

Em vão, pois, o estado dela piorava significativamente, indicando fatal desenlace a qualquer momento.

Os aposentos da jovem eram pequenos para a dor paterna.

O faraó percorria o palácio qual enjaulada fera, chorando e esmurrando as paredes. Não era possível que os deuses levariam sua outra filha! Espíritos benfeitores criaram uma barreira fluídica em torno do aposento, a impedir o acesso de entidades inferiores que no palácio passaram a ser comuns pela inferioridade de pensamentos, sempre ligados aos problemas mundanos, da riqueza, de interesses, da manutenção de privilégios. Alguns espíritos desencarnados mal-intencionados, liderados por Núbia, acabaram desmaiando, vítimas de fluidos magnéticos entre o potencial positivo do bem e a baixa vibração que a ignorância produz nos que se deixam por ela serem arrastados.

Por fim, tudo fora feito para salvá-la, todavia, a jovem não resistiu; com sua morte, a realização das cerimônias solenes de mumificação, dos funerais e o remorso familiar.

O povo passou a comentar que nova maldição dos deuses recaíra sobre o palácio real.

Na espiritualidade, Jamile após o tempo necessário de despertar, surpreendeu-se com o belo lugar em que se encontrava.

Deitada em um simples e alvo leito, teve a sensação de respirar melhor. Notou que não se encontrava em seu quarto.

Espantou-se com a presença de Ísis e Camila, ao seu lado, no leito:

— Jamile! Minha irmã querida, — exclamou Ísis —, finalmente despertou! Está se sentindo melhor? Terminaram os seus sofrimentos. Está curada!

Jamile olhou fixamente. Era a sua irmã mais viva que nunca! O que acontecera? Era um sonho? Sentia-se melhor da fraqueza. Mas e a presença de sua avó? Estaria no mundo dos mortos? Teria morrido?

— Eu não estou entendendo bem... Lembro-me que minha vida se tornou um pesadelo. Eu estava à sua procura, Ísis. Eu e Dário íamos fugir. Castigaram-no até a morte... Desesperei-me! Não sei como vim parar neste lugar... Parece-me que o pesadelo continua, como se uma névoa cobrisse minhas ideias e, por mais que eu me esforce, tenho dificuldades de compreender...

— Não se deixe arrastar pelas fortes emoções, Jamile — disse Camila. — Você deixou o “mundo dos vivos”, minha querida. Está conosco agora. Em breve, encontrará Dário. Irá gozar de serenidade e paz.

— Está tudo bem confuso, vovó, não posso compreender bem, mas confio em suas palavras.

— Não force mais a mente. Descanse, procure não pensar em nada. Durma, Jamile. Seu estado necessita de repouso. Tudo será esclarecido no tempo devido, minha neta.

***

Em Mênfis, Ninetjer continuou seu reinado.

A morte das filhas lhe trouxera um sofrimento indescritível, já a morte de Abel, uma relativa tranquilidade.

O soberano deliberara que mulheres poderiam sucedê-lo, pensando em Ísis, todavia, a vida lhe tirara as duas filhas!

Por outro lado, se Weneg, outrora, havia se perdido no excesso do álcool, do sexo, em palavras inoportunas, ações inadequadas e más inclinações — essas estimuladas também por Abel —, após a morte dele, o rapaz passou a melhorar-se, libertando-se das pressões que o tio lhe impunha.

Com o passar dos dias, gradualmente, algo em seu íntimo se transformava. Ele amava verdadeiramente Nádia, que embora tenha se aproximado do núcleo a mando de infiéis sacerdotes, intuitivamente, compreendia o drama do amado e tudo fazia para auxiliá-lo, pois verdadeiramente o amava.

Weneg passou a disciplinar-se, esforçava-se para dominar seus brutais instintos. Nádia representava para ele amor e segurança. Ele sentia-se culpado pela morte das irmãs e, com isso, perdeu um pouco a postura altiva e prepotente.

A animosidade entre pai e filho, lentamente, também era desfeita. Os dois estavam arrependidos, sentiam-se embaraçados diante dos acontecimentos familiares, todavia, agora tinham um ao outro.

A cada oportunidade, a espiritualidade benfazeja tentava alertá-los para não se entregarem ao sentimento de derrota, de fraqueza, de abatimento íntimo, pois possuíam os recursos para superar e seguir adiante.

Os trágicos episódios, embora sofridos, ofereceram-lhes sublimes oportunidades.

O casamento de Weneg e Zaira se aproximava. Não obstante ele continuasse apaixonado por Nádia, não tinha forças para romper o compromisso dinástico estabelecido pela família.

Os sacerdotes cúmplices de Abel, ardilosos, ao descobrirem que Nádia ludibriava-os, deliberaram revelar a Zaira o romance secreto entre a rival e Weneg. A jovem traída, torturada intimamente, carregando consigo todo o peso do ciúme confrontou Weneg.

Nádia, ao ser denunciada, confessou ao amado toda a verdade, implorando-lhe por perdão. Não obstante solicitou que ele se mantivesse afastado dela, pois fora ameaçada de morte, inclusive alertando-o quanto ao perigo que a vida dele também corria.

O rapaz sentiu-se assaz traído.

Desnorteado, teve uma recaída, passando a embriagar-se e retrocedendo em seu comportamento. Seu corpo perdera o aspecto de saúde e força, e a perturbação voltou a acentuar-se.

Eram os "hóspedes" que regressavam, aceitando permanecer na casa mental do anfitrião, por estarem em perfeita sintonia com ele.

Nádia estava grávida, caíra em apatia. Adoecera gravemente. Os sacerdotes esperavam que ela morresse para solucionar a questão.

Entretanto, ao descobrirem a gravidez, encurralaram-na: se ela almejasse sobreviver, deveria assassinar Weneg. Caso contrário, ela e o filho seriam exterminados!

A jovem, nervos abalados, não teve dúvida, procurou Isadora revelando-lhe a trama dos sacerdotes, inclusive o recente ultimato para que ela assassinasse Weneg.

Isadora preocupou-se com a sorte da moça. Sabia que talvez a matassem para furtarem-se às responsabilidades de traição, aconselhou-a a fugir e garantiu proteger Weneg. Afiançou que tomaria as devidas providências!

Nádia decidiu acatar. Ultimava os preparativos, quando invadiram o local onde ela morava e assassinaram-na, com indícios de suicídio, para que suspeitas não fossem levantadas.

Weneg, ao saber do triste acontecimento, desesperou-se, desequilibrando-se ainda mais. Sob forte emoção, ficou à mercê de espíritos desajustados, principalmente de Núbia, que o fazia ver mentalmente a imagem de Jamile e Ísis, entregando-se a convulsivos soluços.

Zaira, a noiva traída, deixara-se arrastar pelo rancor. Fosse pela tremenda luta que travara consigo mesma, fosse pela humilhação por ter sido ludibriada, e ainda pela pressão sofrida pelos desleais sacerdotes, bem como da falange de espíritos mal-intencionados, desistiu de opor resistência, assentindo a sórdido plano.

Os detalhes, entremeados de pensamentos rancorosos, acudiam-lhe assaz à mente. Repugnava-a matar o amado com suas próprias mãos, mas não aguentava mais tantos vexames. Resolveu, então, pôr fim a vida de Weneg por meio de uma beberagem, desviando a rota da vida, mas o futuro lhe provaria que somente Deus tem sabedoria suficiente para fazê-lo.

A jovem criava para si dificuldades, atrasando a conquista do progresso do seu espírito, sem captar a intercessão amiga da espiritualidade. Infelizmente, agiu segundo as mentes em torno, todavia, "graças aos deuses" a dose do veneno não foi suficiente para exterminá-lo. Ela, felizmente, rapidamente caiu em si, arrependendo-se, convocando os médicos e sacerdotes da corte para salvá-lo, sem revelar o seu feito.

Não obstante as providências e cuidados, Weneg permanecia entre a vida e a morte no leito.

O assunto, completamente novo, corria de boca a boca pelo reino: nova desgraça recaíra sobre a Casa Real.

Os dias passaram e o rapaz não se recuperava.

Foi assim que um benfeitor espiritual se aproximou do leito. Colocando-se próximo à cabeceira do doente, de maneira a envolvê-lo, arrebatou-o. Seu perispírito abandonou o corpo exausto e sofredor, imerso em sono profundo, sentindo que vigorosas forças envolviam sua mente em ondas de sugestões irresistíveis.

Intensa emoção sentiu, quando o chamamento superior exclamou:

— Não é chegada sua hora! Acompanhe-me!

E ele se deixou levar por uma intensa luz com o auxílio amigo.

Experimentou uma sensação de liberdade, tão logo se livrara do corpo. Julgou estar sonhando. Novamente, a mesma vibração se dilatou, transcendendo-lhe as possibilidades. Disse-lhe:

— Olhe e veja! Escute as palavras do Deus Criador ecoando dentro de você. Longo é o caminho que sua alma deve percorrer. A hora é de lutar e enfrentar os desafios que somente começam! Chegará o momento de regressar ao reino invisível, entretanto, isso somente acontecerá quando você se tornar digno e vitorioso. Agora o momento é de luta! Muita luta! Reaja!

Aos poucos, o jovem, em espírito, começava a dar sinais de lucidez espiritual, percebendo a presença amiga e o olhar generoso daquele benfeitor, rememorando as promessas que fizera no campo preparatório da reencarnação.

No mesmo instante, as evocações e as forças mentais-magnéticas da entidade amiga, somadas à sua vontade de ser compreendido, corporificaram-se e abriram cenas aos olhos espirituais do rapaz, fazendo com que Weneg visse fatos desejados e necessários ao ensinamento, sentindo-se retornar a determinadas cenas de dias já vividos em sua sociedade naquela experiência terrena. Reconheceu-se! Estava lá, uma bela criança caprichosa, depois um soberbo rapaz, corrompido e odioso, bajulado pela corte qual um deus. Observou, então, a vida debochada que levava, esquecendo princípios de honradez, como a observância dos deveres, absorvido pelas facilidades oriundas da autêntica encarnação da imoralidade, da vileza dos costumes, das mais torpes paixões e vícios. Viu um devasso incorrigível, onde as iniquidades por ele praticadas se avolumavam. Sondou as próprias ações, cada atitude...

Uma sensação de vergonha tomou conta dele.

Alucinado, gritou desfeito em lágrimas:

— Não! Não pode ser! Este não sou eu!

O benfeitor tocou a destra do rapaz e persistiu:

— Contemple agora, meu filho, o príncipe que eu desejo...

E o benfeitor inspirou Weneg para os graves problemas a solucionar dentro das atribuições conferidas, suplicando que Deus Supremo irradiasse sabedoria para que reflorescesse as energias e disposições, no carreiro a prosseguir...

Weneg, agora um pouco mais esclarecido, sentiu um deslumbramento. A lembrança de seus atos mesclada à lembrança das tarefas a realizar, que havia assumido ainda na espiritualidade antes de reencarnar, fizeram-lhe modificar as tendências de sua alma naquele momento de decisão, no sentido de prosseguir com a jornada onde teria de se modificar. Deixou que as lágrimas suavizassem a angústia que lhe vinha ao coração, e exclamou com humildade:

— Eu imploro por continuar... Deixe-me voltar... Tudo eu farei para não ser mais o mesmo... Pelos deuses... Apiede-se de mim! Deixe-me prosseguir, permita-me tentar ser alguém melhor!

No aposento terreno, lentamente, o jovem despertava do longo desmaio, distinguindo ao seu lado uma figura que o amparava:

— Coragem, Weneg! Ânimo, meu filho! Desejamos a sua vitória e tudo faremos para que você seja um instrumento de renovação e amor de que nosso núcleo necessita para reerguer outras almas caídas. Agora, firme o pensamento no desejo de viver! Vamos! Lute pela vida! Tudo agora depende de você!

O pensamento dele, em sintonia com o objetivo de reassumir o corpo e continuar a lutar, passou a reorganizar-se e a equilibrar-se.

Abriu os olhos como que a despertar de um sonho, do qual não conseguia guardar nítida lembrança, apesar de trazer no coração a certeza de que encontrara pessoas amadas que lhes estenderam as mãos.

O rapaz sentiu-se renovado, como se tivesse de fato, renascido.

Zaira caiu em pranto convulsivo aos pés da cama e suplicou-lhe perdão; ele, concluindo que ela fora envolvida por uma trama tenebrosa, perdoou a jovem.

Em seguida, avistou Isadora e Nathifa, ambas ajoelhadas aos pés de seu leito, entre as lágrimas e o silêncio, e envolvido pelas luzes dos espíritos ali presentes, pediu-lhes perdão, reconhecendo o quanto já havia perdido.

Ainda sem compreender, passou a revelar-lhes a experiência espiritual, dizendo-lhes que se sentia mais equilibrado e mais humano, que esperava tornar-se um homem melhor; e que necessitava da ajuda materna das duas.

Isadora estendeu suas mãos e tocou os cabelos do filho, dizendo-se orgulhosa, prometendo que endossaria seus propósitos. Nathifa aproximou-se e deu-lhe um beijo na testa.

O sopro do tempo varria os últimos acontecimentos.

A cheia do Nilo renovava-se.

Havia já algumas horas que Ninetjer entrara em agonia.

Em dado momento, o moribundo abriu desmesuradamente os olhos, como se a vida desejasse regressar ao já abatido organismo.

Isadora estava ao seu lado.

Um doce sorriso aflorou em seus lábios que, desde muito, haviam esquecido a alegria. Ele ergueu a cabeça num gesto repentino e estendeu os braços para o vácuo, exclamando timidamente, causando sobressalto à esposa:

— Rainha-mãe, meu pai, Ísis e Jamile! Vieram ao meu encontro...

E cerrou os olhos piedosamente.

A equipe espiritual erguia-se em prece; com o amparo de técnicos especializados afastaram-no finalmente do veículo fatigado, depositando sua cabeça nos braços de Camila, a mãe amorosa, que com o filho no colo iniciava a caminhada de regresso.

Quando o faraó expirou, Isadora se entregou a todas as práticas requeridas pela tradição e pelo protocolo. Gemeu, arrancou as joias, rasgou as vestes, pronunciando as preces usuais e as lamentações que proclamavam a glória e as virtudes de seu falecido esposo. Tendo cumprido seus deveres, convocou Weneg, depois outros conselheiros e ditou a todos as ordens e disposições que não deixavam qualquer dúvida quanto à sua lucidez.

Em Mênfis, tudo estava em polvorosa; um burburinho corria pela imensa construção. As liteiras dos conselheiros e dignitários chegavam sem cessar; todos apresentaram suas condolências e também felicitações a Weneg, que manteria agora o cetro, distribuíam as graças, cada qual desejava demonstrar seu zelo e devotamento.

Isadora mal havia dispensado o conselho, quando lhe anunciaram que alguns representantes dos sacerdotes do templo solicitavam ser admitidos à sua presença.

Após breve saudação, um deles se adiantou:

— Divina filha de Ptah, a múmia de Ninetjer será colocada onde se encontram os sarcófagos de seus pais?

— Lá repousará o meu divino esposo, lá também depositarão meu corpo, quando Osíris me chamar para junto dele.

— E quanto à sucessão?

— Será a natural.

— Temos uma sugestão que talvez contrarie Vossa Real vontade. Não esqueça que é nos ombros dos sacerdotes que se apoiam solidamente os tronos; todos os soberanos anteriores entenderam isso e respeitaram os direitos dos servidores da divindade, que lhes garantiram, por sua influência, a submissão de seus súditos. Renuncia, pois, venerável rainha! Renuncia a escolher alguém que desaprovamos! Weneg não está apto! Se persistir nisso, nós negaremos nosso apoio.

Um profundo silêncio se fez.

Os sacerdotes trocaram alguns olhares inquietos, o séquito da rainha mantinha-se petrificado. A fisionomia de Isadora refletia sentimentos tumultuados, empalideceu, depois enrubesceu. No momento seguinte, em seus olhos acendeu-se um brilho que pareceu fulminar os interlocutores:

— Essas ameaças soaram mal aos meus ouvidos. Escolheram um mau momento para tentar contrariar a minha vontade e a de Seu Rei, que acabou de expirar. Reconheço o vosso poder, mas não o temo! E os rebeldes que se erguerem para me ameaçar devem lembrar que tenho o poder e o direito de abatê-los! Reconheço que os servidores dos deuses são o sustentáculo do trono e sou a primeira a honrá-los e lhes fazer justiça; nesta transição, desejo reinar apoiada no esteio dos sacerdotes, mas como senhora absoluta do povo e, seguindo as diretrizes de Ninetjer, devo continuar conduzindo à vitória e à glória!

Após breve pausa, prosseguiu:

— O faraó que porta a dupla coroa do Alto e Baixo Egito exige dos servidores dos deuses obediência à vontade de sua soberana; porém, como intérprete da vontade dos imortais, tenho o poder de tornar puro o que é impuro, de santificar o que é reprovável, então, peço o vosso apoio, santificai vossas bênçãos ao meu filho, apoiando-o, retirando dele todas as sombras.

Os sacerdotes se entreolharam admirados com a atitude da rainha, que lhes oferecia diplomaticamente uma forma de reconciliação num assunto que, reconheciam agora, haviam ido longe demais...

— Suas palavras são verdadeiras, nobre Alteza. Que seja feita a vossa vontade! É justo! Ofereceremos o apoio e a bênção dos deuses ao vosso filho!

Na noite daquele dia, ninguém dormiu em Mênfis; o povo enchia as ruas, tomando as praças, e preenchendo os arredores do palácio. Em toda parte ouviam-se gritos repletos de desespero e sofrimento, como um eco da dor do Egito que chorava o seu rei. Não havia desordem, todos davam lugar aos soldados, que comandados por oficiais percorriam a cidade em diversas direções, dispersando os ajuntamentos barulhentos de lamentações e mantendo severa ordem.

Weneg, finalmente, assumiu o poder.

CAPÍTULO 29

Na espiritualidade, Ninetjer depois do período atribulado de refazimento, de indagar a origem dos seus padecimentos, conhecer-lhes a procedência, o histórico da própria situação e, principalmente, após recordar os laços que o ligavam a Abel no passado, observava que medidas benéficas haviam sido pacientemente programadas, e lastimou as oportunidades perdidas.

Súbito, questionou a um benfeitor aonde se encontrava Abel.

— Eu aguardava o momento em que você, espontaneamente, solicitasse notícias de seu irmão, Ninetjer.

— Sei que desperdiçamos mais uma oportunidade...

— No passado, você e ele, impressionados com os recursos das ilusões transitórias, comprometeram-se. Ao reencarnarem, tiveram a chance de se desembaraçarem de uma falange de espíritos desequilibrados, cristalizados no mal. Entretanto, Abel passou a lhes obedecer cegamente às ordens com quase absoluta fidelidade. Infelizmente, deixou-se envolver pelas suas antigas tendências, e dotado de um coração ainda endurecido, cego pelos caprichos, envolveu-se novamente em novas ações criminosas, agravando a própria condição.

— Eu anseio um encontro com ele. Não consegui me conter, ordenei que o executassem!

— Quando nos deixamos dominar pelos impulsos e passamos a agir como delinquentes emocionais, mais preocupados em retribuir os agravos e as agressões recebidas, abdicamos da capacidade de controlar nossos destinos. De tal modo, acabamos por piorar todas as coisas, tornando mais doloroso o caminho que temos de percorrer, abrindo brechas de desequilíbrio nas nossas vibrações, a nos provocar enfermidades físicas e permitindo que se instalem em nós entidades que partilharão nossas emoções raivosas. Todavia dia chegará em que seremos vitoriosos, aprenderemos a controlar a maneira irrefletida de agir. Quanto a Abel, ele tem carregado amargas penas. Encontra-se assaz arrependido.

Ninetjer ouvia o benfeitor, restituindo na memória o sofrimento, tentando dominar as reminiscências dolorosas.

— Conheço sua dúvida. E sei que espera uma resposta. Abel, indiretamente, foi o responsável pela morte de Ísis.

— Como ele pôde? Aquilo foi uma monstruosidade!

— Na verdade, Abel não desejava aquele desfecho. Seus comandados agiram por conta própria. Mas, reflita, agora: e você? Não acabou de confessar que ordenou a morte de seu próprio irmão?

— Sim, cometi novamente um ato abominável do qual me arrependo profundamente.

— Camila tem sido perseverante, meu caro. Abel tudo tem alcançado em prol de sua renovação por meio da intercessão benéfica materna. Enquanto não havia vontade sincera dele, nada poderia ser feito, seria difícil esperar o resultado aspirado. Contudo, ele tem demonstrado o desejo verdadeiro de melhorar-se. Encontra-se determinado para se sintonizar às leis do Criador, do qual, temporariamente, esteve afastado.

— E quais seriam as medidas?

— A proposta é interná-lo em um novo corpo físico, em novas lutas carnais, ainda que em resgate difícil e doloroso, mas com a chance de se safar de uma falange de irmãos transviados moralmente. Receberá novamente a prova da riqueza material e do poder. Poderá nascer filho de Weneg e Zaira.

— Entendo...

— Camila, sua mãe, reencarnará também. Em tempo oportuno, poderá casar-se, ser a companheira dele, e será possível receber no seio familiar alguns espíritos que Abel ajudou a desviar, dentre eles, Núbia, por meio de uma reencarnação compulsória.

— Mas quem é Núbia? E esse retorno está previsto para breve? E os meus deslizes? Eu sei, minhas filhas me perdoaram, mas tenho consciência de que sou responsável pela morte de algumas pessoas, eu transgredi leis...

— Pois bem... Abel, após a desencarnação, automaticamente se instalou em zonas inferiores, demorando-se por muito tempo em desequilíbrio, ainda que com o devotamento de muitos afetos que intercederam por ele. Hoje, está arrependido e aproveitou cada recurso fornecido. Houve um planejamento, ele aceitou a programação e as condições do novo encarne. As tendências próprias foram rigorosamente examinadas por ele, enxergou as causas e observou o efeito de suas quedas. Mas como você compreende agora, cada espírito é único, e cada processo requer considerações específicas e preparações adequadas.

— Sei... Quanto a Núbia...

— Núbia, em existência pretérita, prejudicou vocês, mas Abel planejou a morte dela. Ela jamais o perdoou, nem aos demais envolvidos. Atualmente, ela e sua tropa desarvorada, do invisível, aproveitando-se das brechas provocadas pelas fraquezas morais familiares, insuflaram-lhes ideias nada fraternas. Planejou situações estarrecedoras para prejudicá-los, principalmente assediou Abel. Ainda está atolada no ódio, no revide, não consegue se desvencilhar dos fatos passados. Tentamos acessá-la de todas as formas, mas ela está presa a uma condição psíquica desfavorável, envolvida por revestimentos fluídicos deletérios. Perdeu a sensibilidade ao amor. Construiu em torno de si uma aparência perversa, deformando psiquicamente seu perispírito. Por automatismo, prossegue na sanha do desequilíbrio. A misericórdia de Deus se compadeceu dela, e ela será recambiada... Seguirá também para a reencarnação, todavia, de forma compulsória.

— Como isso acontecerá?

— A reencarnação acontece por afinidade e atração. Espíritos que têm afinidade uns com os outros tendem a se atrair. Os espíritos se reúnem numa mesma família por afinidade. Portanto, tanto os nossos afetos quanto os desafetos são nossos espíritos afins, com que desenvolvemos relações de amor e ódio. Núbia não se desvencilhou do ódio, contraindo um desajuste em sua capacidade de amar. Por meio de um planejamento, espíritos mais elevados coordenam, dentro de certos limites, a evolução deste núcleo de espíritos, do qual fazemos parte, intervindo em nosso favor.

— Começo a entender...

— Abel reencarnará como irmão de Núbia, a mulher que ele amou e depois planejou a morte, na existência anterior. Serão filhos de Weneg, que era o homem de confiança de Abel, em época remota e que por fim, o traiu. A intenção é a que, em conjunto, numa formação familiar se harmonizem, se reajustem consigo e com os outros. A felicidade se consolida na harmonização, no amor verdadeiro, nos desafios que a vida assenta em nossos caminhos para nosso amadurecimento. Infelizmente, Núbia não tem interesse nem condições de seguir um planejamento. Encontra-se num estado de semiconsciência, numa condição de fixação mental, revivendo algumas cenas mais fortes da sua última reencarnação, presa numa esfera de ódio, revolta e ignorância. Organizaram para ela uma reencarnação, na qual ela terá oportunidade de se livrar desse estado de fixação mental. Ela não terá escolha, reencarnará compulsoriamente. Camila, espírito mais adiantado e em ascensão, ofereceu-se para reencarnar e ajudar o núcleo familiar.

— Sim... E quanto a mim...

— O seu caso está sendo estudado, Ninetjer. A Providência Divina concebe a todos o esquecimento do passado, para juntos, pela consanguinidade, reconstruírem os vínculos que desfizeram intencionalmente pelos sentimentos inferiores de ódio e de incompreensão. Confie!

***

Naquele dia, o céu jazia majestoso e toda sua beleza mostrava-se taciturna.

Ninetjer, extasiado na contemplação do cenário, foi convidado por dois benfeitores para reencontrar-se com seu irmão.

Em um quarto, ainda meio cambaleante, Abel contemplou Ninetjer com amargurada expressão, apoiando-se numa parede.

Profundo acanhamento dominou-os.

Ambicionaram cumprimentar-se, mas a lembrança dos acontecimentos paralisou-os, de súbito.

— Agora estamos sós, Abel. Confessa, desgraçado! O que o levou a cometer tão abominável crime contra sua própria sobrinha?

— Sinto-me extremamente culpado e traidor de sua confiança. Tramei contra muitos, inclusive contra o nosso próprio pai. Desvirtuei Weneg premeditadamente. Sinto vergonha... Atolei minhas mãos em sangue e a minha consciência explode de remorso. Fui hipócrita! Os crimes passaram a me perseguir, quando ainda no corpo. Fui informado de que com meus pensamentos e atitudes atraí e deixei que forças cruéis me guiassem. Tento fugir das lembranças, mas em vão! Mal consigo me desatrelar deste leito.

Depois de Abel ensaiar algumas explicações, de repente, parecendo lembrar-se de cenas menos dignas, prosseguiu:

— Ao sair do mundo, eu fiquei perdido em regiões tenebrosas... Vivi cercado de seres monstruosos que me torturaram e me arrebataram em um verdadeiro turbilhão. Tive medo de ser reprovado e devorado pela deusa Ammut. Habituei-me a fugir! Supunha que a deusa me encontraria em qualquer parte. Após determinado tempo, fui salvo por seres complacentes que me socorreram. Já um pouco mais lúcido, supus que seria acusado e condenado por todos, mas encontrei clemência nos que mais eu espezinhei.

Fez uma pausa, prosseguiu com indefinível tristeza a lhe velar o semblante.

— Vítimas e mais vítimas que eu algemei à minha insanidade, e só agora, preso a esta cama, com dificuldades até para me movimentar, percebo realmente quantas condutas equivocadas. E o pior, tento me livrar de acusações, que se instalaram em minha própria consciência, mas não consigo! Não sei como será... Que farei para ter paz?

— Eu o odiei, Abel, mas agora, nem sei mais...

— Sinto remorso e arrependimento pelos meus atos. Esclareceram-me sobre o futuro. Desejo a todo custo renovar-me, contudo, estou com muito medo de um novo teste.

— Fala do regresso no campo da carne?

— Fui informado de que aqui não terei como avançar com rapidez para me livrar dessas sensações tormentosas. Que para consolidar com segurança um recomeço, teria o respaldo de muitos afetos fiéis...

— O que passou passou, meu caro! Eu, igualmente, cometi inúmeros erros! Nessa teia de desacertos na qual vítimas e algozes se revezam na prática dos desatinos, não se torna necessário identificar culpados ou inocentes, e sim, cabe, no momento, a coragem e o bom ânimo! Se nos concederem nova chance de reparação, deveremos abraçar e agradecer. Pois veja, Abel, o que nos restou de nossa passagem pela Terra? Todo poder e riqueza ficaram lá... Devemos aprender a respeitar a vida, vencer nossas ilusões, alargar a consciência e buscar a paz de espírito. Em vez de resolvermos antigos problemas de outras experiências terrenas que pediam soluções, acabamos realizando novas ações desastrosas, aumentando os nossos débitos e a nossa própria infelicidade.

— Perdoe-me, Ninetjer, perdoe-me, meu irmão!

Ninetjer, fitando-lhe o semblante orvalhado de lágrimas, revia mentalmente episódios do pretérito.

A memória exibia novamente quadros vivos.

As reminiscências alinhavam-se em sua mente em questão de segundos. Ninetjer, identificando-se como antigo algoz de Abel e, recentemente, como vítima e também como agressor, rematou:

— Ergue-te, Abel. Eu sei que fui chamado diariamente a praticar o perdão nessa última existência, desde nas pequenas coisas do cotidiano em nossa infância, até finalmente, nas grandes mágoas. É como se fosse um treino, intensivos exercícios para atingir a vitória que, por fim, infelizmente, não consegui! Todos nós possuímos doloso pretérito a redimir. Tomei conhecimento de certos fatos do passado. Fui eu que, deliberadamente, conduzi o seu nome e o seu caráter ao descrédito. E você aceitou ter uma experiência terrena como meu irmão para que pudéssemos exercitar a boa convivência e aniquilar a animosidade. Aceitou tentar, me perdoando. Na carne, instintivamente, você evitava a nossa aproximação. Por fim, não aprendemos a lição e teremos que repetir quantas vezes se fizer necessário. Vá! Confie! O esquecimento temporário favorecerá a boa luta. E no mais... não pense que você foi o único desarvorado.

— O que está tentando dizer-me?

— Para vingar a morte de Ísis, eu mandei matá-lo. Tanto quanto você, eu errei nessa experiência atual. Perdoe-me! Que os benfeitores espirituais nos ajudem a superar a nossa própria inferioridade. A volúpia do sexo, dos bens materiais, do poder e da insensatez devem merecer mais amplas atenções de nossa parte. Fui informado de que esses são os pontos vulneráveis de nossas quedas. Aí está a fragilidade de nossas defesas morais, se nos descuidarmos novamente serão inviabilizadas ou destruídas as nossas possíveis realizações. Que possamos nos reeducar. Creio que não será simples vencer as nossas fraquezas, todavia, o roteiro será favorável e a proteção de nossos mentores espirituais será permanente, a fim de que sejamos vitoriosos!

Abraçaram-se fraternalmente.

A partir deste abençoado reencontro, houve nítida evolução no tratamento de Abel.

EPÍLOGO

As sublimes lições da vida iluminavam a consciência de nossos personagens, todos eles seres faltosos, mas revestindo-se de forte propósito para novos aprendizados.

Recolhido em oração, Abel elevava nas preces o pensamento em rogativa sincera:

— Entrego-me, Pai Soberano, à Vossa Vontade justa e certa, e que se sobreponha à minha, que até então se mostrou vacilante. Assim, suplico que se concretizem realizações em minha futura experiência na matéria, não mais os meus caprichos, e também acertos no bem e no amor em cumprimento à Vossa Vontade. Tenho consciência de quanto sou primitivo e vacilante, fixado aos condicionamentos dos instintos e das paixões. Não obstante tenho forte desejo íntimo de me transformar. Obrigado, Pai de Misericórdia, por essa graça de adormecer a minha memória recuperando, assim, ainda que temporariamente, até o saldo de meu débito a paz de minha própria consciência, o que me permitirá seguir em igualdade de condição dos que caminharão ao meu lado. Ampara-me, Pai!

Terminada essa súplica sincera, sua face transfigurada pela força de sua determinação cobriu-se de lágrimas.

***

Benfeitores amigos, que se envolviam no cuidado de nossos personagens, concluíam o projeto da futura jornada a fim de encontrar meios que os beneficiassem.

A compaixão dos céus reconduziria alguns de nossos irmãos de volta à abençoada escola terrena, em expiações severas ou provações rudes, facultando-lhes o entendimento das leis de justiça e dos deveres que devem constituir a pauta de todas as existências.

Luzes serenas invadiam o recinto.

Inúmeros trabalhadores postavam-se para proteger o ambiente do assédio das trevas que desejavam recuperar para si Abel, que haviam dominado no pretérito com sentimentos de ódio e rancor.

Vagaroso torpor lhe invadiu o ser como se assinalasse o momento da transição.

Lágrimas escorriam de seus olhos, ao mesmo tempo em que um benfeitor banhado de luz erguia uma prece a Deus em favor de nosso personagem, que partia para nova encarnação.

***

Na espiritualidade, Ninetjer seguia sua rotina, quando certo dia, acompanhado por benfeitores, foi levado ao palácio real no campo terreno.

Zaira estava enferma.

Havia dias tinha náusea, tontura, não dormia...

Um benfeitor, observando Ninetjer, obtemperou:

— Acalme-se, caro amigo, não se trata de doença, mas de uma nova vida. Zaira está grávida!

Comovido, endereçou ao benfeitor a indagação mental sobre a figura do reencarnante, que se prendia à organização materna.

— Obtivemos autorização de planos mais altos, Ninetjer. Abel regressará à família humana. Estará ligado ao mesmo círculo comum. Nos abençoados elos de sangue, será filho de Weneg e Zaira. A tarefa deles não será fácil. O êxito desejável poderá se consolidar se Abel, como filho, puder contar com o amor, a paciência e a dedicação vigilante dos pais. Será uma forma de protegê-lo. Estará um pouco mais abrigado de males exteriores, porém ainda atrelado aos males próprios. Desfrutarão da bendita convivência, regozijar-se-ão unidos. Confiemos no divino poder, para que essa concessão outorgada ao grupo seja aproveitada nos recursos possíveis, sempre valiosos, por mínimos que sejam.

Ninetjer estava emocionado.

Parecia naquele momento mentalmente distanciado no tempo.

Via-se instintivamente constrangido, a rememorar o pretérito, quando o benfeitor retomou a palavra:

— No berço que se inicia, Abel terá nova chance, ainda que escoltado pela influência daqueles que com ele se projetaram no abismo mental do ódio; terá infância dolorosa e sombria pelas amarguras desconhecidas, que lhe aglomerarão na alma oprimida. Conhecerá enfermidades originadas na inflexível e invisível atuação dos adversários.

Entretanto, acredite, ele estará mais protegido mergulhado na carne.

— Nesta jornada de sofrimentos, ele conseguirá melhorar-se?

— Os desvios se instalam rapidamente em nossos caminhos, todavia, a recondução normalmente é lenta e se dá pelas vias da reencarnação. Nesta experiência, ou em outras, cedo ou tarde, ele será conduzido ao caminho reto, bem como se responsabilizando pela recondução de todos esses irmãos desafortunados, que seguiram ligados entre si, tais quais algemas atreladas pelo ódio.

— Entendo. E como harmonizar-se? Os adversários e ele poderão ter ligações futuras de sangue? E eu? Sei que também faço parte desses desvios e desencontros ao longo do tempo...

— O caso será concluído sob jurisdição superior. Certamente, o que sabemos é que Abel retornará de imediato à carne. Quanto a você e aos demais, aguardemos!

— Mas as dificuldades previstas, tanto individualmente quanto coletivamente, serão complexas. Como vencer esse desafio?

— Com o tempo, a individualidade responsável pelo desajustamento dos demais deverá transformar-se em núcleo de gravitação das consciências desequilibradas por sua culpabilidade, devendo assumir o comando das tarefas de reajustamento. O tempo é soberano! Lá, à frente, em futuras experiências, quem poderá afirmar que Abel não será um homem renovado para o bem? Quem poderá negar que um dia ele se responsabilizará por educar os companheiros que hoje o deprimem? É a ação da Providência Divina, em missão de misericórdia e amor, demonstrando o perdão de Deus para com os nossos erros.

Ninetjer esboçou um sorriso.

Abel, como sabemos, sentia-se encorajado e suplicara por novas lutas, dispondo-se a seguir o roteiro de reajuste, obedecendo às leis que presidem a evolução dos seres.

A certeza de que ele ressurgiria no berço junto à família consanguínea, reencarnado, iluminava o pensamento e aquecia o coração de Ninetjer.

Assim, após os esclarecimentos, os dois deixaram o aposento terreno.

***

Alguns meses depois, o Sol com seus raios dourados dava testemunho à esperança, ao esforço e à renovação.

Emoção superior era sentida pela família espiritual que compartilhava os campos de trabalho da terra e do céu.

Estavam certos de que viviam um momento culminante de felicidade, que pontuava suas vidas imortais.

A paz os envolvia, originada na confiança em Deus, conscientes de que o futuro sempre traria o melhor em favor do progresso.

O amor lapidaria arestas e conduziria, gradativamente, ao glorioso destino aquelas almas afins.

Naquela agradável manhã, deliciosamente perfumada, encontramos na Casa Real seus moradores reunidos.

A Providência acendia divina luz em seus corações.

Espíritos familiares e benfeitores espirituais, agradecidos, estavam presentes, choravam de emoção, com a compreensão de que o tempo é o majestoso promissor.

As preces foram atendidas e os esforços recompensados.

No aposento real, uma mãe amorosa aconchegava um filho manhoso no colo.

Era Zaira, ao lado de Weneg e de seu bebê.

Almas afetuosas desencarnadas vibravam jubilosas, revendo Abel, na forma de um recém-nascido.

Abel fora internado num corpo protegido por limitações orgânicas e mentais, para seu benefício, referendados por planos mais elevados, porquanto esta seria a maneira pela qual se lhe podia dar uma guarda conveniente, de modo a subtraí-lo de suas próprias ações e da fúria de irmãos desencarnados mal-intencionados.

Não obstante outras vinculações pesadas do passado culposo eram ali desarticuladas. Desvinculavam-se dores e aflições para que pudesse surgir entre todos a vitória do amor.

Benfeitores espirituais, Zeuro, Raneb, Camila, Ninetjer, Ísis, Samir, Jamile, Dário, dentre outros, comemoravam emocionados o abençoado acontecimento.

O benfeitor, responsável pelo núcleo, apresentando-se com as vestes de antigo faraó, ergueu as mãos ao alto e orou:

— A força do amor venceu e vencerá sempre! Quando não se segue a diretriz do amor, o sofrimento se apresenta como o grande mestre que ajusta e guia, lapida o sentimento que ressurgirá brilhante mais à frente! Que os sofrimentos possam ser sempre o motivo para novas lições, novas oportunidades para a evolução do espírito. É a vida nos conferindo a chance de evolução, nos permitindo a felicidade, a paz espiritual, a fraternidade do amor puro e sincero. Que todos nós possamos receber cada novo dia com um sorriso feliz nos lábios, com um coração cheio de gratidão e com a alma resplandecendo fé. Que o amor de Deus abrace todos trazendo a harmonia. Celebremos, meus filhos, a vitória do amor!

A equipe espiritual acercou-se de Weneg, Zaira e do bebê profundamente sensibilizada, enviando vibrações benfazejas.

Agradecidos a Deus, contemplavam o quadro em lágrimas de enternecimento com a esperança de esquecerem o passado e de permanecerem unidos no futuro.

Zaira experimentava grande júbilo na alma, porém, igualmente, extrema angústia lhe confrangia o peito e um extraordinário pressentimento abalava-a, muito embora, não conseguisse exprimi-lo em palavras, nem compreender...

Ela e o esposo trocavam confidências, desconfiados.

A mãe carinhosa aproximou o pequenino, num gesto ainda medroso, cujo pequeno coração passou a bater forte, de encontro ao seu.

Recônditas impressões de felicidade e de angústia lhe infundiam sensações de amor e receio.

Enleada, aconchegou-o ainda mais, e após seu beijo materno naquela fronte torturada e arrependida, sussurrou docemente, para que somente ele e Deus pudessem ouvir:

— Durma, meu filho, não tenha receio, irei protegê-lo e amá-lo até o fim...

Uma voz íntima lhe segredava que seria indispensável iluminar a existência de seu filhinho com as luzes da caridade, da tolerância, do perdão e do amor, amainando a escuridão da insensatez.

O benfeitor espiritual com vestes de faraó, com a sabedoria haurida em suas múltiplas existências e, mediante a projeção de raios luminosos que o envolviam, aproximou-se do bebê e afetuosamente afirmou:

— O amor é a força divina que sempre vence. Confie!